LA NAGE CÉLESTE DU DAUPHIN

ISBN : 978-2-492534-37-9

Catherine Terrand

LA NAGE CÉLESTE DU DAUPHIN

kiWi
romans

À Mique, ma mère, qui m'a donné le goût des mots.
À Marie-Jeanne, dite Mija, ma grand-mère, qui s'est si souvent réfugiée dans les livres.
À Marie-Louise, mon autre grand-mère, qui a élevé seule ses cinq enfants.

« I'm gonna go out
I'm gonna let myself get
Absolutely soaking wet
It's raining men, Hallelujah
It's raining men
Every specimen
Tall blonde dark and lean
Rough and tough and strong and mean
…/… »

It's Raining Men, Paul Jabara et Paul Shaffer, 1979

Marie

D'un ongle rageur, et ça lui fait du bien, un bien certes ténu mais appréciable, Marie marque d'une croix en creux la carte en équilibre sur ses genoux : là, précisément, l'emplacement de la falaise d'où elle va pousser Pierre dans le vide. Une façon comme une autre de tirer un trait, une croix en l'occurrence, sur cet épisode absurde, la pire connerie de notre vie, comme elle ne cesse de le répéter à ce pire sourd qui ne veut pas entendre.
Il n'y a pas trente-six solutions mais deux : convaincre Pierre de renoncer, ce dont elle s'efforce – vainement ? – depuis six jours maintenant, ou l'éliminer. Dit autrement : être quittée ou veuve ; le second statut ayant pour l'heure sa préférence. Veuve a autrement de la gueule. Veuve c'est être aimée encore, par un fantôme certes, mais d'un amour jamais contredit. Quittée, c'est exhaler le rance, suggérer le vice de fabrication, forcément, sinon quoi ? Les deux statuts font pitié mais on voit bien que cette pitié diffère : la veuve est sur la première marche du podium quand l'abandonnée ne mérite même pas d'être classée.
– Ça va ? demande Pierre, à sa droite et au volant, puisqu'à Chypre perdure la conduite à gauche, vestige de la colonisation britannique.
– Ça va ? insiste-t-il.
La question est désormais chronique. Chronique d'une mort annoncée, pense instantanément Marie, tout étonnée de ce mordant retrouvé.
– Oui, ça va.
Elle se retient d'ajouter que c'est très étonnant pour quelqu'un qui, six jours plus tôt, a reçu un pavé énorme sur le crâne, lancé par tes propres mains, Pierre. D'ailleurs, répondre « ça va » relève

de la pure imposture. Non, ça ne va pas, comment peut-il ainsi être dupe ? Elle flotte dans son short – combien de kilos perdus en six jours ? – elle garde en permanence une boule au fond de la gorge qui l'empêche d'avaler, son sommeil est en pointillé, elle lutte constamment contre une envie de pleurer… une envie de pleurer… comment est-il possible d'avoir une envie de pleurer aussi brûlante ?

Au moins le veuvage donnera une raison noble, reconnue, acceptable, à ses torrents de larmes. Elle reprendra l'avion avec un luxueux cercueil ciré en cèdre chypriote, ses proches l'attendront sur le tarmac à Marseille tout de noir vêtus et personne ne saura jamais que l'Autre existe. Marie niera jusqu'à sa propre mort en avoir jamais entendu parler.

Ce n'est plus qu'une question de minutes à présent. La voiture de location, avec son volant du mauvais côté, soulève un nuage de poussière sur la piste qui a succédé à la route pour rejoindre le sauvage cap Lara, réputé, stipule le prospectus, pour ses rutilantes falaises blanches sur fond de ciel indigo et sa sublime plage de sable fin où viennent pondre les tortues. Plus snob pour mourir… tu meurs !

– Tu pleures ?

Non, elle ne pleure pas, c'est la poussière entrée dans l'habitacle qui lui pique les yeux. D'ailleurs pour donner le change, elle se les frotte exagérément.

– Je ne veux pas que tu pleures.

Eh bien ça, mon bonhomme, il aurait fallu y penser AVANT !

Pierre

Chapitre 1

Une semaine plus tôt – AVANT, donc, quand Pierre avait encore la possibilité de mesurer l'impact de sa décision à l'aune de ce que Marie et lui partageaient depuis tant d'années –, le couple atterrissait à l'aéroport de Larnaka, sur une bande de terre aride, au nord-est de l'île de Chypre.
Pierre, sa valise à roulettes kaki trottant sur ses talons – une valise dont ils ne savaient encore ni l'un ni l'autre l'importance qu'elle allait prendre dans les mois et même les années à venir –, avait repéré le premier la voiture de location, sur le parking de l'aéroport : une petite C1 blanche au coffre tellement minuscule qu'il avait fallu mettre le bagage de Marie sur la banquette arrière. Découvrir que le volant était du mauvais côté les avait amusés. S'apercevoir ensuite, au bout d'une grosse dizaine de minutes, qu'ils s'étaient embarqués sur la route de Nicosie et non sur celle de Limassol les avait fait rire plus encore : à leur décharge, Nicosie sur les panneaux routiers s'écrivait □□□□□□□□, littéralement Lefkosia, et Limassol, □□μ□□□□, soit Lemesos. Allez vous y retrouver ! Mais ce n'est pas une vingtaine de kilomètres de détour qui allait entacher leur bonne humeur : ils étaient heureux d'être là, de partager cette parenthèse, par une météo radieuse, résolument sans nuage, bien qu'on soit déjà à la fin du mois d'octobre.
Sans nuage, sans nuage, se répétait Marie, les yeux au ciel. Offrons-nous enfin dix jours sans nuage, nous les avons bien mérités !

Ils avaient facilement déniché la Kontoyiannis House dans le village de Kalavasos où Pierre leur avait réservé un petit gîte pour les premières nuits. Ils avaient posé sac et valise, s'étaient empressés de visiter le village nimbé des derniers rayons du soleil couchant, avant de se dégoter, sur l'unique place, une gargote tenue par un dénommé Georges – du moins c'est ce qu'ils avaient compris – qui servait des mezzés à tomber par terre et un petit rouge qui se défendait bien. Gargote qui allait devenir leur cantine pour les jours à venir. Et si Georges – moustache noire fournie, front dégarni, menton rond et chemise à carreaux – devait se les rappeler aujourd'hui, ce serait avec le souvenir d'un couple arrivant et repartant chaque soir enlacé, échangeant des gestes tendres, en un mot : uni.
Le lendemain, levés tôt, ils étaient partis avec la C1 à l'assaut des contreforts des Troodos, pour une randonnée à proximité du village de Lefkara. Ils avaient d'abord parcouru ses douze kilomètres balisés en marchant, puis une seconde fois en courant, à contresens : ils avaient ainsi doublé puis croisé le même groupe de randonneurs qui, admiratifs, avaient salué leur performance et Marie s'était sentie fière et réconciliée, débarrassée soudain des doutes qui l'avaient harcelée ces dernières semaines. Vivante et amoureuse. Ils s'étaient débarrassés de leur sueur sous le jet menu de la fontaine de l'aire de stationnement, en s'éclaboussant et en riant, comme des enfants. Et durant la visite de Lefkara, incontournable puisque le guide du Routard vantait ses maisons en pierre et ses ateliers de dentellières, Marie n'avait qu'une hâte : rentrer pour faire l'amour avec Pierre.
Toute à son bonheur de le désirer – comment avait-elle pu douter que ce soit de nouveau possible ? –, elle se remémore ces premières heures de leur séjour, dans la salle de bains embrumée. Quand elle en sort, enroulée dans une serviette orange – sapidité bouillon de légumes à ses papilles – pour se pelotonner, brûlante, contre son

homme, rincé de frais lui aussi, les mots de ce dernier, totalement inattendus, ont l'effet d'une seconde douche, glacée celle-là.
– Je ne peux pas.
– Tu ne peux pas quoi ?
– Faire l'amour avec toi.
– Tu ne te sens pas bien ?
– Si, mais j'ai promis.
– Promis ? Comment ça ? Mais à qui ?
Et là, Pierre jette avec violence un parpaing sur la tête de Marie. Comme ça, gratuitement, sans crier gare.
On pourra dire ce que l'on veut, que ce qu'elle reçut furent des mots, que l'image du parpaing est abstraite, Marie démentira, jusqu'au bout, avec la même énergie renouvelée : ce ne sont pas des mots, mais bel et bien un parpaing que Pierre lui écrase sur la tête – la gueule, a-t-elle envie de hurler – un parpaing qui assomme, écrase, lamine.
Et c'est tout aplatie que Marie, éjectée du lit par le choc, se glisse sous la porte du gîte pour couler par l'escalier lustré jusque dans la rue, sa serviette orange enroulée autour de son corps nu, corps réduit à deux dimensions, comme un personnage de dessin animé passé sous un rouleau compresseur.
Un parpaing, vous dis-je : « Je vais partir Marie, il y a une autre femme dans ma vie et je vais partir vivre avec elle. »
Dans la rue, heureusement déserte, le corps de Marie retrouve son épaisseur et les cailloux pointus imposent leur principe de réalité à la plante de ses pieds meurtrie ; elle se sent soudain démunie et ridicule et encore plus nue que nue sous cette serviette orange et rugueuse qui, enroulée au niveau des aisselles, lui arrive à peine à mi-cuisses. Que faire d'autre que remonter l'escalier et franchir, normalement cette fois, la porte du gîte ?
Pierre l'attend debout, au milieu de ce qui tient lieu de salon, bras ballants, l'air vidé de qui a craché un gros morceau. Dans sa tête à

elle, dix mille questions se bousculent : pourquoi avoir organisé ce voyage, pourquoi les rires, pourquoi ce gîte, pourquoi avoir collé l'un contre l'autre, sciemment, les deux lits jumeaux en entrant dans la chambre, pourquoi, pourquoi, pourquoi, merde, pourquoi, alors qu'on s'entend bien, alors qu'on fait envie, qu'on a encore fait l'amour dans un gardon cévenol pas plus tard que le week-end dernier, alors qu'au milieu de la nuit, tu me prends la main quand tu sens que j'angoisse, pourquoi puisqu'on incarne, qu'on représente… LE couple par excellence, merde, pourquoi ? Et dans la bousculade, une pauvre petite question trouve à se faufiler.

– Est-ce que je la connais ?

Oui, elle la connaît. Et ses bras lui en tombent. Face-à-face, sans bras pour elle, ballants pour lui, ils sont si pathétiques que Marie voudrait en rire.

– C'est une blague, Pierre, tu me fais une blague ? Pas elle ? Pas la directrice marketing de ton ancienne boîte ? Enfin, tu as passé des années à la critiquer, à la traiter d'emmerdeuse et de prétentieuse, de madame « je-sais-tout » intransigeante et à te plaindre que c'était insupportable de bosser avec elle ! Tu me fais marcher, c'est ça, tu me testes ? Mais c'est nul comme blague !

– Je l'aime, Marie, et je vais partir vivre avec elle. Ce n'est pas une blague.

Pierre s'était préparé à deux réactions de la part de Marie : qu'elle s'effondre en larmes et le supplie de ne pas partir – et il avait envisagé alors, peut-être, de moduler sa décision, c'est en tout cas ce qu'il dira quelques jours plus tard – ou encore que Marie lui dise que oui, pourquoi pas, il faut voir, se séparer est peut-être une bonne idée – et il aurait alors été terriblement soulagé. Mais Marie adopte une tout autre attitude – et c'est bien mal la connaître que de ne pas avoir prévu qu'elle rendrait coup pour coup, qu'on ne lui balançait pas impunément un parpaing en pleine face sans encourir des représailles, qu'à peine remise de sa torpeur, sa fierté

prendrait le dessus, une fierté idiote certes, mais qui lui permet de sortir tête haute de tout et n'importe quoi, y compris d'un aplatissage en règle. Après donc avoir renvoyé Pierre dans les cordes de ses contradictions, elle s'écrie :
– Quelle idiote mais quelle idiote, non mais quelle idiote je fais ! Quand je pense que j'ai fichu une belle histoire en l'air pour toi, pour ne pas te quitter, ne pas te faire souffrir, et toi, toi… Non mais quelle pauvre idiote !
Et les larmes alors jaillissent, diluviennes. Mais pour Pierre elles n'ont pas du tout le goût de celles auxquelles il s'était préparé.
Voilà qu'entre dans le récit un quatrième protagoniste ! Marie aurait souhaité qu'il reste éternellement dans son jardin secret – qui n'en a pas ? – dont la porte avait toujours eu, chez elle, hélas, un défaut de verrou. Une aubaine, pour l'heure, car ce protagoniste la met sur un pied d'égalité : un partout, balle au centre. La preuve :
– Qui est-ce, je le connais ?
Bien sûr qu'il le connaît. Dix ans de moins qu'eux, triathlète épanoui, couvert de pectoraux et d'abdos, ingénieur, marié, deux enfants, équilibré. Stoïquement Pierre encaisse la gifle, suivie d'une caresse, espère Marie :
– C'est du passé, Pierre, ça n'a plus aucune importance aujourd'hui. Mais de fait, je peux tout à fait comprendre ce que tu éprouves pour l'Autre, pour l'avoir moi-même éprouvé – cette attirance qui rend complètement dingue, s'abstient-elle d'ajouter – et que ce n'est pas pour CELA qu'on doive TOUT foutre en l'air.
Alors Pierre explique à Marie que CELA n'a rien à voir. Qu'il ne la quitte pas pour l'Autre – ce n'est pas elle contre toi, Marie, ce n'est pas toi que je quitte, c'est ma vie d'avant. Parce qu'il s'ennuie profondément. Qu'il n'a plus envie de rien, plus goût à rien. Que tout est si fade, si prévisible, si dessiné d'avance qu'il a l'impression étouffante de savoir ce qu'il va vivre demain et après-demain. Partir est un nouveau défi, une nouvelle aventure, la possibilité de

revivre avec passion – tu n'y es pour rien, je n'ai rien à te reprocher. Et l'Autre n'est, insiste-t-il, qu'un élément déclencheur pas une raison. Un catalyseur pour changer de vie.
Un peu plus tard, Georges, depuis les cuisines de sa gargote, les verra débarquer, elle blottie dans ses bras à lui, comme s'il la portait. Il constatera que ces deux-là ont beaucoup à se dire, à se murmurer. Mais aussi que la petite dame n'a pas beaucoup d'appétit, qu'elle picore plus qu'elle ne mange. C'est qu'elle a une boule, voyez-vous, la petite dame, une boule qui lui obstrue la gorge et l'empêche d'avaler plus gros que les tout petits morceaux qu'elle déchiquette et tripatouille dans son assiette, une boule qui gêne aussi, un peu, pour respirer.
De la taille d'un œuf, au moins.
À minuit, parce que la boule lui tire aussi des larmes silencieuses à n'en plus finir – une fuite de chagrin que les paupières fermées ni la volonté ne peuvent réfréner – Pierre serrera Marie dans ses bras en psalmodiant « doucement, doucement, il faut dormir maintenant », sa petite formule magique, récurrente, sur laquelle Marie pensait pouvoir compter jusqu'à la fin des temps.
Au moins.

Chapitre 2

La météo décidément se contrefiche du drame qui se trame : il fait turquoise jusqu'à l'éblouissement et c'est paupières mi-clauses que Pierre et Marie, sur le balcon carré de leur petit gîte en surplomb du jardin, sirotent café pour lui et lait du bout des lèvres pour elle. Ils ont inscrit à leur programme du jour la visite de Nicosie-Lefkosia. Doivent-ils en changer ? Marie préfère-t-elle prendre un avion et rentrer immédiatement en France ? Car c'est Marie qui décide, quelle ironie !
Derrière la question d'interrompre brutalement leur séjour ou pas, deux choses se jouent. Le voyage – du moins les billets d'avion – est un cadeau d'Arnaud, leur fils aîné, fruit d'économies réalisées sur ses premiers salaires. Un cadeau pour leurs cinquante ans, qu'ils fêtent cette même année. Il y a du sacré là-dedans, un effort à faire pour ne pas le décevoir. La seconde chose relève de la stratégie et s'avère beaucoup plus complexe.
La veille au soir, pendant que Marie troquait sa serviette orange contre une tenue plus adaptée aux lampions et nappes vichy de la terrasse de Georges, Pierre avait appelé l'Autre, la bonne nouvelle ne pouvant évidemment pas attendre pour cette Autre, qu'on imagine suspendue à son annonce. Voilà, c'est fait, j'ai tout dit à Marie. Ou quelque chose comme ça. L'Autre s'attend logiquement à ce que Pierre rentre au plus vite. Mais ce dernier n'a même pas envisagé d'interrompre son voyage. Mettons-nous un instant à la place de cette Autre – l'empathie en nous l'exige : il est normal

qu'elle prenne (un peu) la mouche, voire se fâche, mette en tout cas en doute les sentiments de Pierre. Mais paradoxalement, Pierre ne veut pas brusquer Marie : cela s'appelle avoir le cul entre deux chaises.
Marie, qui doucement apprend à apprivoiser sa boule – le lait, ça passe, la tartine de pain, ça coince, essayons donc ce jus de raisin – ne peut que se raccrocher à ce minuscule espoir : faire changer Pierre d'avis.
La chose lui semble d'autant plus plausible qu'à la question posée, également la veille au soir, de savoir depuis combien de temps dure sa relation avec l'Autre, Pierre a répondu « longtemps », mais qu'en insistant, ce longtemps s'avère un mois à peine. Rien de gravé dans le marbre, par conséquent, mais…
– Durant ce mois, nous avons fait l'amour, Pierre, y compris dans un gardon et même sur la banquette arrière de notre voiture. Avais-tu alors son autorisation ?
– C'est parce qu'elle ne le savait pas. Elle croyait qu'on faisait chambre à part. Quand elle a découvert que ce n'était pas le cas, elle a pleuré alors je lui ai promis d'arrêter.
Comme c'est simple, en effet ! Aussi simple que l'usage de leur appareil photo dont Georges s'était saisi pour les immortaliser, attablés tous les deux, au prétexte qu'il trouve sympathique ce petit couple qui revient pour le deuxième soir consécutif.
Ce matin, jus de fruits bu, Marie regarde cette photo prise au crépuscule : la boule ne se détecte pas sur son visage et elle se trouve étonnamment mignonne. Un atout, quand l'Autre n'a même pas celui de la jeunesse, puisqu'elles ont le même âge ? La décision lui incombant, Marie la prend : ils vont rester ici, comme prévu, et suivre durant dix jours leur programme inscrit dans les pages cornées du Routard.
À Pierre de se débrouiller le soir venu – promesse (ou concession ?) a été faite à l'Autre d'un coup de fil quotidien – pour expliquer qu'il

ne rentrera pas avant le 31 octobre, tu comprends, je ne peux pas peiner Arnaud et nous devons, avec Marie – et le prénom rayera le tympan de l'Autre comme un talon aiguille sur du parquet tendre – avec Marie donc, discuter de comment nous allons annoncer à notre entourage notre séparation – deux NOTRE à la queue leu leu qui excluent l'Autre, élancement au tympan –, tu comprends, il NOUS – et le talon de s'enfoncer un peu plus dans le parquet – faut un peu de temps, soit patiente et ne doute à aucun moment de mon amour. Amen.

Pierre a toute la journée pour peaufiner ses arguments. Pour l'heure, les voilà à Nicosie, la capitale de Chypre, que des « *fucking brit* » – c'est ainsi que Pierre qualifie avec humour les Anglais – ont coupée en deux en 1974, d'un vulgaire trait de crayon sur une carte, comme on réconcilie deux enfants se chamaillant pour un bonbon : communauté turque, morceau nord, communauté grecque chypriote, morceau sud. Entre les deux, des Casques bleus veillant sur les ruines d'un mur partiellement défoncé, rafistolé de sacs de sable et d'écheveaux de barbelés, comme des infirmiers sur une plaie béante.

Marie, qui s'efforce à la bonne humeur – et Pierre lui en sait gré – ne peut s'empêcher toutefois d'entrevoir un parallèle entre cette ville meurtrie qui ne cicatrise pas et son couple : un coup de crayon a été donné sur leur Carte du Tendre par une *fucking* Autre qui veut lui voler son bonbon, c'est-à-dire son bonheur conjugal, ce sirop dans lequel elle patauge à loisir depuis plus de vingt-huit ans. Bien sûr, quelques ombres au tableau, comme chez tout le monde, mais pas de quoi déplacer l'ONU, merde !

La partie nord de Nicosie est pauvre et sale, peu de commerces, à peine un troquet moins pouilleux que les autres où prendre un verre. Troquet sur la table défraîchie duquel ils oublieront le Routard, au milieu des crottes de mouches. Ils n'iront pas le rechercher : un seul passage relie les deux moitiés, où les identités

sont longuement vérifiées, pas question de refaire l'interminable queue. La moitié sud, plus riante, plus lumineuse, comme si le soleil avait choisi son camp, colle à la description du guide d'une capitale dynamique et moderne : grandes avenues, petites églises lovées entre bâtis anciens et immeubles de bureaux vitrés, banques, musées et pompeux monument de la liberté.
Quelle liberté retrouve-t-on quand on se sépare ? Serais-je une partie nord ou une partie sud dans mon couple coupé en deux ? s'inquiète Marie. Je ne laisserai en tout cas, quoiqu'il arrive, personne construire un mur de barbelés entre nous. Personne !

Chapitre 3

Le compte à rebours est enclenché : sept jours encore, en comptant celui du vol, et ce sera le retour en France. Ce qui suffit à certains pour créer un monde semble bien court à Marie pour sauver le sien.
Certes, Pierre et elle se parlent chaque jour de ce qui leur arrive et chaque jour à venir, ils vont en parler encore. Chaque jour, Marie compose – pactise ? – avec la boule : je te donne mon sommeil et mon appétit, tu me laisses sourire, rire, charmer. Mais Pierre ne voit pas Marie, il regarde déjà au-delà de ces vacances, il sourit à l'avenir. Marie le constatera chaque soir, en regardant les nouvelles photos prises, à cet air conquérant qu'il arbore, quand elle s'accroche de toutes ses griffes au passé, dont ces photos font déjà partie prenante. Gentiment, en la serrant dans ses bras, il colmate les fuites, si par mégarde Marie perd trop de larmes, mais son rôle clairement s'arrête là.
De quoi parlent-ils, doit se demander Georges en les observant dîner après dîner. Marie répond aux questions de Pierre concernant le quatrième protagoniste ; elle réfute toute trahison, elle s'explique, raconte comment elle a lutté contre des sentiments qui la dépassaient parce que leur couple est primordial à ses yeux. Bien sûr, au fond d'elle, elle sait qu'elle aurait dû se taire, que Pierre se sent légitime désormais dans son histoire avec l'Autre. De fait. Toutefois, son aveu à une vertu : davantage encore que sur un pied d'égalité, il met Marie et Pierre en connivence, il incite à

la confidence. Et aide ainsi Marie à appréhender ce que Pierre a dans le ventre : en leitmotiv, son mal-être de l'été dernier et le désir retrouvé soudain de se lever chaque jour, grâce à l'Autre, pour l'Autre, dont Marie apprend qu'elle est si fragile, si perdue, Marie, je ne peux quand même pas la laisser passer seule le cap de ses cinquante ans ? L'Autre qui vient de se faire larguer – par un homme marié rentré au bercail, si Marie comprend bien – et qu'il faut consoler, vite.

Et moi, s'interroge une Marie sidérée, dois-je passer seule le cap de mes cinquante ans ? Suis-je une Iphigénie sacrifiée sur l'autel de leur aventure, pour assurer bon vent à leur bateau tout neuf ? Est-ce juste que celui de notre couple, en échange – mais de quoi ? – soudain prenne l'eau ? Et Marie de répéter chaque jour qu'ils font la connerie de leur vie, Pierre, nous séparer est la pire connerie de notre vie !

– Peut-être, mais si je ne la fais pas, je risque de le regretter des années durant : je veux vivre cette histoire avec l'Autre jusqu'au bout, Marie, ma décision est prise, je ne retournerai pas en arrière.

Outre ces échanges – dialogues de sourds ? – trois événements vont marquer l'album des souvenirs de Marie : leur trail autour du mont Olympe, la recherche d'un timbre-poste au beau milieu des Troodos et sa rencontre avec un arbre à vœux particulièrement zélé.

Un chemin bien balisé, de sources d'eau et de bancs notamment, permet de faire, en quatorze kilomètres, le tour du mont Olympe, le plus haut de Chypre. Bien qu'il présente peu de dénivelés, ce sentier est réputé difficile parce que culminant à quelque 1 900 mètres. Pierre et Marie ont remplacé leur Routard perdu par des prospectus en papier glacé récupérés ici ou là ; celui concernant cette randonnée la donne en cinq heures et conseille de démarrer à l'aube, pour jouir d'une lumière optimale sur les multiples points de vue dominant l'île, tous azimuts. Ils se donnent pour objectif de

la courir en deux heures, pauses panorama incluses. Ils sont entraînés – tous deux sont adhérents d'un même club de triathlon – le défi n'est pas énorme. Ils partent après la mêlée des randonneurs, en doublent régulièrement, trébuchent sur des racines en rigolant, s'émerveillent des paysages à l'horizon, du parfum musqué de la végétation, des couleurs automnales saturées et du ciel toujours aussi turquoise – saveur de lait concentré sucré. Marie est si joyeuse de courir sur les talons de Pierre ou Pierre sur ses talons, que la boule se ratatine, répit hélas de courte durée. Leur objectif atteint, ils s'étendent sous un bosquet de cèdres. Regardent flotter les nuages rares, légers stratus, à travers les branches.
– Pierre, tu ne pourras pas vivre des moments pareils avec l'Autre, en as-tu bien conscience ?
– Et pourquoi non ?
– Mais parce qu'elle ne court pas ! C'est une passion que nous partageons depuis longtemps. Qu'est-ce que tu partages avec elle ?
– Plein de choses certainement dont je n'ai pas encore idée et c'est cette découverte qui m'attire. Je courrai seul, peut-être. Pendant ce temps-là elle visitera un monastère et on partagera ensuite nos émotions. Voilà tout.
Toutefois, le soir venu, quand lors de son appel quotidien Pierre tout content décrit les sensations ressenties autour du mont Olympe, il se heurte à un mur. Mais comment en vouloir à l'Autre qui entend clairement, parce qu'elle n'est pas sotte, que Pierre partage encore avec Marie des expériences qui lui sont à tout jamais inaccessibles – se mettre à la course à pied à cinquante ans passés ne faisant aucunement partie de ses projets ? Comment lui reprocher de prendre ombrage ? Elle espérait un Pierre qui se morfonde dans l'impatience de la retrouver mais force est de constater que ce n'est pas le cas. Et ses paroles prennent un arrière-goût de reproches discrets comme une petite bruine. Pierre, avec sagesse, décide donc de

taire désormais tout ce qu'il partagera avec Marie qui ne pourrait pas l'être avec l'Autre.
Le lendemain, le couple – que Pierre entend détricoter et Marie rapiécer – repart dans les Troodos, à la découverte de ses vieux villages et églises peintes, perdues en pleine nature. À Kakopetria, une petite merveille – entrelacs de ruelles, hautes façades de pierre, escaliers de bois brut, dentelles des galeries suspendues, jolies boutiques – comment résister à l'achat de cartes postales, si colorées sur les présentoirs en devanture, et à l'envie de les écrire et poster séance tenante ? Mais de timbres, point. Arrivés à Platanistasa, Pierre et Marie s'obstinent : ils explorent activement le quartier résidentiel à la recherche d'un bureau de Poste quand un passant parlant le même anglais qu'eux leur indique… la mairie ! Qui est fermée pour l'heure. Le passant pointe alors du doigt la maison du maire, juste en face, où un homme tout en rondeurs prend l'ombre dans son jardinet. Marie et Pierre expliquent à ce personnage accort et plus tout jeune qu'ils cherchent des timbres-poste – *stamp* en anglais. Le maire paraît très étonné par leur requête. Fort toutefois de son sacerdoce d'élu, il les entraîne dans ce qui sert chez lui de bureau, sort d'un tiroir un énorme tampon-encreur, attrape un petit papier blanc et l'estampille d'un geste solennel. Il tend fièrement le papier – désormais aux effigies de son village – à un Pierre qui n'y comprend rien. « *Stamp*, *stamp* », répète Marie en boucle en brandissant ses cartes postales. Le maire éclate alors de rire : le mot anglais *stamp* signifie aussi tamponner et il croyait que ces deux-là voulaient… un coup de tampon de la mairie ! Marie et Pierre se joignent à son hilarité et la jovialité aidant, le maire sort une bouteille et des verres. Et dans le jardinet, pendant que les hommes papotent, Marie se retrouve à éplucher des pommes et des pêches avec l'épouse, elle aussi toute en rondeurs et sourires, qui prépare des confitures.
Plus de boule à ce moment-là.

Elle reprend ses droits quand Pierre s'isole pour son petit coup de bigot vespéral. Un Pierre qui, prudent, raconte avec un enthousiasme retenu la péripétie du timbre-poste et son dénouement ; et qui se heurte, de nouveau, à un mur. Mais comment en vouloir à l'Autre qui entend clairement, parce qu'elle n'est pas plus sotte que la veille, que Pierre vit encore avec Marie des instants incroyablement savoureux, qu'elle pourra, certes, vivre aussi avec lui le moment venu – mais c'est quand, ce moment venu, hein, Pierre, quand comptes-tu quitter Marie pour de bon ? Et cette fois le temps n'est pas à la bruine, mais au déluge de reproches. Pierre, avec sagesse, décide donc de taire désormais tout ce qu'il entreprend ou compte entreprendre AVEC Marie.
Le jour suivant, après avoir fait leurs adieux à Georges, ils quittent Kalavasos et la Kontoyiannis House pour s'installer à Paphos, ville balnéaire de la côte sud. Pierre a réservé un grand studio meublé où trône un lit matrimonial. S'il avait, avec délicatesse, fini par éloigner les lits jumeaux du gîte précédent, il n'est plus, pour les nuits restantes, d'éloignement possible. Une idée va alors germer dans la tête de Marie et quand, un peu plus tard, ils croiseront au détour d'une place de Paphos, un arbre à vœux habillé de rubans tournoyant au vent comme des papillons intrépides, Marie attachera à une branche basse son chouchou bariolé en formulant son vœu particulier. Parce que l'arbre n'est certainement pas contre un petit coup de pouce, elle profite du déjeuner, pris sur le port et sur une nappe de coton bleue ornée de coquillages et d'étoiles de mer, pour pousser son pion.
– Quelque chose dans cette histoire et cette précipitation me perturbe : la toute dernière fois qu'on a fait l'amour ensemble, je ne savais pas que c'était la dernière. J'aurais bien aimé le savoir.
– Moi non plus, je ne le savais pas. Je pensais…
– Tu pensais ?

– Non rien, laisse tomber. Il est tout de même légitime qu'elle ne veuille pas se contenter d'être ma maîtresse ? Et moi je préfère t'avoir dit la vérité. Je ne comprends pas que l'on puisse vivre dans la duplicité.
Sous-entendu : toi, Marie, tu l'as fait, tu as été salement hypocrite. Mais Marie ne relève pas. À quoi bon, elle s'est déjà expliquée longuement et ne veut pas se détourner de son objectif.
– Du coup, je me dis qu'il serait bien de faire l'amour une dernière fois, en sachant que c'est la dernière. Qu'en penses-tu ?
L'arbre à vœux ainsi aidé fait son office : Pierre est d'accord, faisons comme ça, une dernière fois, mais attention, attention, comme il a promis de s'abstenir de coucher avec Marie, il n'y aura pas pénétration. Homme naïf qui pense que faire l'amour doit nécessairement en passer par là !
Et Pierre, le soir venu, se félicitera lors de son rituel téléphonique d'avoir pris la veille la sage décision de taire ce qu'il projette de faire avec Marie.

Chapitre 4

Était-ce une bonne idée que ces dernières étreintes oblitérées comme telles ? Peut-on atteindre l'orgasme quand on sait que c'est la dernière fois et que plane l'ombre d'une Autre ? La réponse est évidemment et doublement non. Pour que ça lui serve de leçon, au matin, Marie prendra une photo du lit défait.

Pour l'heure, elle peine à s'endormir. Elle écoute dans la pénombre le ronflement feutré de Pierre, cette petite musique de nuit qui la berce depuis vingt-huit ans et que l'Autre ne supportera jamais. Mais ça, Pierre ne le sait pas encore, qui devra faire chambre à part, quelle ironie, dans sa vie nouvelle, appelée de ses vœux. Des vœux – renouvelés avant d'éteindre la lumière – bien plus puissants que celui de Marie.

Peut-être le mien n'était-il pas assez ambitieux ? Ai-je péché par abus de confiance en mes charmes ? Ou sous-estimé ceux de l'Autre ?

Si la boule empêche les aliments d'entrer, elle empêche aussi, en sens inverse, de nombreux mots de sortir. Des mots que Marie ressasse. Au rang desquels ceux de son indignation. Alors qu'ils ont toujours TOUT partagé, est-il normal, légitime, recevable, que Pierre n'ait pas débattu avec elle avant de prendre sa décision ? Un constat terrible pour Marie. Elle a toujours abordé les événements en sujet agissant et la voilà reléguée, par l'homme de sa vie de surcroît, au rang d'objet subissant.

Verbaliser son ressentiment, dans cette pénombre où Pierre ronflotte, le rend insupportable soudain. Sa colère grandit. Et grandit encore. Elle voudrait frapper Pierre, de toute la force de ses poings, de quel droit tu me fais ça, Pierre, de quel droit ?
Et Marie ressasse, ressasse, ressasse… jusqu'aux envies de meurtre.
Aux premiers chants des oiseaux, de ceux qui annoncent l'aube, enfin elle sombre dans un songe fracassant, de hautes falaises blanches, de ressac et de chute d'un corps…

Chapitre 5

Ils n'ont pas encore garé la C1 sur le parking de terre battue et d'herbes rases en surplomb du cap Lara, que Marie comprend que les falaises ne feront pas l'affaire. Sur le prospectus touristique, elles surplombent fièrement, impressionnantes et majestueuses, une mer d'écume – un Étretat local, en quelque sorte – mais en réalité, quand on a le nez dessus, elles ne sont pas à la hauteur – c'est le cas de le dire – tout du moins à cet endroit-là, d'où part le chemin qui descend vers la plage, mi-sable noir, mi-rochers plats et blancs, comme des touches de piano. Si elle pousse Pierre de ce petit surplomb, tout au plus devra-t-elle gérer un rapatriement sanitaire pour deux ou trois fractures. La dérision de la situation lui tire un petit rire de crécelle.

– Qu'est-ce qui t'amuse ?

– La situation, Pierre. Nos enfants, nos amis qui nous croient tous en train de nous éclater en amoureux de l'autre bout de l'Europe, et nous, là… à quoi ça rime ?

– C'est toi qui as voulu rester ! Si tu crois que c'est facile pour moi de justifier chaque soir ma présence ici.

Ainsi, pense Marie, je ne suis pas seule à avaler des couleuvres. Et ça la ravigote, Marie : elle en déteste un peu moins Pierre. Pierre qu'elle ne veut pas perdre, d'aucune façon que ce soit, Pierre qu'elle aime encore, malgré l'horreur de ce qu'il lui fait. Alors elle dévale le chemin, choisit un rocher plat pour étaler sa serviette, retire à la hâte ses vêtements et se jette à l'eau, sans rien sur elle puisqu'il n'y a quasiment personne sur cette plage de bout du monde… de bout de son petit monde connu, auquel elle s'accroche désespérément. Marie nage un joli crawl – merci à ses trois entraînements de natation par semaine – et l'eau cristalline glisse sur sa peau hâlée. Toute à la caresse, elle plonge, se plaît à imiter le dauphin – apnée et ondulations – et là, entre deux eaux, irradiée par les stries du soleil, brusquement, elle lâche prise. La boule instantanément se dissout. C'est si soudain qu'elle sursaute. Il ne s'agit en rien d'une capitulation, non, mais bien d'un lâcher-prise. La personne qui se noie coule si elle capitule ; mais si elle lâche prise, elle remonte à la surface et flotte. Ainsi Marie légère comme un bouchon de liège s'abandonne au courant : Pierre veut qu'on se sépare, et bien, séparons-nous ! Ni veuve, ni abandonnée mais séparée, voilà mon nouveau statut !

Le soir venu, Pierre au téléphone taira certainement qu'ils ont nagé nus sous de petites falaises blanches, qu'il a pris de nombreuses photos de Marie en maillot sur le sable noir, comme on glisse dans ses bagages un objet-souvenir. Qu'ils ont ensuite crapahuté dans les gorges étroites d'Avakas, trouvé dans Paphos une taverne sympathique pour dîner et qu'enfin Marie s'est remise à manger normalement. Il préférera certifier à l'Autre qu'il l'aime, lui faire prendre patience, car il ne reste plus que deux jours et je rentre en France et dans trois jours je quitte Montpellier pour Paris. Pour toi, mon amour.

Chapitre 6

Pierre constate avec soulagement que le changement d'attitude de Marie perdure : appétit retrouvé, nuit sans larmes – ce qu'en son for intérieur il appelait les « larmes de fond » de Marie tant elles lui faisaient peur, à l'attirer vers ses profondeurs intimes où la culpabilité le dispute à l'excitation.

À présent, Marie trotte devant lui, short d'été, chaussures de marche, sur le chemin d'Aphrodite, une randonnée qui sillonne la péninsule de l'Akamas, à l'extrême ouest, dont le dépliant touristique affirme qu'elle est le lieu le plus romantique de l'île.

– Le mieux est de pique-niquer aux ruines du château de Regina, pépie Marie devant lui, et ensuite d'enquiller par le chemin d'Adonis, ça devrait nous faire une dizaine de bornes, est-ce que tu sais que ces garrigues, ces gorges, ces chênaies qu'on va traverser ont abrité les amours d'Aphrodite et d'Adonis ?

Non, Pierre ne sait pas. Ni que Marie, désormais d'accord pour qu'ils se séparent – elle a bien réfléchi – l'entraîne par ces chemins mythiques dans une phase de négociations. Pour avoir réfléchi, elle a réfléchi. À ce qui lui est cher et qu'elle ne veut pas perdre. Qui ressemble à s'y méprendre à ce que, tout au fond de lui, Pierre craint malgré tout de perdre.

– Donc nous sommes bien d'accord, nous allons expliquer à mon père en rentrant, puis à nos enfants et à nos amis les plus proches que nous avons décidé de nous séparer. Bien sûr, ils vont être terriblement surpris, puisqu'ils ne nous ont jamais vus en conflit, ni

malheureux d'être ensemble. Nous devons donc trouver une justification qui tienne la route. Une idée ?
De façon évidente, pour n'importe quel couple, l'Autre serait cette justification. Mais Pierre ne cesse de se défendre de quitter Marie pour elle. Il s'en tient à sa vérité : il a envie de vivre autre chose, voilà, on a qu'à dire ça, qu'on a envie de vivre autre chose chacun de notre côté mais qu'on reste proches évidemment. Que cela ne remet en aucun cas en cause nos relations avec nos parents, enfants et amis, voilà.
– Alors on va continuer de se voir ?
– Évidemment Marie, ne serait-ce que pour nos enfants. Et puis aussi pour régler beaucoup de détails, comme les maisons.
Détails, les maisons, qui, chez Pierre et Marie, s'entendent au pluriel ? Ils possèdent en effet une très belle villa à Montpellier dans un parc arboré et un vieux mas dans les Cévennes, leur trésor, dont la restauration entamée il y a neuf ans est presque terminée. S'y ajoutent un appartement à Valence ainsi qu'un studio à Nîmes, tous deux mis en location. Pierre pour se lancer dans sa nouvelle vie aura forcément besoin d'argent, il va falloir couper dans le patrimoine.
– Nous pourrions garder le mas et nous y retrouver une semaine chaque été avec nos enfants ? Nous deux et nos deux enfants ?
La proposition fait consensus, car Pierre croit encore naïvement que l'Autre n'y verra pas d'objection. Il imagine même pouvoir l'y emmener un jour dans ce mas qu'il aime tant. Parce qu'évidemment :
– Tu vois, Marie, ce qui est formidable, c'est que nous sommes entre belles âmes. Tu as une belle âme, elle a une belle âme et moi aussi, je pense. Et bien sûr, on partagera encore de bons moments, tous les deux. Et peut-être même qu'un jour, quand tu auras un nouvel homme dans ta vie, pourrons-nous nous voir tous les quatre,

comme mon pote Claude avec son ex et sa nouvelle compagne qui…

Mais Marie n'écoute plus. Trois belles âmes ? L'Autre, lui et moi ? S'insinue un léger doute, léger, léger… C'est que son crâne lui cuit encore d'un coup de parpaing, voyez-vous. Et qu'elle n'est ni aveugle ni sourde, Marie. Elle voit bien que les échanges téléphoniques du soir sont loin d'être une sinécure pour Pierre, comment il en revient essoré, il arrive même qu'elle entende, Marie, quand Pierre s'installe sous le balcon du studio de Paphos : ça chauffe le plus souvent, bien plus que ça ne roucoule ! Mais puisque je suis une belle âme, n'est-ce pas, offrons aux deux autres le bénéfice de mon léger doute.

Chemin faisant, sur le sentier de randonnée et dans leurs esprits respectifs, sous le soleil et dans le chant des cigales, et peut-être aussi sous la surveillance d'Aphrodite et d'Adonis, les décisions et les engagements se prennent.

Notamment, que Marie pourra toujours compter sur Pierre. Qu'il sera là en cas de besoin.

Et des règles s'érigent.

Une certaine bande d'amis, par exemple, reste intouchable : l'Autre ne doit pas l'intégrer, ni, quand elle l'aura rencontré, parce qu'elle va forcément le rencontrer, le nouveau compagnon de Marie. Ils continueront de voir ces amis-là tous les deux ou seul. Pour les autres amis, ça se complique un peu : Pierre et Marie décident de les laisser juges de qui, quand et comment fréquenter.

Marie, régulièrement, rappelle à Pierre que, même si elle y souscrit désormais, leur séparation reste la plus grosse connerie de leur vie. Pas question de lâcher son credo. Et pourtant, c'est elle qui précipite les choses : on va divorcer au plus vite pour se reconstruire au plus vite, ne pas laisser traîner pour souffrir le moins possible, faire estimer la maison de Montpellier dès notre retour, vendre l'appartement de Valence en priorité. Pierre acquiesce, tout semble

si simple soudain. Que de bonnes nouvelles à annoncer ce soir par téléphone !
En taisant toutefois certains arrangements. Évidemment.

Chapitre 7

– Pierre ?
– Mumm…
– Tu dors ?
– Mumm ? Biiiinnn… Non, là je ne dors plus.
– Tu sais, à chaque fois que des couples se sont séparés autour de nous et que la personne quittée affirmait n'avoir rien vu venir, mais alors rien de rien, tu as toujours soutenu que ce n'était pas possible, que forcément il y avait eu des signes avant-coureurs mais qu'elle s'était voilé la face en refusant l'évidence. Pour nous, est-ce qu'il y a eu des signes avant-coureurs qui auraient dû m'alerter ?
– Ah non. Pour le coup, pas du tout. Moi-même je suis très surpris. Je n'ai rien vu venir non plus.
– …
– Bon, maintenant Marie, il faut dormir. D'accord.
– Pierre ?
– Mumm…
– Tu dors ?
– Mais enfin Marie, oui, j'essaye, quoi encore ?
– Et si on décidait que c'est un break. Juste un break de quelques mois. Pour tester, parce que si des fois…
– Écoute Marie : non. Il me semble avoir été clair : mon choix est ferme et définitif. Je ne reviendrai pas en arrière comme l'a fait ton grand-père. Je pars comme l'a fait ton père. Et maintenant je voudrais vraiment dormir.

Chapitre 8

Que dire des deux derniers jours à Chypre ? Qu'ils ont filé comme l'éclair pour Marie ? Qu'ils ont paru interminables à Pierre ? Qu'ils ont permis de visiter, entre autres monuments, les tombeaux des rois et des catacombes et que Marie a pensé ici et maintenant on enterre pour toujours de belles années à venir ? Que Pierre alors n'a rien pensé du tout ?
Nous sommes le 31 octobre. La C1 blanche, avec son volant du mauvais côté, a été rendue à son loueur et les voilà dans le hall de l'aéroport. Pierre sa valise kaki sur les talons – valise qui commençait peut-être déjà à s'enraciner comme un appendice, allez savoir ? Et derrière la valise qu'elle ne perd pas du regard, Marie, son gros sac à l'épaule, chargé de ses affaires, certes, mais aussi d'immatériels et pourtant lourds souvenirs – mes derniers souvenirs avec Pierre ? Notre dernier voyage ? Mon dernier voyage ?
C'est que Marie se connaît bien. Des voyages professionnels avec toute une équipe d'attachées de presse à ses basques, pas de problème. Des vols avec son groupe d'amis qui veille sur son attirail, aucun souci. Un embarquement avec Pierre, tout est sous contrôle. Mais Marie seule dans un aéroport ? Ne pas égarer son bagage ou pire sa carte d'embarquement ? Ne pas se tromper de terminal ni de porte ? Ne pas paniquer ? Elle ne saura pas, non, elle ne saura pas. Cela demande une concentration trop grande, elle ne pourra pas.

– Pierre, je pense que ce serait bien qu'on prenne encore une décision, très importante pour moi. Vraiment très importante.
– Oui, bien sûr, dis-moi. Si ça ne met pas en péril ma relation avec…
– Non, non, pas du tout, je ne pense pas. C'est une belle âme, elle comprendra, forcément.
– Alors ?
– C'est à propos du voyage au Brésil.
Ah, le voyage au Brésil pour aller voir Arnaud. Arnaud qui doit faire un semestre d'études à l'Université de Santa Catarina, de février à août de l'année prochaine, et qu'ils ont prévu de rejoindre pour une quinzaine de jours en mai. Parce que Marie n'envisage pas d'être séparée huit mois durant de son fils – « mon fils-mon fils » comme elle l'appelle pour le faire rire. Le Brésil, donc, en mai.
– Seule je ne pourrai pas. Rien que d'y penser j'ai des suées, Pierre. Est-ce que tu viendras avec moi ? Est-ce que tu peux expliquer à… que c'était prévu et que tu ne peux pas y déroger ?
– Oui, Marie, bien sûr, bien sûr, ce n'est pas évident tu sais, mais je vais essayer, promis.

Jean

Chapitre 1

– Il y a quelqu'un ? Ouh-ouh, il y a quelqu'un ? Marie ? Pierre ?
Quand Jean, après avoir frappé au carreau de la porte d'entrée, entre dans le hall démesuré de la villa de Pierre et Marie, en milieu d'après-midi de cette journée couleur de plomb et détrempée et déprimante d'un premier novembre comme seule la ville de Montpellier sait les produire, le silence d'abord le surprend. Puis le froid.
Mauvais présage.
Panique soudain : Marie ? Marie, tu es là ?
Marie est bien là, depuis le matin elle n'a pas bougé, là où il la trouve, assise par terre, sur le carrelage glacé du séjour, dos au mur, mur glacé aussi, dans un tee-shirt minuscule et une sorte de panty en dentelle – sa tenue de nuit, ma fille est en tenue de nuit, mais qu'est-ce qui se passe ici ? –, Marie blanche comme un spectre.
Bon sang.
– Où est Pierre ?
Pierre, qui lui a téléphoné la veille au soir, pour lui annoncer qu'ils étaient bien rentrés de Chypre et l'inviter à prendre le thé demain, « viens vers seize heures, on te racontera notre voyage ».
– Parti. Il est parti.
Et c'est comme un bouchon de champagne qui saute – sauf qu'il n'y a rien à fêter ou alors il faudrait être taré pour fêter ça – ; des bulles de mots jaillissent, Marie voudrait tout dire en même temps, forcément c'est incohérent, Jean n'y comprend goutte, sans

mauvais jeu de mots, il peut juste prendre sa fille dans ses bras, la serrer, la réchauffer, chut, doucement, ça va aller mon bébé, ma Minou, calme-toi.
Voilà à présent Marie douchée, habillée chaudement, lovée sur le canapé. Jean a mis du bois dans le poêle, du petit puis deux trois bûches, craqué une allumette, les flammes lèchent le verre, fascinantes. Tu veux un thé ? Je vais faire du thé, je me débrouille, ne bouge pas, réchauffe-toi.
Sa tasse entre les mains, bien serrée, Marie enfin raconte calmement comment Pierre et elle, à Chypre, ont fait le point et décidé de se séparer. Tu parles !
– Et c'est qui ? Elle s'appelle comment cette bonne femme ?
– Mais quelle bonne femme ?
– Marie, ne me prends pas pour une truffe. Je connais les hommes par cœur, trop lâches pour se barrer sans avoir assuré leurs arrières, il y a forcément une bonne femme là-dessous ! Et puis c'est quoi, cette histoire de vous séparer alors que vous vous entendiez bien et je m'y connais en couple, crois-moi, c'est n'importe quoi !
Oui, bien sûr, bonne femme il y a. Une ancienne collègue de Pierre, de l'époque où ils vivaient en région parisienne. Après la fermeture de leur boîte, tout un groupe d'anciens avait gardé le contact, ils se retrouvaient cinq ou six fois par an dans un restaurant. Donc Pierre la croisait dans ces occasions-là, non, non, tu te trompes, ils n'étaient pas amants, pour ça je crois Pierre, leur liaison – puisque tu veux à tout prix parler d'une liaison – ne date que du 22 septembre très précisément. Marie veut bien admettre que l'Autre existe – on ne peut nier cette évidence –, mais étaye aussi sa version d'une séparation : Pierre déprimé tout l'été, pas facile pour elle non plus, besoin d'un peu de recul, tu comprends ?
– Je comprends surtout que vous faites la pire connerie de votre vie.
– C'est toi qui me dis ça ? Alors que tu es parti aussi, rappelle-toi !

– Mais enfin ma Minou, tu ne vas pas comparer ? Ça n'a rien à voir et tu le sais très bien ! Et là, où est-il, ce crétin ?
– À Paris. Chez la bonne femme comme tu dis. Il est parti ce matin. Juste le temps de mettre des vêtements propres dans sa valise à peine vidée et, hop, il a pris le premier TGV.
– Dommage. Il aurait été là, je lui aurais pété la gueule, à ce salopard ! Tu as vu dans quel état il te met ?
Et pour cause : lorsque Pierre est sorti de leur jardin, ce matin, valise kaki à roulettes cahotant sur ses talons, le portail métallique s'est refermé dans le claquement sec d'un coup de révolver. Marie a vu clairement la balle jaillir, fendre le brouillard et se ficher dans sa poitrine. Comment survivre à une balle en plein cœur, hein, dis-moi ? Et pire encore, vas-tu le croire, au fur et à mesure que Pierre s'éloignait – roulement decrescendo de la valise –, le sol se dérobait sous mes pieds, comme un tapis dont Pierre aurait coincé un angle dans sa chaussure, la droite au hasard. Pierre parti en emportant le sol sous mes pieds, une balle fichée dans mon cœur, dans quel état veux-tu que je sois sinon suspendue à l'agonie au-dessus du vide ?
Voilà ce qu'elle voudrait avouer à son père. Au lieu de quoi, elle se pelotonne contre son épaule et pleure.
– Mon bébé, vas-y, mon bébé, ça ne peut te faire que du bien.

Chapitre 2

Dès le lendemain, Jean prend les choses en main.
Lui qui pensait trouver du réconfort auprès de Pierre et Marie, après toutes les épreuves qu'il avait traversées – cancer, radiothérapie, séparation pour lui aussi après vingt-six ans passés avec sa compagne, déménagement à Montpellier il y a un mois à peine, bon sang, six jours seulement avant le voyage à Chypre, pour se rapprocher de sa Minou, sa fille unique, à bien des égards –, mais non, c'est lui qui doit réconforter. Sa compagne, Hélène, avec laquelle il reste en très bons termes, soulignera que peut-être c'est mieux ainsi, qu'il va être obligé de s'oublier un peu et de moins songer à ses propres maux. Pourquoi pas ?
Jean voudrait bien appeler ses petits-enfants, Arnaud et Lucie, s'appuyer sur eux pour soutenir Marie, mais celle-ci le lui a défendu – pas pour l'instant, ils ne savent pas encore, Pierre étant à Paris, comme eux, c'est à lui de leur annoncer la nouvelle, ça ne peut pas se faire à distance, par téléphone, une telle nouvelle impose délicatesse.
C'est donc son gendre qu'il appelle. Pour cerner un peu mieux la situation, mesurer ses positions, entendre ses intentions – mais sans l'engueuler, Marie le lui a défendu, ça aussi, parce que si Pierre et moi devons revivre ensemble, il est préférable de ne rien dire de trop violent, de trop blessant, d'irréparable, tu comprends ? Mais d'où sa fille tient-elle cette mollesse soudaine de caractère… pas le temps de s'appesantir, colmater d'abord les brèches. Au téléphone

avec Pierre, il compose, minimise, arrondit les angles mais reste ferme sur le fait que celui-ci doit redescendre à Montpellier rapidement. Tu dois mieux t'expliquer Pierre, c'est incompréhensible pour Marie et pour moi aussi, d'ailleurs ! Et puis elle ne peut pas s'en sortir seule, pour l'instant, avec cette grande maison, tu pourrais au moins venir couper du petit-bois, on se gèle, et moi je n'ai pas trop la force. D'accord, son gendre est d'accord, il va venir.
– Quand, Pierre ?
– Très vite, promis, très vite. Mais précise bien à Marie que je vais repartir, ne la laisse pas nourrir d'illusions.
Pierre débarque six jours plus tard et Marie est gonflée d'illusions dont le pauvre Jean est loin de se douter. Elle est comme une baudruche à l'hélium dressée dans l'azur, Marie : belle aubaine pour quelqu'un, faut-il le rappeler, qui n'a plus de sol sous les pieds.
Quand Pierre franchit le portail de leur grand jardin, la végétation et Marie resplendissent sous le soleil, la première dans ses rougeoiements d'automne, la seconde dans une charmante petite robe au crochet blanc cassé. Il en lâche sa sautillante valise kaki pour la serrer contre lui, à pleins bras. Avant de vite se reprendre, se raidir, se dégager. Fidèle à son plan et à ses promesses parisiennes – dès demain soir je serai rentré, ne t'inquiète pas, je vais juste chercher mes pulls chauds et couper un peu de bois, bin oui, du bois –, et fidèle à son nouveau lui.
Son nouveau lui ? Manteau de laine noire, neuf, cintré, très élégant. Minci ? Oui, on dirait bien. Bronzé – monsieur entretient son hâle chypriote. Bien dans ses nouvelles baskets… ah non, pardon, chaussures, vernies, rutilantes. Un Pierre tout neuf de la tête aux pieds, en quelque sorte, que Marie, cette idiote, réussit même à trouver séduisant.
À peine arrivé, changé pour un vieux survêtement qui restera à Montpellier – indigne de la capitale, on s'en doute – il se jette en forcené sur le tas de bûches et débite du petit-bois, de quoi tenir

un siège, merci dit Marie, qui espère toutefois ne pas être assiégée. Un détail la perturbe plus encore que manteau, chaussures et prestance, mais quoi ? Non de non, Pierre, en pause après ses efforts, fume une cigarette, assis sur les marches de la terrasse. Huit jours loin de Marie et son vieux vice l'a déjà repris.
Quand Marie a rencontré Pierre, vingt-huit ans plus tôt, on pouvait le qualifier de fumeur invétéré, au grand dam de sa mère : un gamin de vingt et un ans à peine, en train de se bousiller les poumons ! Les non-fumeurs ne démentiront pas : embrasser à pleine bouche un fumeur donne l'impression, immonde, de suçoter un mégot. Même amoureuse, il y a des limites que Marie ne dépasse pas, dont lécher les fonds de cendriers fait partie. À force de devoir se laver les dents avant chaque baiser, Pierre avait, du jour au lendemain – comme quoi, bien motivé… –, stoppé la cigarette. Au grand bonheur de sa génitrice qui vouerait à Marie une reconnaissance éternelle. Devant cette éternelle, l'Autre, d'emblée, avait perdu des points.
– Tu t'es remis à fumer ?
– Je n'ai pas besoin de tes commentaires et encore moins de ton jugement.
Marie comprend vite que tout sera à l'avenant. Elle a envie de se blottir dans ses bras ? Lui, visiblement, de la tenir à la distance. Elle saisit une occasion de le frôler, il se raidit. Elle voudrait retenir les minutes qui filent, filent, elle voit bien qu'il s'impatiente. Une semaine loin d'elle en a fait un autre homme, plus froid, distant, un peu hautain. Seul l'intéresse l'avenir. Dont il fait étalage maintenant qu'ils sont tous deux installés au salon, dans la chaleur du poêle, verres et cacahouètes sur la table basse.
– J'ai parlé aux enfants, tout s'est bien passé, je suis content.
– Comment ont-ils réagi ?
– Très bien, très bien. Bien sûr, il va leur falloir un peu de temps. Professionnellement, c'est mieux que je sois à Paris, c'est là-bas

que ça se passe, je vais pouvoir lancer de nouveaux projets. Je pense que je vais me faire opérer aussi, pour ne plus ronfler, parce que c'est très gênant, ça dérange, j'ai pris rendez-vous avec notre ancien ORL, le docteur Bonnard, qui était très bien, non ? Et puis aussi, je vais me faire retirer par épilation définitive tous ces poils que j'ai dans le dos, parce que ce n'est pas très beau cette pilosité excessive, ça frise le handicap. Ah, et aussi je vais…
Mais Marie a cessé d'écouter. D'abord parce que c'est Marie et que sa concentration ne peut dépasser un certain seuil dans le flot des paroles d'autrui, c'est comme ça, mais aussi parce que chaque annonce est une flèche dans sa baudruche, elle se dégonfle Marie, pchit-pchit. L'Autre mérite tous les efforts, Pierre est prêt à se surpasser pour elle, rien ne sera trop beau ! Mais qu'ai-je donc été pour cet homme pour qu'il ait trouvé tout à fait normal de me ronfler aux oreilles et de m'imposer cette hyperpilosité disgracieuse qui court aussi sur son torse et ses épaules ? Pchit-pchit-pchit.
Et là, dans un élan d'une maladresse absolue, comme elle aurait mené le petit au bout en ayant omis de compter tous les atouts – sa spécialité au tarot – elle sort son joker de dessous le canapé.
– C'est quoi ça ?
– Tu te souviens de cet article écrit sur nous ? Je suis retombée dessus par hasard – un hasard qui avait nécessité des heures d'ardues recherches !
Comment ne pas s'en souvenir ? Quand leurs enfants étaient tout jeunes, le magazine de leur école d'ingénieurs – où ils s'étaient rencontrés pour ne plus se quitter – avait jugé pertinent de leur consacrer les trois pages de sa rubrique Parcours. Le titre était déjà tout un poème : « Pierre et Marie, nos Curie de l'informatique ». L'article étalait leur vie au grand jour – ils avaient alors donné leur bénédiction : réussite professionnelle, épanouissement familial, passions sportives assouvies, le tout illustré de neuf photos couleurs du couple et de ses deux magnifiques bambins, à dos de chameau,

se découpant sur fond d'alpage et jusque sous l'eau. Pierre tourne et retourne le magazine, front plissé, et Marie se demande s'il lit les mêmes mots qu'elle, élogieux, ou si par sortilège le texte a été changé entre-temps parce qu'il a l'air dépité... Alors qu'elle a puisé, elle, entre ses pages, un merveilleux relent de leur bonheur.
– Et, quoi ?
– Tu te rends compte de ce qu'on a été ? Tu veux vraiment balancer cette vie-là aux oubliettes ? Une complicité pareille ?
– Mais enfin, Marie, c'est du passé tout ça. C'est vieux, ça date. Ce qu'il faut à présent, c'est regarder devant. Et ça vaut aussi pour toi ! Même avec un deux d'atout, le petit se fait écrabouiller.

Chapitre 3

Depuis ce fameux 1er novembre, qui restera gravé dans les annales familiales, son père gère l'intendance. Il débarque chaque matin, sur son vélo de préférence, et s'assure que Marie, petit un, est lavée et habillée, petit deux, a pris un petit-déjeuner conséquent, petit trois, a dans son frigo de quoi déjeuner le midi si besoin, petit quatre, est fin prête pour sa journée de travail, avec son agenda bien en tête. Il s'avérera que même le plus vigilant des contrôles ne sera pas toujours suffisant, en la matière.

À peu près rassuré, il rentre chez lui. À peu près, parce que des larmes immobiles s'accrochent aux cils de sa Minou – qui de fait regarde désormais monde et autrui comme à travers un rideau de pluie –, parce que sa voix est tombée deux tons en dessous, que ses joues sont de craie et que ses mains tremblent.

Quand Pierre avait débarqué, Jean avait préféré se terrer chez lui – par crainte de ne savoir garder son calme – et laisser le couple en tête à tête. Tout en s'apprêtant à ramasser les morceaux une fois le « sagouin » retourné à Paris.

Heureusement, à peine Pierre parti, c'est Lucie qui arrive – je fais le viaduc du 11 novembre, pépé. Jean va la chercher à l'arrivée de son train ; il adore sa petite-fille et déguste tous les petits moments où il ne l'a que pour lui. Il frétille de plaisir quand elle s'approche avec un gros sac pour monter dans sa voiture, sa petite brunette toute fine avec ses immenses yeux noirs qui vous dévorent. Mais ce qu'elle lui raconte alors, d'emblée, l'abasourdit.

– Aux Deux Magots ? Il t'a invité pour ça aux Deux Magots ?
– Oui, pépé, je ne me doutais de rien. Ou plutôt il m'avait prévenu d'une grande nouvelle à m'annoncer. Moi, je m'étais préparée à un truc heureux, tu sais ce que ça coûte aux Deux Magots le moindre machin, c'est festif quoi ! Je pensais à une promotion, genre, mais il me dit qu'ils se séparent, avec maman. J'ai fondu en larmes, évidemment, devant tout le monde. Il m'a mise en situation de pleurer devant tout le monde : quel père fait ça, hein ? Ou alors, quoi, il croyait que j'allais sauter de joie, c'est dingue. Parce que lui alors, non mais, complètement parti de la tête, je te jure, il fume, il se donne des airs, il est surexcité au dernier degré, au secours. Comment va maman ?
– Au secours aussi !
– Attends, tu ne sais pas le pire. Il l'a annoncé à mon frère au beau milieu de ses examens, entre deux épreuves, je ne te dis pas le coup à l'estomac. Pareil, il a cru que mon frère ça lui ferait plaisir. Évidemment, il a raté son épreuve du lendemain. Non mais franchement, tu te rends compte ?
Les poings serrés sur le volant, Jean se rend compte, oh combien. Très vite, il se rend compte aussi qu'il va pouvoir se décharger un peu de l'intendance pendant…
– Tu repars quand ?
– Dimanche.
… quatre jours. Toujours ça de gagné.
Marie, qui les attend dans le jardin, se jette sur Lucie, l'étreint à l'étouffer. Son poussin surdoué, sa Lulu, son trésor.
Quatre jours durant, Lucie applique sa thérapie du poussin consistant à soulever le bras droit de Marie, sa maman poule, et à se blottir en dessous. De longs câlins dans lesquels Marie puise un incroyable réconfort. Soudain, des forces lui reviennent, d'appeler ses amis par exemple, pour annoncer la séparation – elle n'en

démord toujours pas – mais en avouant être anéantie. De l'Autre aussi, il est question.
À la thérapie du poussin blotti, s'en ajoutent bientôt de très inventives. Lise, la meilleure amie, invitée à prendre le thé par une Lucie débordante d'initiatives, prend le relais la première avec sa thérapie du *bed and breakfast.*
– Viens quand tu veux : chez moi tu es chez toi, je te préparerai un lit dès que Lucie sera partie et le petit-déjeuner est compris.
Mais Marie décline. Elle veut rester dans la maison, des fois que Pierre change brutalement d'avis – raison qu'elle n'avoue pas. Au téléphone, ses amis rivalisent. Est ainsi proposée la thérapie par le vide.
– Balance toutes ses affaires dehors, découpe ses fringues, casse ses bouteilles de pinard !
Puis la thérapie par l'haptonomie.
– Monte à Paris et balance leur ton poing dans la gueule à tous les deux !
Suivie de la thérapie par l'art.
– Tague-lui sa bagnole !
Sauf que la bagnole est aussi la sienne, à Marie. Est envisagée alors la thérapie du copier-coller.
– Fais comme lui, prends quelqu'un !
Comme si Marie qui se sentait moche, si moche, avait la tête à ça. Aiguillonné, Jean, ancien professeur de mathématiques, ose enfin la sienne.
– Tu sais, mon bébé, deux couples sur trois se séparent en région parisienne et un sur trois en province.
Mais sa thérapie par les statistiques produit l'inverse de l'effet escompté : Marie, dans une irruption de sanglots, bredouille qu'elle voudrait retourner pour toujours dans le tiers à l'abri !
À peine Lucie partie, Jean reprend son rôle de père aux petits soins. Il passe le matin, vérifie que tout va bien, repart chez lui, revient

le soir. Là, ils prennent le temps, père et fille enfin plus détendus, d'aborder d'autres sujets que Pierre. Ils cuisinent ensemble, mangent devant la télé, commentent l'actualité, se choisissent un bon film à l'issue duquel Jean rentre chez lui, tu es sûr, vraiment, de ne pas vouloir rester dormir ici, cette fois ? Il est sûr.
C'est très fragile encore, mais Marie se redresse, il en jurerait. Certes, restent les joues couleur de craie, le rideau de pluie devant les yeux, la voix fêlée, les mains qui tremblent. Elle a besoin d'un peu de temps, encore, bien sûr. Le traumatisme est si frais !
Et puis, le matin du 16 novembre,
– Ce soir, ne viens pas, je ne serai pas seule.
Sourire en coin, petit air entendu et zeste de candeur… une apparition fugace de son ancienne Marie, sa Minou !
Marie pour laquelle, sans plus aucune retenue, quelqu'un peaufine sa propre thérapie, très personnelle et particulièrement impliquante.
Quelqu'un de sûr de lui.
Un peu trop peut-être.
– Et, il a un petit nom, ce… ?
– Oh, papa, qu'est-ce que tu peux être curieux ! Steph, il s'appelle Steph.

Steph

Chapitre 1

Le jour de leur première rencontre, Steph et Marie portaient chacun leur tenue de combat.

Pour lui, costume léger en laine bleu pétrole – goût caramel beurre salé –, chemise blanche, cravate ivoire, chaussures légèrement vernies : l'ensemble le vieillissait un brin, lui conférant l'assurance que son jeune âge – une petite trentaine – lui refusait encore, face à ses confrères dirigeants.

Pour elle, tailleur jupe courte – elle en possède une petite collection –, pull col roulé moulant, collants noirs transparents et ses indéfectibles bottes de cuir noires à talons plats montantes jusqu'aux genoux. Ainsi parée, elle se sentait irrésistible et le fait est que, commercialement, jupe et bagou conjugués faisaient leur petit effet.

Sur leurs cartes de visite respectives, qu'ils allaient s'échanger sous peu, ils n'étaient pas encore Steph et Marie, mais Stéphane Grandjean, président-fondateur d'une société développant des logiciels de cybersécurité, et Marie-Anne Chanterre, consultante en stratégie d'entreprise.

Pour l'instant, Stéphane Grandjean était de dos et Marie-Anne Chanterre faisait le pied de grue en attendant qu'il lui accorde un peu de son précieux temps. Nous étions mi-novembre, un an avant le départ de Pierre, sur un salon informatique qui se tient chaque année à Montpellier. Les start-up du numérique, dont celle de Stéphane Grandjean, y présentent leurs offres, sur

d'attrayants stands à leurs logos. Marie, chaque année, y traîne ses bottes de cuir, pour proposer ses services – les vendre serait plus exact – aux dirigeants en herbe.
Quand le trentenaire président-fondateur avait fait volte-face, Marie avait été immédiatement subjuguée par sa belle petite gueule de mannequin pour parfum – c'est très exactement ce qu'elle s'était dit, il pourrait poser pour un parfum, appuyé sur le mât d'un bateau, pectoraux au vent, ses yeux couleur de haute mer – avec toutefois cette évidence : on ne joue pas dans la même cour, trop beau et trop jeune pour moi. Même si, à cet instant, elle lui attribuait la quarantaine à peine. Ce qu'intérieurement le beau gosse s'était dit, Marie ne le savait pas encore. Nous non plus, de fait !
La conversation qui s'engagea fut on ne peut plus professionnelle. Certes, Stéphane Grandjean détailla Marie, au point de la déstabiliser – est-ce que j'ai un bout de feuille de salade coincé entre les dents ? Ou une tache sur mon pull ? Ou un souci avec l'ourlet de ma jupe ? Le président-fondateur resta cependant concentré sur les explications de son interlocutrice et s'avoua très intéressé. Échange de cartes, troc de plaquettes commerciales et, pour Marie, un devis pour quelques jours de conseil à envoyer par mail sous quinzaine. Bingo.
En s'éloignant du stand, elle décida de se retourner pour contempler une dernière fois cette avenante paire de larges épaules, avec d'autant plus d'audace qu'elle est alors bien persuadée que son propriétaire est passé à autre chose, la reléguant aux oubliettes. Sa surprise fut donc de taille : le bellâtre était en train de la suivre des yeux, avec une insistance amusée. Quand le regard de Marie croisa le sien, il lui servit un sourire vainqueur et désinvolte. Quelle lui rendit à l'identique – ma petite Marie, tu as eu tort de te sous-estimer !

Chapitre 2

Dans les jours qui suivirent sa première prise de contact avec le client potentiel que constitue Stéphane Grandjean, Marie se contenta d'envoyer le devis promis. Puis rangea la séduisante silhouette dans un coin de sa tête où le fatras règne en maître.

C'est que Marie, à cette époque, a d'autres préoccupations. Des préoccupations terriblement préoccupantes, excusez-moi d'insister. On pourrait même, sans exagérer, parler de parcours de combattants. Quoique, sur le « s » final, Marie souvent s'était interrogée, du combattant au singulier serait plus juste, tant elle s'était sentie seule durant de longs mois. À présent, oui, elle pourrait valider l'apposition du « s », conjuguer ce combat au pluriel puisque Pierre et surtout Lucie s'y étaient engagés, enfin. Pierre après des mois de déni – ce n'est rien d'autre qu'une crise d'adolescence un peu plus violente que la moyenne, elle fait exprès de ne pas vouloir guérir, et patati. Lucie parce qu'elle ne pouvait faire autrement : cette saloperie de maladie, intrinsèquement, s'allie avec sa victime comme dans un kidnapping – je veux maigrir, telle est ma volonté, fichez-moi la paix, vous n'y comprenez rien !

La maladie – anorexie-boulimie puisqu'il faut bien la nommer – ne datait malheureusement pas d'hier. Bien des stades avaient déjà été traversés durant les deux ans écoulés : tentatives de suicide – pluriel, hélas –, psychiatres, psychologues, endocrinologues, scènes quotidiennes cauchemardesques où Marie avait tenu les poignets de sa fille pour l'empêcher de se faire vomir, cris, hurlements, poings cognés sur la porte des toilettes – sors de là tout de suite –, incompréhension de Pierre, larmes de rage, chuchotements, sanglots de dépit, étreintes, pleurs de chagrin profond… Et nuits sans sommeil où, par-dessus les ronflements de Pierre, Marie avait guetté dans la quiétude mensongère le martèlement intempestif du stepper sur lequel Lucie, dans sa chambre à l'étage, s'acharnait à perdre du poids – qu'elle n'avait plus – au lieu de dormir. Et ce petit corps, le petit corps aimé de sa fille chérie, comme sorti d'une archive cinématographique sépia, un peu floue et piquée, sur les camps de concentration.

Et là, en ce début décembre – Noël avant l'heure – une lueur d'espoir : Lucie avait accepté d'être hospitalisée dans une unité spécialisée. Après des fêtes en famille – famille qu'elle a parfois l'impression de porter à bout de bras –, Marie laissa sa fille en pleurs derrière le haut grillage de la clinique S., ne me laisse pas maman, je t'en supplie, reviens maman, mamannnn… car il y a un fossé entre la description sur papier glacé d'une hospitalisation de ce type et sa réalité : un enfermement.

Avaient suivi de nombreuses visites, bien sûr – non, je ne te laisse pas seule, je t'aime plus que tout, mais ton salut est là, tiens bon, tiens bon, tiens bon ! Ces allers-retours à la clinique, avec larmes à ravaler, avaient envahi les pensées de Marie et son cœur et son temps… Pas de quoi folâtrer. Fin mars Marie franchit un cap : elle se réveilla un matin avec cinquante ans au compteur mais n'était ni assez sereine ni assez gaie pour célébrer l'événement – on verra plus tard. Son exutoire pour tenir : utiliser chaque blanc de son agenda pour nager à fond, pédaler à fond, courir à fond. Derrière les grilles de la clinique et les coupes gagnées en compétition, l'image de Stéphane Grandjean disparut. Marie alla même jusqu'à oublier lui avoir soumis un devis.

Et voilà qu'en mai, alors que Lucie avait recouvré sa liberté conditionnée à un suivi étroit du docteur K., alors que le stepper

démonté était allé voir au grenier si on y était, que Marie avait pu cesser de guetter dans la nuit, de tambouriner aux portes des toilettes, de trembler et pleurer, ce fut au tour de Pierre de partir en vrille.
Contrecoups ? Peut-être. Signe avant-coureur qui leur échappa ? Sans doute. Conséquence d'une Marie surinvestie dans son rôle de mère et désinvestie de celui d'amante ? Pourquoi pas. Quoi qu'il en soit, le paquet qui arriva par la Poste avait certainement une explication.
Pierre, tout d'abord, le subtilisa discrètement. D'autres suivirent. Subtilisés aussitôt. Selon le principe d'entropie leurs contenus avaient forcément échoué quelque part. Essayons le plus évident : le vaste tiroir de la table de nuit de Pierre. Marie en sortit, stupéfaite, des strings pour homme, léopard, en dentelle ou en résille et des accessoires gélatineux vert pré – acidité des agrumes – censés servir à pénétrer, resserrer… rebuter ? Puisque Pierre pour l'instant s'était contenté de les stocker sans les (lui faire) utiliser, Marie, épuisée par des mois d'une guerre encore en cours et par son agitation maniaco-sportive, leva un coin du tapis qu'elle avait sous les pieds et y planqua comme merde au chat, la vision dérangeante de ce tiroir ouvert. Stratégie : silence radio.
Il fallut attendre la fin juin et un calme relatif dans son activité professionnelle, pour que Marie se souvienne du devis envoyé à Stéphane Grandjean. Auquel elle expédia *sine die* un mail interrogatif : je n'ai jamais eu de réponse ni de réaction de votre part concernant ce devis établi pour vous en décembre. Le fait que vous m'ayez oubliée signifie-t-il que votre projet n'est plus d'actualité ? Avec en pièce jointe un bon pour accord signé, la réponse arriva quelques minutes plus tard :
Comment pouvez-vous imaginer, Marie-Anne, que l'on puisse vous oublier ? Mon projet devait mûrir, c'est chose faite, le moment me

paraît idéal pour recevoir vos conseils. Rencontrons-nous rapidement, si votre agenda le permet.
Il allait le permettre et comment ! Dans trois jours, ça vous va ?

Chapitre 3

En franchissant la porte vitrée de l'immeuble qui héberge le siège social de la start-up de Stéphane Grandjean, Marie ne put s'empêcher de jeter un œil à son reflet – sa petite robe bleu cobalt à fines bretelles lui donnait un air de bonbon à la confiture de lait – ouf, je ne fais pas trop mes cinquante ans !
Le rendez-vous n'avait rien de galant. Le jeune dirigeant, bardé de deux collègues, la conduisit en salle de réunion. Durant deux heures studieuses et grassement facturées, Marie allait auditer, à force d'interviews, leurs diverses procédures.
À l'issue de l'entretien, Stéphane Grandjean proposa de la raccompagner jusqu'au parking Visiteurs où, la devançant, il allait galamment lui tenir sa portière de voiture. Quand Marie s'était glissée derrière le volant, l'insistance à dessein des regards du fringant manager sur sa petite personne ne lui échappa pas – dommage que Pierre ne sache plus me regarder comme ça ! Et de se souvenir d'yeux de velours posés sur elle, trois ans plus tôt… des yeux qui l'avaient fait fondre avant que résolument elle ne reprenne sa vie de couple en main.
Certes, Marie de nouveau était troublée, mais il n'était pas question cette fois de tomber amoureuse. Le trouble devait rester de l'ordre du souffle à la surface d'un lac paisible : une ridule. Elle ne savait que trop la valeur incroyable du couple harmonieux qu'elle formait avec Pierre, son alter ego : même milieu social d'origine, mêmes diplômes, mêmes valeurs politiques, religieuses, éducatives, même

rapport à l'argent, mêmes goûts littéraires et musicaux, mêmes entraînements de triathlon, mêmes enfants, ce qui, de nos jours, n'est plus si évident, même statut professionnel d'indépendant et, pour des raisons pratiques, même bureau partagé, dans une annexe au fond du jardin de leur grande maison. Jusqu'à leurs rythmes biologiques parfaitement synchrones !

Certes, cela fait beaucoup de mêmes pour un seul couple, il y avait peut-être là risque d'étouffement comme avec un gâteau trop riche en beurre et farine. Pourtant, une certaine magie opérait : alors qu'ils étaient au coude à coude quasiment du matin au soir, chaque séparation, même minime, donnait lieu à des retrouvailles enthousiastes – je suis content de rentrer dans notre havre de paix, avouait souvent Pierre, ce jardin à l'abri des désordres du monde, et je suis comblé de faire chaque jour tant et tant de choses avec toi. Voilà le bain dans lequel Marie trempait. Comment ne pas s'y abandonner avec une confiance totale ? Et comment ne pas oublier ce qui dormait sagement sous un coin de tapis ?

Ce jour-là, à peine revenue de mission commando, comme elle s'amuse à dire, elle avait fêté les retrouvailles en culbutant Pierre tout de go, sur son fauteuil de travail, inclinable, rembourré et à toute épreuve question solidité.

Ce serait mentir que de nier l'effet Stéphane Grandjean dans cet élan soudain. Mais quel bénéficiaire irait s'en plaindre ? Après tout, aucun amant n'est dans la tête de sa ou de son partenaire et c'est tant mieux : à chacun ses fantasmes et son jardin secret. Imaginez le bazar sinon !

Chapitre 4

Mi-juillet, Pierre et Marie avaient transporté leur intimité vers leurs pénates cévenols.
Murs bombés, défiant par endroits la verticale, pierres jointées ici avec du mortier à la chaux, là avec des morceaux de briques concassés ou un peu de ciment, fenêtres sans fioriture, toits de guingois en tuiles canal bordés d'un seul rang de génoises, tout dans ce mas, jusqu'aux escaliers étroits où l'on se croise à peine, respire l'humilité. C'est un mas de pauvres, comme on dit en Cévennes, de ceux qui ont été bâtis avec les moyens du bord par ceux-là mêmes qui allaient les habiter, constructeurs du dimanche aidés de quelques voisins. Les occupants successifs, depuis le dix-septième siècle, ont tous apposé leurs pattes d'amateurs. Pierre et Marie n'avaient pas dérogé à la règle, le rénovant depuis neuf ans, mêlant leur sueur aux autres sueurs, anciennes. Une certitude, se répétaient-ils, ce mas ne nous appartient pas, c'est nous qui lui appartenons !
Se réinstaller pour plusieurs semaines à l'ombre de ces murs remplit Marie, chaque été, d'une merveilleuse félicité : dans ce fond de vallon du bout du monde, entre ces vieilles pierres, elle se sent arrivée. Où ? Aux sources d'elle-même, là où se puisent les énergies ? Elle s'imagine facilement ici à l'âge de cent ans, entourée d'une ribambelle d'arrière-petits-enfants espiègles ; elle aime à polir ce cliché.

Dans les bagages de Pierre, les strings avaient suivi mais pas les petits accessoires verts et ce n'est pas Marie qui allait s'en plaindre. Très vite, le couple ne fut plus seul. C'est le principe des étés dans le mas : les amis, en bande, par paire ou réduit à un individu, ceux de Pierre, de Marie, des deux, mais aussi ceux d'Arnaud et de Lucie, défilent selon un calendrier rigoureux géré par Pierre dès le mois d'avril de chaque année.
Le mas, en sus de ses dix couchages confortables, offre alentour des « faïsses » assez larges pour planter des tentes ; une longue piscine avec des bains de soleil où certains aiment à passer la nuit ; et des arbres pour suspendre des hamacs qui trouvent dormeurs, eux aussi. Bien serrés, si on accepte de se doucher un peu froid dans les derniers, on tient à une grosse vingtaine. Il y a largement assez de chaises et les grandes tablées n'affolent pas Pierre qui adore et excelle à cuisiner en grand. On mange beaucoup, on boit beaucoup, on rit beaucoup, on se traite de tricheurs en jouant beaucoup au tarot, on randonne avec pique-nique, on bâche et on débâche la piscine, on y barbote, on fait les marchés paysans et de potiers, on met à sécher des pélardons odorants dans les caves, on a interdiction de déloger les araignées et les scorpions, sinon Marie mord, parfois certains aident à repeindre les volets en bleu lavande ou à passer les barrières en fer forgé à l'antirouille, on cause, on s'engueule, on refait le monde, un monde merveilleux de partage, d'équité et d'harmonie avec la nature. À la nuit bien tombée, il arrive que Marie emmène les troupes par de petits sentiers, lampes vissées au front, et qu'elle les fasse tous se coucher à même la terre sèche et chaude, le nez dans le thym et le ciste cotonneux, pour guetter dans le croassement amoureux des grenouilles, les grognements et fouissements des sangliers.
Marie a un mot, de ceux qui ne sauraient se galvauder, pour les heures qui coulent ici avec la consistance du miel : bonheur.

Mais en cette fin juillet, ce vocable eut soudain du plomb dans l'aile. Pierre n'était pas tout à fait à l'unisson. Une légère dissonance s'installa, sans prévenir, entre l'homme de cet été et celui des étés précédents, une lassitude emplit les petites ridules sous ses yeux. Marie ne savait pas si elle devait s'en inquiéter puisque les amis interrogés discrètement ne remarquaient rien – tu te fais des idées, la maladie de Lucie vous a fatigués, il décompresse, c'est tout, fiche-lui donc la paix, profite du soleil, passe-moi le rosé et, tant que tu y es, le saucisson aussi !
Mais rosé et saucissons malheureusement ne rendirent pas Marie sourde aux petites remarques qui fusaient à tout moment, dans des murmures à elle seule destinés.
– On est trop nombreux cette semaine, j'ai hâte qu'ils partent.
– Je me sens comme un animateur du Club Med, c'est répétitif, j'en ai un peu ras le bol, j'ai l'impression d'être le seul à me démener.
– À la rentrée, je ne sais pas si je vais me réinscrire au club de triathlon – j'ai l'impression de faire toujours la même chose.
– Côté boulot aussi je tourne en rond, je me demande quel projet je pourrais bien lancer pour me remotiver en septembre.
– Je n'ai pas envie d'aller sur le marché.
– Qu'est-ce que je m'ennuie, on répète toujours les mêmes choses, non ?
– C'est drôle je ne trouve plus drôle de jouer aux boules, alors qu'avant…
– Cette chambre où on n'en finit pas avec les enduits à la chaux me sort par les yeux, je n'en peux plus des travaux, y a toujours un truc à repeindre ici ou à réparer. Marre.
– Tu ne trouves pas qu'on fait l'amour toujours pareil ?
Souvent, lâchement, Marie avait fui. Pour ne plus entendre, pour garder son bonheur intact, elle allait s'isoler pour la sieste, dans un hamac, plutôt que de rejoindre les bras de Pierre et de faire l'amour avec quelqu'un qui allait trouver à redire. Et qui arborerait

en sus un string – jamais le même mais pas plus à son goût ! Cela s'appelle faire l'autruche, elle le sait, pas la peine de lui dire, merci. Une autruche bien aise qui, en imagination, se laissait caresser les plumes par Stéphane Grandjean, qui lui, au moins, ne la trouvait pas ennuyeuse.

Il arriva que Marie affronte, qu'elle prit Pierre dans ses bras et le problème à bras-le-corps – dis-moi, parle-moi, qu'est-ce que je peux faire ? Et de vivre avec moi, tu en as assez aussi ? Est-ce que le problème, c'est moi ? Et à chaque aparté, Pierre démentit, rassura, non elle ne peut rien, elle n'est pas en cause, il l'aime, c'est lui, au-dedans de lui, il se sent perdu, tout l'ennuie, c'est bien qu'elle soit là, debout à ses côtés, si enjouée, si forte. Pour deux.

Alors, pour demeurer forte pour deux, Marie, souvent, était retournée se ressourcer dans son hamac avec son truc en plume.

Chapitre 5

Si la présence agitée des amis habituels pesait à Pierre, il est une absence qui lui pesait davantage.
L'absence de Jeff. Et ses silences.
Jeff, avec qui il avait tissé une forte amitié – sachant que l'amitié est chose compliquée pour Pierre.
Jeff qui s'invitait là, avec femme et filles depuis plusieurs étés, sauf l'été dernier où il n'était venu qu'avec ses cigarettes, sa nervosité nouvelle et l'imbroglio de ses problèmes.
Jeff et son silence boudeur depuis des mois, parce qu'il ne supportait pas que Pierre ne le soutienne pas dans ses choix – ne le comprennent pas ?
Jeff qui a quitté sa femme il y a presque deux ans, pour une autre, puis une autre encore, puis une troisième qu'il devait épouser ce mois-ci.
Jeff, à qui Pierre disait – tu déconnes, retourne avec Lise, tu as la chance d'avoir une femme et des filles formidables, tu fais n'importe quoi, regarde où ça te mène, ton comportement est puéril, je ne peux plus te suivre.
Jeff qui s'était suicidé un mois plus tôt, à peine. Silence définitif.
Quand Lise, l'ex-femme de Jeff – et la meilleure amie de Marie depuis trente-quatre ans – avait débarqué dans le mas avec ses deux filles, parce qu'elles avaient toutes les trois, on s'en doute, terriblement besoin de prendre le large, de se changer les idées, de se recentrer, Pierre s'abîma dans un chagrin qu'il ne sut exprimer

que par un visage résolument fermé, coins de la bouche tombants, regard noir, silences glaciaux. *A contrario* les photos prises durant ces quelques jours sont terriblement parlantes : elles disent un désarroi qui a échappé à Marie.
Elle s'en voudra, plus tard, trop tard.
Plus tard, elle se souviendra aussi de ce jour particulier, où elle partit caracoler avec Lise et les filles, vers une grotte dont la grille a perdu son cadenas depuis belle lurette, à une petite demi-heure à pied du mas. But officiel : faire de la spéléo – Lucie connaît la grotte par cœur – avec frontales, vieux shorts et tee-shirts déjà tachés de boue – mais propres, « ce sont des taches propres » avait imité Marie en référence à un film, pour amuser la galerie, qui en avait bien besoin. But officieux : s'éloigner de Pierre qui plombait l'ambiance.
Après un passage à quatre pattes, avec un retournement un peu délicat pour franchir des étroitures, elles avaient débouché dans une cavité plus vaste, en cul-de-sac. Elles s'étaient assises là toutes les cinq, en rond, comme autour d'un foyer imaginaire. Reprenant leur souffle. Silencieuses soudain, écoutant la respiration de la terre, l'écho des profondeurs. Respirant à plein poumon l'effluve douceâtre d'évaporation moite, persistant parfum d'après la pluie.
– On dirait le club des cinq venu enquêter, avait lancé Lise, brisant la méditation commune.
– Ne comptez pas sur moi pour faire le chien !
– Je préfère Alice, tu te rappelles Lise, la blonde Alice Roy ? Tu as fait lire Caroline Quine à tes filles ?
– Non, je leur ai fait lire mes vieux Fantômette. C'est fou comme j'ai pu m'identifier à cette justicière masquée, intelligente et courageuse ! Tout moi, non ?
– Atterris, maman, houhou, on est à l'époque d'Harry Potter, vos vieilles héroïnes puent la poussière !
– On ne dit pas poussière mais naphtaline : puent la naphtaline.

– Kesako naphtaline ?
– C'est quoi cette génération qui ne connaît pas le mot naphtaline : c'est ce que nos grands-mères utilisaient pour faire fuir les mites.
– Une sorte de gris-gris ?
– Un gris-gris repoussant fabriqué par des sorcières. Nous sommes cinq sorcières en sabbat sous terre : tremblez Moldus !
Alors que son cœur s'accélérait, secoué par les rires salvateurs, Marie, en dedans, leur avait lancé un sort à toutes : soyez heureuses pour l'éternité !
Distraite Marie qui, dans le lot, s'était peut-être oubliée ?
Sur le chemin du retour, elle avait confié à Lise tout ce qui l'accablait. Et où sa colère larvée la menait.
– Si Pierre ne change pas d'attitude, je te jure, à la rentrée, je prends un amant !
– Ah oui ? Tu as déjà une petite idée ?
– Peut-être bien !
– Quelqu'un que je connais ?
– Non, c'est un client à moi. Je ne t'en ai pas encore parlé ?
– Non, non, vas-y, raconte !
Alors Marie avait décrit Stéphane Grandjean, souligné l'attirance, rapporté les allusions à double sens cachées dans leurs mails, traduit l'empressement.
– Fais bien attention à ne rien faire que tu puisses regretter, ma douce amie (Marie adore que Lise l'appelle comme ça). Bien sûr, vous êtes éreintés par la bataille pour aider Lucie – dis donc, elle va mieux, ça fait plaisir –, bien sûr, Pierre encaisse à sa façon maladroite la mort de Jeff, mais ce serait dommage que vous vous mettiez en péril. Je crois tellement en vous ! J'ai tellement besoin de croire en vous. Et Jean, ton père, aussi. Et certainement une bonne majorité de tous ceux qui défilent ici l'été, qui ont des vies cabossées et pour qui vous êtes des piliers solides : vous donnez envie d'y croire encore.

– Tu veux dire qu'on a une responsabilité ?
– Oui, c'est ce que je veux dire. Alors, s'il te plaît, ne déconne pas !

Chapitre 6

C'est avec soulagement que Pierre et Marie, autour du 20 août, rentrèrent dans leur maison de Montpellier. Pierre parce qu'il en avait enfin fini avec son rôle ennuyeux d'animateur-cuisinier-logisticien au service des autres, Marie parce qu'elle était persuadée d'avoir laissé les ennuis – dont celui de Pierre – au fin fond du vallon où le mas se dresse.
Mais le soulagement tourna court quand ils ouvrirent le portail du jardin : c'était comme si tout le bordel qu'ils venaient de ranger pendant deux jours dans les Cévennes, après le départ des derniers copains, s'était téléporté – par magie ? y compris les toiles de tente ? – sur la terrasse, le carré de pelouse, dans l'entrée, la cuisine, le séjour… au point qu'on ne distinguait plus qui de l'intérieur ou de l'extérieur débordait sur l'autre !
Pierre s'en étouffa : est-ce que les potes d'Arnaud ne devaient pas être repartis chez eux ?
Il faut croire que non, on a dû mal comprendre.
Et Pierre, d'un tempérament plutôt bon enfant d'habitude, une fois son souffle repris, explosa. Marie, qui avait la responsabilité d'être un phare solide pour ceux dont la vie est cabossée, selon l'injonction de Lise, s'efforça au calme quand d'habitude c'est elle qui bout. Elle assista alors à un ballet calqué sur celui des horloges suisses, où de petits personnages en costumes traditionnels sortent et entrent par différentes ouvertures : par la porte, les portes-fenêtres et la fenêtre à l'étage, Arnaud et ses amis passèrent à tour

de rôle une tête affolée, parce qu'au lieu de crier « coucou » Pierre furibard lançait d'autres noms d'oiseaux malséants, qui trouvèrent du répondant, les décibels montèrent, l'horlogerie suisse s'emballa, ses rouages se grippèrent, on perdit toute mesure, les mots dépassèrent les pensées et Arnaud en arriva à traiter son père de gros con.

Va-t'en recoller les morceaux ! Marie ne s'y essaya même pas. Elle possède, dans le jardin, devant la terrasse, un pin-confident. Elle alla discrètement coller sa joue à l'écorce rugueuse, toute chaude et vibrante de vie, et décida de ne se mêler de rien. Son pin approuva.

L'injure d'Arnaud sonna le glas : dans un calme revenu, à l'issue d'un ping-pong de mea culpa – je n'aurais pas dû, non c'est moi, je suis un peu fatigué, non, c'est nous, on a trop mis le boxon – les jeunes obtinrent deux heures pour remettre les lieux dans l'état où ils les avaient trouvés en arrivant.

L'incident aurait pu n'être qu'anecdotique. Mais il s'imprima trop profond dans les prunelles et les oreilles de Marie pour que ce soit le cas. Adossée à son pin, une question la tourmenta – auquel l'arbre, ébranlé dans ses racines, ne sut répondre : le reste de ma vie va-t-il être aussi terrible ? Certes, la scène a été mouvementée mais je n'y ai trouvé aucun humour, aucun malin plaisir : seulement un singulier ennui. Elle s'étonna elle-même de verbaliser cet ennui, comme si celui de Pierre l'avait finalement contaminée.

Mais l'ennui de Marie n'avait rien à voir, il n'était en rien général : son travail l'amuse, le triathlon la stimule, ses amis la réchauffent, ses enfants la comblent… son ennui, c'était Pierre.

Pierre devenu gris – comme de sucer un caillou, essayez ! Ni sucré, ni salé, ni acidulé, ni doucereux, ni fruité, ni mentholé, ni poivré… seulement fade et terreux.

Et l'idée d'un amant, certes décriée par Lise, avait refait son petit bonhomme de chemin.

Reconnaissons à Pierre un certain flair : il reprit prestement quelques couleurs piquantes – ce rose aux joues – en s'attaquant au voyage à Chypre comme si sa vie en dépendait – peut-être était-ce le cas ? Il corna avec Marie les pages du guide du Routard et surligna ce qu'ils avaient envie de voir. Il s'était penché studieux sur son écran d'ordinateur, à la recherche de logements pleins de charme – et celui-là, regarde, on peut se rendre à pied sur le port, c'est bien ?

Oui, c'est bien, Pierre, je suis contente que tu aies envie de soleil, de monastères, de randonnées. Contente que tu aies de nouveau des envies, tout court.

– Ah, Marie, au fait, les anciens de ma boîte se retrouvent au restaurant dans quinze jours, ça me ferait plaisir d'y aller. J'en profiterais pour caser des rendez-vous de boulot sur Paris. Ça ne te dérange pas ?

– Non, non, au contraire, vas-y, inscris-toi ! Surtout si tu en as envie !

De son côté, Marie organisa discrètement un petit rassemblement des copains plus Lucie et Arnaud, en pleine Fête de l'Huma, pour arroser dignement les cinquante ans de Pierre. D'habitude, le pot d'anniversaire se fait là, au hasard des rencontres, de façon improvisée. Cette année elle préféra anticiper, bloquer les agendas et fixer heure et lieu, pour mieux marquer le coup, s'assurer d'un groupe fourni et chaleureux autour de Pierre, prévenir les accolades sincères et la bonne humeur.

Ils eurent aussi à gérer, en ce début d'automne et avant leur départ à Chypre, l'emménagement de Lucie à Paris, près de sa nouvelle université – un éloignement délicatement recommandé par le docteur K – et le déménagement du père de Marie, depuis sa Bourgogne natale jusqu'à Montpellier.

Marie avait l'agréable impression de rouages bien huilés – panacée ultime des distraits – tout s'imbriquait, tout s'enchaînait, pas

d'oubli ni de raté possible, elle pouvait baisser la garde, un petit peu, lâcher du lest dans son hyper concentration, s'alléger.
Mais aucun rouage, aussi merveilleusement huilé soit-il, n'est à l'abri d'un grain de sable. Avec effet papillon.
Ce grain grattait Marie depuis plusieurs années. Abonnée aussi à des urticaires soudain, lorsqu'elle s'assied jambes nues sur une graminée bien précise, par exemple, elle sait stoïquement ignorer les démangeaisons pour les faire taire. Ce grain qui grattait fut la découverte d'un comportement de Pierre, dont elle ne pût dater l'origine – trois ans, cinq peut-être – consistant à rester devant la télévision, une fois Marie couchée, pour regarder des films pour adultes. Certes, Lise qui en a vu de belles, affirma que beaucoup d'hommes s'adonnent à ce voyeurisme – franchement Marie, il n'y a pas de quoi en faire un fromage, il y a pire, crois-moi ! Ce n'est pas bien grave. Et Marie, pour ignorer la démangeaison, s'empressa de lever le coin du tapis pour y balayer impunément l'activité nocturne – puisqu'elle restait exceptionnelle.
Mais à force d'entasser des choses au même endroit, le tapis avait boursoufflé : grand alors le risque de s'y prendre les pieds ! Et c'est ce qui arriva, fatalement, en cette nuit du 5 au 6 septembre, quand Marie se réveilla vers une heure et découvrit, à tâtons, une moitié de lit vide et froide.
Rai de lumière sous la porte. Marie s'était levée, chancelante de sommeil. Le séjour était faiblement éclairé. Elle savait précisément ce que regardait Pierre, les images qu'elle aperçut en s'approchant le confirmèrent, mais la démangeaison était trop forte, Marie voulait gratter. C'est-à-dire prendre Pierre en flagrant délit, comme dans un mauvais vaudeville.
– Qu'est-ce que tu fais ?
À question de pure forme, réponse muette. Pas même un extrait de dialogue encadré, en caractères blancs sur fond noir. Pierre, avec la gaucherie d'un Buster Keaton, lâcha son organe, se prit les pieds

dans le petit string rouge qui lui entravait les chevilles, attrapa dans sa chute la télécommande et coupa *in extremis* les enculages en tas que Marie n'aurait su voir ! La scène fut burlesque mais Marie n'était pas d'humeur badine : drapée dans sa superbe, elle repartit sous les draps en claquant les portes. Et moult questions, remisées elles aussi sous le tapis, en jaillirent – comment cet homme que j'aime peut-il éprouver du plaisir à regarder des corps de femmes soumis à des gestuelles si terriblement dégradantes, des corps rendus au rang d'objet, des corps dont je ne perçois que la souffrance ? Que voit-il en moi quand nous faisons l'amour ? Quelles horreurs projette-t-il sur moi à mon insu ?
Pierre vint se glisser à ses côtés. Elle espérait un air penaud, il l'arborait agacé.
– Il n'y a pas de quoi en faire tout un plat.
– Tu me déçois. Or si quelqu'un n'a pas le droit de me décevoir c'est bien toi.
– Tu ne veux pas éteindre, à présent ?
– …
– Oh la-la, mais passe à autre chose !
Et de tourner le dos, pour se mettre illico à ronfler.
La nuit n'ayant pas calmé les démangeaisons de Marie, dès le petit-déjeuner, elle contre-attaqua, avec des tergiversations sur sa sensibilité et des arguments féministes. Sur le fait aussi qu'il aurait pu préférer faire l'amour avec elle plutôt que de… C'était comme de la tromper, non ? Pierre, à la lumière du jour, fit amende honorable. Il entendait bien ! Marie sur sa lancée, parce qu'il est très difficile de s'arrêter de gratter quand on a commencé, déballa aussi sur le tapis, strings et petits accessoires. Alors Pierre, en guise de bonne foi, s'était levé de table pour revenir illico les bras chargés des objets décriés et les jeter dans la poubelle. D'un geste auguste. Mais la trêve fut de très courte durée. Pour ne pas dire ridicule. L'après-midi même, quand Marie était rentrée d'une mission

commando quelconque, elle avait retrouvé sur leur lit, étalés avec arrogance, accessoires et strings auxquels se mêlaient, en prime, quelques épluchures de carotte. Avait suivi son entrée fracassante dans le bureau commun, au fond du jardin.
Pierre, est-ce que tu peux m'expliquer ?
– Inutile de crier comme ça ! J'ai réfléchi : j'ai parfaitement le droit, je pense, d'avoir mon jardin secret !
Soit, mais qu'est-ce qui n'est pas clair pour lui dans le mot secret juste après jardin, se demanda Marie. Et de s'enfermer dans le sien avec… Ah mais zut de zut, voilà que dans le tourbillon des journées, elle avait complètement oublié Stéphane Grandjean ! Sans rancune, il fut tout heureux qu'elle reprenne contact par téléphone. Est-ce qu'elle avait passé un bel été ? Mais oui, mais oui, et vous ? Est-ce qu'il s'en sortait avec le cahier des recommandations qu'elle lui avait envoyé début juillet ? Mais oui, mais oui, Marie-Anne, je m'en sors très bien, il est tellement clair, d'ailleurs ne serait-il pas judicieux de faire un point sur les améliorations déjà mises en œuvre, disons, sous un mois ? Le 4 novembre à votre retour de Chypre, oui, c'est parfait ! Ah, Marie-Anne, est-ce qu'on vous a déjà dit que vous aviez une voix d'hôtesse de l'air, particulièrement sensuelle ?
L'hôtesse de l'air décida de le prendre. Pour quitter leur bureau, elle dut passer dans le dos de Pierre, penché sur son ordinateur. Pierre qui rougît – mais Marie ne vit rien – occupé qu'il était à répondre par mail à une Autre, que bien sûr il acceptait de dormir chez elle après la soirée des anciens du mois de septembre – soirée dont Marie naïvement se réjouissait pour lui –, parce que ce sera tellement plus agréable que l'hôtel.
Marie avait rejoint son pin et s'était assise dos au tronc gorgé de chaleur estivale. Trop de griefs s'accumulaient en elle dont elle espérait se décharger dans les fractures noueuses de son écorce.

Pierre en berne tout l'été, Pierre agressif avec Arnaud, Pierre et son retournement, là. C'est parce qu'il s'ennuie ? Et moi…
Est-ce que je l'aime encore ?
La question impromptue – son inconscient ? – lui vrilla le cœur, la mit en panique soudain, comme de franchir un interdit éthique : n'était-elle pas en train de trahir un pacte signé avec elle-même – promis-juré-craché, j'aimerai cet homme pour toujours, contre vents et marées ? Et des vents et marées justement ils viennent d'en traverser. Se serrer les coudes pour faire front, n'est-ce pas ça, précisément, le sens du couple ? Après s'être épaulés face aux anciens déboires professionnels de Pierre – une épreuve dont il reste marqué au fer –, puis au cancer de Jean, à l'anorexie de Lucie, au suicide de Jeff, faut-il à présent se mettre en rang serré face à l'ennui ?
Nous en avons vu d'autres ; l'ennui n'est-il pas, à bien y regarder, qu'un tout petit microbe de rien ?
Chypre va nous sauver, oui, bien sûr. Voilà le but à donner à ce voyage, à ces dix jours en tête à tête : nous retrouver, unir nos corps en anticorps et faire la peau à l'ennui !

Chapitre 7

Partie à Chypre avec la volonté d'une réparation conjugale, Marie en revint le cœur et les pensées en miettes, conséquence, on s'en souvient, d'un parpaing reçu en pleine face et autres déconvenues. Nous sommes le 4 novembre, elle entame son quatrième jour sans sol sous les pieds – se déplacer vers ses clients implique une gymnastique de haute voltige – et chaque matin, Jean, fidèle à son poste de majordome, vérifie, agenda de sa fille en main, que la journée est sous contrôle.

– Tu sais où se trouve cette société, Marie, tu ne vas pas te perdre ?

– Non, ne t'inquiète pas !

Et pourtant, il y a lieu ! Car Marie, ce matin-là, s'y perd. Elle inverse deux de ces clients qui ont en commun leur prénom et se rend à l'adresse de la start-up de Stéphane Mandarin, qui, distrait notoire comme elle, retourne son propre agenda en tous sens.

– Vous êtes sûre, Marie-Anne, que nous avions rendez-vous ce matin ? Et pour quoi faire exactement ?

Elle n'est à vrai dire plus sûre de rien désormais. Déconfite – Stéphane Mandarin n'a de toute façon pas de temps à lui accorder ce matin – elle retourne à sa voiture et pense enfin à allumer son téléphone. Dix appels en absence de Stéphane Grandjean lui ravivent la mémoire. S'y ajoute un SMS qu'elle craint furieux : Marie-Anne, vous m'avez posé un lapin, il va falloir vous faire pardonner !

Quand Marie l'appelle pour proposer une autre date imminente en guise de rattrapage à sa bévue, elle éclate en sanglots.
– Marie-Anne, ce n'est pas grave ! Je suis désolé, mon SMS n'avait pas pour but de vous acculer, non, non, je ne vous en veux pas, ne pleurez plus ou je vais pleurer aussi !
Alors Marie raconte, enfin, non, ce serait évidemment beaucoup trop long, elle résume en dix mots entrecoupés de hoquets.
– À Chypre, mon mari et moi, nous nous sommes séparés.
– Je suis sincèrement désolé.
– C'est ce qui explique que je sois ainsi perturbée et je vous demande de m'excuser pour mon manque évident de professionnalisme.
Qu'à cela ne tienne, Stéphane Grandjean décide, à l'unisson, de jeter aussi le professionnalisme aux orties. Quand elle se rend dans ses locaux, cinq jours plus tard, Jean est le premier surpris.
– Tu es sûre Marie que cette robe très décolletée est adéquate pour ce rendez-vous professionnel ?
– C'est un client très courtois, répond Marie énigmatique et Jean n'insiste pas.
Le choix de la tenue est judicieux puisque de son côté Stéphane Grandjean est aussi sur son trente-et-un – son pantalon élégant lui moule délicieusement l'arrière-train, constate Marie en le suivant vers un bureau où ils s'enferment, seuls.
Difficile de dire ce qui ressortira de cette réunion où, armé d'un PowerPoint coloré, Stéphane Grandjean démontre à Marie les criants progrès déjà effectués grâce à sa merveilleuse préconisation de découper leur gros et lourd logiciel de sécurité en une suite d'applications agiles – le mot « merveilleuse » est susurré comme s'il était enduit de sucre glace et Marie entend qu'il s'adresse à elle directement plus qu'à ses conseils. Dès qu'elle parle, le dirigeant de la start-up plonge dans son décolleté, quand il se retourne pour expliquer ses diagrammes, elle s'imagine tâtant son ferme postérieur. *In fine* elle produira dans les jours suivants un compte rendu

parfaitement documenté et pertinent : comme quoi le fessier d'un homme peut produire des miracles.

Ils ne se sont touchés que des yeux mais cela suffit à plus de familiarités. Ils échangent désormais deux types de SMS et mails. Des messages de travail – cher Stéphane, chère Marie-Anne, vous – et des courriers plus personnels où percent de premières audaces – Steph, Marie, tu – qui les tiennent en haleine jusqu'à ce qu'ils se retrouvent sur le même salon informatique annuel où ils se sont rencontrés un an plus tôt, chapitre un de leur histoire.

Steph porte le même costume caramel beurre salé – bleu pétrole donc – et Marie en salive : oh secours, je frise l'indécence ! Elle a sa tenue de combat – tailleur court, bottes aux genoux – et ses plaquettes commerciales sous le bras ; elle est là pour (se) vendre.

À la pause déjeuner – un grand buffet est dressé dont le traiteur doit au passage être complimenté –, ils se réfugient dans un petit coin confortable avec fauteuils moelleux et table ronde, à l'abri des indiscrets.

Steph choisit cet intermède douillet pour sortir le grand jeu à Marie – ton charme, ton charisme, ton intelligence, ton humour, ta voix au téléphone, ta silhouette de félin… Si Marie tenait un fromage entre ses dents – ce que le glamour de l'instant lui interdit formellement – elle le laisserait certainement choir !

Et enfin, dans le creux de son oreille – Marie, je suis un amant délicat et attentionné, je voulais que tu le saches ! Ah. Les joues à présent aussi rouges que les fauteuils sous eux, comme si le mobilier avait déteint, ils décident de se retrouver le lendemain soir, chez Marie – je suis seule, aucun problème – dès dix-huit heures.

Le lendemain matin, 16 novembre, Jean quitte la maison de sa fille l'esprit un peu plus léger. Il lui a été demandé de ne pas revenir le soir. Celui qui la fait pétiller s'appelle Steph, il espère que c'est un garçon bien. Marie a beau avoir cinquante ans, Jean l'envisage encore en format adolescente.

Que Jean soit rassuré, Steph est un garçon bien. Délicat et prévenant. C'est écrit sur la boîte.
Et dans le salon de Marie, où le poêle crépite, ils se découvrent et s'explorent enfin avec les mains, le nez, la bouche, la peau. Et quand Marie décide de chevaucher Steph, là, précisément, sur ce coussin du canapé, ce n'est pas caprice anodin – c'est là, précisément, qu'elle a surpris Pierre, son ridicule string rouge aux chevilles – il y a aussi de l'exorcisme dans ses gestes. Tous les ingrédients sont réunis, douceur et plaisanteries mêlées, mais Marie ne peut s'empêcher de se regarder être, avec une certaine tendresse, tout étonnée d'oser se jeter sur cet homme de dix-huit ans son cadet – même s'il est persuadé que dix ans seulement les séparent, ce qu'elle n'a pas démenti. Et se faisant, peut-être, se prive-t-elle du lâcher-prise nécessaire à la volupté totale.
Ni l'un ni l'autre ne voient les deux heures passer et c'est tout éberlués qu'ils découvrent qu'il est déjà vingt heures – bon sang, je dois filer à mon entraînement de basket, je ne peux vraiment pas le rater, les autres joueurs connaissent trop bien ma femme. Car femme il y a. Mais Marie s'en fiche. Elle ne se projette pas dans l'avenir avec Steph. Celui qu'elle veut, c'est Pierre. Pierre. Pierre.
Quand après un long baiser, Steph sort de la maison, Marie le suit sur la terrasse. Une fois seule, elle étreint son énorme pin, bras déployés comme des ailes, et laisse couler dans les rigoles profondes de son écorce torturée des larmes douces-amères et rédemptrices.
Trois jours plus tard, Marie souffre d'une brûlure violente à chaque fois qu'elle urine. Les jours suivants, la douleur empire. Elle s'installe, fait carrément son nid. Même quand Marie n'urine pas. À la mélancolie dans laquelle l'ont laissée ses ébats avec Steph – non que Steph lui manque, mais parce que Pierre lui manque – s'ajoute de l'inquiétude. Qu'est-ce que j'ai choppé, bon sang ? Inquiétude qu'elle tait pour ne surtout pas la transmettre à Jean. Mais Jean connaît sa fille par cœur, alors…

– Marie, je vois bien que tu ne vas pas. Vraiment, tu devrais consulter. Ce n'est pas que ça me pèse de venir matin et soir, mais je ne peux pas tout. Tu as besoin d'un psy, ne traîne plus !
– Tu as raison, demain je prends rendez-vous.
Ce qu'elle fera. Mais avec sa gynécologue.

L'homme de l'art

Séance du 24 novembre – 12 h 30

– Cystite de la jeune mariée.
– Cystite de la jeune mariée !?!?
Marie note très distinctement la succession : un point d'exclamation, un point d'interrogation, un point d'exclamation et encore un, d'interrogation. Il est le seul homme au monde qu'elle connaisse capable de faire entendre sa ponctuation. Un détail qu'elle avait oublié mais qu'elle retrouve avec réconfort.
Lui, par contre, n'a pas l'air de la reconnaître. Dès qu'il est venu la chercher dans la salle d'attente, il l'a dévisagée, sceptique – Marie-Anne Chanterre ???????? – huit points d'interrogation. Comment lui en vouloir : elle sait son teint hâve, le mauve sous ses yeux, son cheveu mou et terne, la ride du lion qui divise désormais son front – cicatrice du parpaing reçu ? Le miroir de l'ascenseur ne lui a rien épargné de son nouveau visage.
Quand elle s'est glissée dans la pénombre du cabinet du docteur Layer – un bureau acajou, trois fauteuils noirs, un récamier bordeaux sous la fenêtre, des stores vénitiens aux lames inclinées – elle a remarqué un dossier posé, son nom à elle en italique. A-t-il relu ses notes prises trois ans plus tôt ? Un signe de continuité ? Alors elle s'est assise au même endroit, sur le même fauteuil.
– Donc, ce qui vous amène est une cystite de la jeune mariée !?

– En fait j'aurais dû venir plus tôt, mon père en tout cas le souhaitait. Aujourd'hui, c'est ma gynécologue qui m'envoie parce que je suis soumise à un stress qui me fait sécréter des endomorphines à action délétère sur mon immunité locale. D'où cystite de la jeune mariée. Pour elle, ça vient de la tête. Merci de me prendre en urgence sur votre pause déjeuner.
– Et vous, qu'en pensez-vous ?
– De quoi ?
– De venir me voir ? Votre père et votre gynéco veulent que vous veniez, mais vous, qu'est-ce que vous voulez ?
– Pierre, je veux Pierre, rien d'autre. Que Pierre revienne et je n'aurai besoin de rien. Je n'aurai plus de stress à effet délétère. Je dormirai la nuit. Je n'aurai plus cet étau qui me serre au niveau de la poitrine, à n'importe quel moment de la journée, sans prévenir. J'aurai faim. Et puis, j'arrêterai de pleurer, comme ça, n'importe quand.
De sa main gauche, le docteur Layer fait atterrir devant Marie, d'une pichenette maîtrisée, son éternelle boîte de mouchoirs en papier, avec la précision de qui lancerait une bouée de secours à quelqu'un qui se noie.
– Pierre, votre mari ??? Que s'est-il passé ? Racontez-moi !
Alors Marie, remorquée par la boîte de mouchoirs, raconte. Ou plus exactement déballe. Raconter relève de la chronologie, déballer du désordre. Tout sort en vrac, se chevauche, se superpose : l'Autre, Chypre, Pierre qui s'est remis à fumer, Stéphane, le parpaing – oui, oui un parpaing, le coin du canapé à exorciser, le vertige de ne plus avoir de sol sous les pieds, parce que Pierre l'a emporté, le vide de la maison, les insomnies et encore et toujours… Cette chose composite, qui m'engloutit, d'une brutalité étonnante, faite tout à la fois d'étouffement, de tremblements, de panique incontrôlable, poitrine qui se serre, suée intense sur tout le corps,

cœur qui cogne, froid dans les veines, vide à l'estomac, boule de tissus poussée au fond de la gorge, vous voyez ?
Crises d'angoisse, diagnostique l'homme de l'art.
– Rien de grave. Pour commencer, je vais vous prescrire un anxiolytique, c'est un petit cachet bleu à avaler dès que ça vous serre, comme vous dites, et puis des somnifères légers. Et on pourrait peut-être se voir une fois par semaine ?
Oui, bien sûr, se voir, parler. Elle prend son agenda, inscrit des lignes de plus que son père devra superviser. Mais une chose encore, une dernière avant de reprendre l'ascenseur au cruel miroir.
– Le plus dur c'est le matin. Pas tellement de me lever, j'ai des clients à voir, ça me tire hors du lit, non, le plus dur c'est de petit-déjeuner, chaque jour, en face de la place vide de Pierre. On avait nos habitudes…
– Pourquoi ne pas les changer ? Asseyez-vous à cette place !!!
– Sur les genoux absents de Pierre absent ?
– Voilà !

Séance du 1er décembre – 15 heures

– Alors, cette nouvelle place à table pour petit-déjeuner ? Vous avez essayé ?
Marie n'a pas même le temps de se rencogner dans son fauteuil préféré – celui qui ne tourne pas le dos à la porte – que déjà le docteur Layer reprend à l'endroit où ils se sont quittés une semaine plus tôt. Oui, chaque jour désormais, elle s'assied sur les genoux absents de Pierre absent.
– Et ?
– Et j'ai vu ce que Pierre aurait vu chaque matin si c'était moi qui étais partie.
– …
– Mais je ne suis pas partie. Vous le savez mieux que personne !
– …
– Moi, je n'ai pas eu le cœur de le laisser face au vide. C'est ça que vous vouliez que je constate ? Qu'il m'a fait ce que précisément je n'aurais voulu à aucun prix lui faire ?
– …
– Et alors ? Qu'est-ce que je dois en conclure ? Que c'est un salaud ?
– Si ça peut vous aider, oui.
Mais l'aider à quoi ? C'est tout Layer ça, sous-entendre. Et tendre des perches ténues comme ces languettes rouges qui permettent

de retirer le papier d'aluminium des portions individuelles de fromage, ce système qui exige un certain doigté pour éviter de se salir les mains.
– Vous aider à être en colère, par exemple. C'est salutaire, parfois, la colère. Après une rupture, il est fréquent de passer par trois étapes. D'abord la culpabilité : il ou elle m'a quitté parce que je suis ceci ou cela. Ensuite, la colère : il ou elle m'a quitté parce qu'il ou elle est ceci ou cela. Et enfin, la reconstruction, la réconciliation, *a minima* avec soi, *a maxima* avec l'autre aussi.
– Une sorte de matérialisme historique appliqué à la peine de cœur ? Thèse, antithèse, synthèse ? Marx et Engels au chevet de ma détresse ?
– Amusant. On peut y voir aussi les trois mouvements d'une sonate qui s'articulent avec harmonie pour aboutir au sublime. Une partition vers un soi sublimé.
– Génial, j'entends d'ici la mienne : la numéro 8 de Mozart, la Pathétique ! C'est exactement comme cela que je me sens : pathétique. Celle qui est restée il y a trois ans par estime pour son couple, pour ne pas blesser l'homme qui était à ses côtés depuis toujours, comme une pauvre idiote !
– Je ne crois pas avoir sous-entendu cela. Et cela ne vous avancera en rien d'être cynique.
– C'est à cause de vous tout ça ! Combien de séances de travail avec vous à cette époque-là : trois, quatre ? Et j'ai pris la décision de rester.
– Vous aviez envisagé de partir ? Ce n'est pas ce dont je me souviens. Non, bien sûr que non. Il a raison. Et Marie de se rappeler clairement leur toute première séance, trois ans plus tôt et la clarté de sa requête – je suis tombée amoureuse d'un autre homme que celui avec lequel avec je vis, aidez-moi à y voir clair, aidez-moi à préserver mon couple, aidez-moi à me libérer de cette passion soudaine, subite, subie, trop folle, dont je ne veux pas !

– Avez-vous regretté ce choix fait à l'époque de rester et surtout de ne rien dire à Pierre ni rien trahir qui puisse ébranler sa confiance et son amour pour vous ?
– Non, je ne l'ai jamais regretté.
Et même à la lumière de ce que Pierre lui fait subir aujourd'hui, elle ne regrette pas. Ce qu'elle regrette c'est de lui avoir parlé de cet homme et de cette ancienne crise passionnelle quand ils étaient à Chypre. Et d'avoir, peut-être, ainsi, légitimé son départ. Quelle ironie de se retrouver dans la situation qu'elle avait de toutes ses forces voulu éviter : marcher pieds nus dans un champ de ruines !
– N'est-ce pas mieux que de ne pas avoir de sol sous les pieds ?
Marie sourit. Elle aime comme ce thérapeute jongle avec les images mentales qu'elle peint sur ses ressentis.
– C'est moins angoissant – au passage, merci pour les petites pilules bleues – mais plus douloureux.
– Ce champ de ruines, racontez-moi !
Champ de mines serait plus exact, corrige Marie. Photos au mur, objets rapportés de leurs escapades, vieux billets de spectacle servant de marque-page dans tel ou tel ouvrage… toutes ces choses sur lesquelles elle bute, en se déplaçant dans sa maison, sont autant de grenades qui, en explosant, lui rappellent sa vie d'avant. Sa merveilleuse vie d'avant ! Voyages, fêtes, livres lus à deux, discussions si riches, idéaux partagés – je trébuche sur des amas d'instantanés, si heureux, accumulés au fil du temps. Et j'éprouve un manque terrible, celui de tous ceux à venir qui n'auront jamais lieu.
– Pourquoi voulez-vous vous priver d'instants heureux à l'avenir ???
– Mais je…
– Vous…
– Je peux en vivre d'autres, c'est ça ? Même sans lui ?
La Marie qui sort de chez Layer ce jour-là, après moult débats sur sa (non) culpabilité dans sa rupture avec Pierre, a des devoirs à faire. Pour commencer, la liste de tous les moments heureux qu'elle

a vécus sans lui, avec d'autres protagonistes, amis, enfants… Et cette question à se poser, au calme : et si je n'avais pas été heureuse durant toutes ses années seulement grâce à lui mais aussi grâce à moi ?

Séance du 8 décembre – 15 heures

Marie pèse une tonne. Elle s'étonne que le fauteuil noir résiste quand elle s'assied. De même elle s'étonne de ne pas s'être encore transformée en Schtroumpfette tant elle abuse des petites pilules bleues, surtout depuis que Pierre est passé.

– Il est passé ?!?!?! Quand ???

– En début de semaine. Deux jours, une nuit, un coup de vent.

– Et… pour quoi faire ??

– Pour m'aider : c'est lourd cette grande maison, même vide, surtout vide. Vous saviez, vous, que le silence a un poids ? Moi, à présent, je le sais : il s'immisce jusque dans les poches des vêtements, il plombe chaque geste. Pierre était là aussi pour recevoir l'agent immobilier qui va estimer notre maison. Est-ce que le silence sera vendu avec ? Il est rentré également pour laver ses affaires et en prendre de nouvelles.

– Il ne peut pas les laver chez cette autre femme ?

Marie se surprend à ponctuer à haute voix, comme un virus qu'il lui aurait transmis.

– ????

– S'il vit avec elle, ne devrait-il pas utiliser sa machine à laver ? C'est étrange, non ?

Étrange, oui. Mais qu'est-ce que cela change ? Il est rentré et reparti. Et de nouveau, elle n'a pas su le retenir. Mais retenir ses larmes, oui, ça, elle a réussi, pour lui être agréable et

– Stop ! Lui être agréable ? Mais enfin, Marie-Anne, cet homme vous a quitté brutalement !!!

– D'abord il ne m'a pas quittée, on s'est séparés.

– Comment ça, séparés ???

Oui, séparés. C'est ce qu'ils ont décidé à Chypre. Elle surtout, quand elle a pris son parti de la décision de Pierre, réussi à lâcher prise face à des actes sur lesquels, en l'état, elle ne pouvait influer. Elle lui a déjà expliqué tout ça lors de la première séance. Est-ce qu'il a oublié de le noter ?

– J'ai noté, j'ai noté. Voyons, voyons, ce que j'ai noté – et de réajuster ses lunettes et trifouiller dans ses papiers – j'ai noté que vous aviez donné le mot séparation comme version officielle à vos enfants, vos parents respectifs, vos amis et relations.

– Le mot « séparation », comme version officielle ? C'est ça, vos notes ?

– Qu'est-ce qui vous choque ?

– « Officielle » puisque nous voilà à jouer avec les mots !

– …

– Version « officielle » induit qu'il existe une version « officieuse ».

– Tout à fait.

Paf, atterrissage impeccable de la boîte de mouchoirs. Doit-elle applaudir ? Comment sait-il que ses larmes montent ? Évidemment qu'elle n'est pas séparée, elle est quittée ! Eh oui, il a raison, ses très proches l'ont compris, qui s'enquièrent chaque jour de comment elle va, la choient comme jamais, sont en garde rapprochée. Impossible pourtant, Marie NE PEUT PAS être quittée !

– ????

– Je ne veux pas ressembler à ma grand-mère et encore moins à ma mère !

Ah, nous y voilà, pense si fort le docteur Layer que Marie l'entend. Et maintenant, elle en est certaine, il va dire,

– Racontez-moi !

La Marie qui sort de chez Layer, quarante minutes plus tard, attaque le trottoir d'une démarche bondissante de petite fille. Une petite fille qui n'est pas sa grand-mère et encore moins sa mère mais elle-même. C'est en même temps une très grande fille, une femme mûre, assumons, qui accepte d'être quittée, car c'est son « quittée » à elle toute seule, il lui appartient, il ne ressemble au « quittée » de personne d'autre, il est dépourvu de fatalité, il sera ce qu'elle voudra bien en faire, librement.

Séance du 18 décembre – 10 heures

Est-ce les somnifères ? Le rationnement des petites pilules bleues ? Le chagrin qui comme ces minuscules insectes a pondu sous sa peau des larves à l'origine d'une maladie rare ? Voilà que Marie, flasque depuis trois jours, tient à peine debout. Est-ce qu'elle s'enlise ? Est-ce qu'elle s'émiette ?
– J'ai l'impression de perdre la main sur mon corps, docteur, il ne m'obéit plus ! Je n'arrive même plus à nager, ni à courir. Je ne m'en sortirai pas, c'est évident.
– De quoi est-ce que vous ne sortirez pas ?
– De cette douleur liée à l'absence de Pierre. La nuit je fais des cauchemars étranges, je crois me réveiller, je me vois me lever, j'entends ou plutôt je sais de façon certaine que des personnes malveillantes sont entrées dans la maison, j'essaye de fuir, par la fenêtre ou en m'enfermant dans mon armoire. Tous les soirs je m'enferme à clé dans ma chambre, sinon impossible de m'endormir. Et quand j'émerge pour de bon, au matin ou au milieu de la nuit, je me souviens brutalement que Pierre est parti et je voudrais que ce soit aussi un cauchemar, mais de celui-là, jamais je ne me réveille. Et j'ai des douleurs musculaires de cet état de fait. En fait, je ne dors vraiment bien que lorsque Pierre est là. Du coup, quand il m'a menacée de ne plus jamais revenir, il y a trois jours,

– Parce qu'il est revenu ??? C'est pour ça que vous avez décalé notre dernier rendez-vous ?!?!
Oui, il y a trois jours, Pierre était là. Mais le voilà reparti. Lavage de fringues, coiffeur – comme si Paris en était dépourvu – installation d'un voile d'hivernage autour du palmier du jardin, qui exige d'être au moins trois ; Jean était venu donner un coup de main.
– Après, nous avons allumé un bon feu et pris un petit apéro. J'avais demandé à mon père d'éviter les sujets qui fâchent.
– Qui fâchent ???
– Oui. Je voulais offrir un moment plaisant à Pierre. Lui démontrer combien était chaleureuse et agréable cette maison, avec moi dedans.
– !!!!
– Mais ce n'est pas pour lui que j'agis comme ça. C'est pour moi ! Pour qu'il reste. Que je ne sois plus seule ! Vous comprenez ?
– Trop bien. Et…
– Une fois mon père parti, le voilà qui se félicite que ce dernier habite désormais Montpellier, à un petit quart d'heure de chez nous. C'est rassurant pour lui. Comme ça, je ne suis pas seule !
Pas seule ? Là, Marie avait vu rouge : un peu facile cet argument pour se dédouaner. Et parce que les courts SMS aguicheurs qu'elle reçoit de Steph, régulièrement, lui redonnent quand même un peu d'assurance, elle avait attaqué – Bien sûr, Pierre, j'ai beaucoup de chance d'avoir un père aimant si proche mais tu te rappelles ce que tu m'as argué à Chypre : que tu ne pouvais pas LA laisser seule pour affronter sa cinquantaine ? Tu trouves juste de me condamner moi à la solitude pour cette même cinquantaine ? Parce qu'un père, tu vois, ce n'est quand même pas pareil…
– Et vous savez ce qu'il m'a répondu ?
– …
– « Mais Marie, toi, tu es forte, bien plus que moi peut-être, tu vas t'en sortir, tu fais plus jeune que ton âge, beaucoup plus jeune, tu es

intelligente, tu es mignonne, tu vas forcément trouver quelqu'un ! Mais il faut que tu le veuilles aussi. » Et moi, de lui répondre : « Si j'entends bien, tu es parti avec elle parce qu'elle fait son âge bien tapé, qu'elle est moins forte, moins intelligente et moins mignonne que moi, donc moins apte à trouver quelqu'un d'autre que toi pour rompre sa solitude de quinqua ? »

– Bien envoyé ! Bravo !

– Sauf que je me suis pris un méchant coup au plexus. Avec une voix d'une froideur abyssale, il a rétorqué « Tu vois Marie, ce qui est pénible avec toi, c'est cette rhétorique de bazar dont tu uses, pour avoir toujours le dernier mot. Franchement, je préférerais qu'on évite d'avoir ce genre de discussion stérile et désagréable : si tu continues dans cette voie, je resterai désormais à Paris. »

– Qu'il reste à Paris serait peut-être mieux ?

– Mais non, pas du tout. Je viens de vous expliquer que je dors mieux quand il est là ! Que le silence de cette maison est insupportable.

– Je ne suis pas sûr Marie-Anne que ses visites vous fassent du bien. J'ai même l'impression qu'à chaque fois il vous fait du mal. Non ?

– Mais ce n'est pas vraiment à cause de lui. Enfin, pas seulement. C'est juste que…

– Que ???

– Rien ne se passe jamais comme prévu.

– Prévu ???!!! Par qui ?

– Par moi.

– Vous prévoyez ?!?! Expliquez-moi…

– Eh bien, je note à l'avance que je vais lui dire ceci ou cela, par exemple qu'il me manque, mais sans trop le culpabiliser, hein, avec des mots bien mesurés. Je prépare des réponses à donner à ses questions, des réactions à mettre en face des siennes, vous comprenez le principe ?

– Assez. Vous écrivez les dialogues, déplacements et rebondissements à l'avance. Une pièce de théâtre en quelque sorte.

– Euh, en quelque sorte.
– À ceci près que l'un des acteurs n'a pas le texte !
– …
– Comment voulez-vous que ça marche : vous seule maîtrisez l'intrigue, pas Pierre ! Il est forcé d'improviser. Et je suppose que son improvisation ne vous convient pas toujours ?
– Ce n'est pas aussi simpliste : je le connais tellement bien, je sais où l'emmener, c'est tout de même quelqu'un d'assez prévisible.
– Il faut croire que non. Il vous a quitté, contre toute attente. Et il improvise à côté de la plaque.
– Vous ne l'aimez pas, n'est-ce pas ?
– Ce n'est pas mon rôle de l'aimer ou pas. Mon rôle est de vous donner une vision différente, un autre angle pour l'envisager, qui n'est pas forcément meilleur que le vôtre mais qui vous offre une alternative.
– D'accord. Bon, je vous explique mieux. Ce n'est pas aussi écrit que vous le croyez. Moi aussi j'improvise. Je me limite à poser le cadre. Quand il arrive, c'est comme un protocole qui se répète : il me serre contre lui, puis très vite, il se reprend. Il devient alors presque odieux, comme pour me faire payer ce bref relâchement, cette étreinte qui lui a échappé. Au fil des heures, sa vigilance s'émousse, on se rapproche. On peut enfin discuter. De la vente de la maison par exemple. Je sais que je ne dois verser aucune larme, il ne le supporte pas, trop culpabilisantes les larmes. Donc je me retiens : pas facile. Et quand je sens que le climat est propice, j'impose le sujet qui m'importe vraiment comme on pousse un pion sur un échiquier.
– Le sujet ?
– Noël, par exemple ! J'ai obtenu qu'il passe les fêtes Noël avec nous, comme d'habitude, dans ma famille.
– Peut-être aurait-il été préférable qu'il les passe tout seul, non ? Comment voulez-vous qu'il vous regrette, si vous lui donnez tout ?

L’homme à la valise

Chapitre 1

Très tôt, le père de Marie s'est convaincu que Pierre ne rentrerait pas au bercail. Une intuition : mon gendre a tourné la page, avec un empressement qui laisse pantois, certes, mais c'est un fait et je voudrais bien que ma fille en fasse autant.

Aussi, depuis la mi-novembre, il pousse à la roue pour accélérer le mouvement : il suggère à Marie de consulter un avocat pour divorcer – conseil auquel elle oppose une étanchéité dont elle a le secret – et, surtout, il l'encourage à chercher un appartement ou une petite maison, un chez soi où se réfugier et où Pierre ne se sentirait pas en droit de venir n'importe quand. Entre ses rendez-vous de travail, ses entraînements de triathlon et ses séances chez le docteur Layer, qui ont l'air de lui faire beaucoup de bien, il ajoute sur l'agenda de Marie, en maître régnant, des visites de biens immobiliers.

Marie, pour lui faire plaisir, joue le jeu : ils ont déjà inspecté une petite dizaine de lieux. Mais tout ce qui est accessible, avec ce qu'elle a estimé récupérer de la vente de la maison, lui paraît petit, étriqué, étouffant – des trous à rat – excepté une maisonnette, la plus chère du lot, avec une jolie piscine et une dépendance qu'elle pourrait louer pour se sentir moins seule. Voilà qu'elle commence à s'y projeter. Mais quand elle rentre de chez le docteur Layer, le 18 décembre, le couperet tombe : l'estimation de l'agent immobilier, arrivée par mail, est en deçà de ses espérances. Il ne lui reste de possibilités que… les trous à rat !

– Comment ça des trous à rat ?
– Oui, Pierre, tu m'entends bien des trous à rat. Il est hors de question, sous prétexte que tu veux te taper une autre bonne femme que moi, que je sois réduite à vivre dans un trou à rat, tu m'entends ?
– Marie, je suis en voiture là, oui je t'entends mais bientôt je serai dans une zone sans réseau, est-ce que qu'on peut en parler plus tard ?
– Quand ?
– Demain ?
– Va te faire foutre, Pierre !
Je ne vendrai pas cette maison, je ne vendrai pas cette maison, je ne vendrai pas cette maison – D'accord mon bébé, lui concède un Jean qui s'était fait discret pendant l'échange téléphonique, d'accord, d'accord mais comment veux-tu faire, tu n'as pas les moyens – et quand bien même je te donnerais toutes mes économies ça n'y suffirait pas – de racheter sa part à Pierre. À moins de vendre le mas – je ne vendrai pas le mas, je ne vendrai pas le mas, je ne vendrai pas le mas ! Et je ne vivrai pas dans un trou à rat !
La réaction de Marie remplit Jean d'une joie secrète : sa Minou ne serait-elle pas en train de reprendre du poil de la bête ? Avec ce petit côté chat qui crache qui lui vaut son surnom ?

Chapitre 2

Quelques jours avant Noël, Marie est en quelque sorte sauvée par le gong.

Son voisin Roger, avec lequel elle entretient des relations très amicales, débarque dans son jardin – leurs deux propriétés communiquent par un portillon sans qu'il soit nécessaire de passer par la rue. Il a sous le bras un épais dossier et en tête une idée bien ancrée ; c'est peu dire que Roger est opiniâtre.

– Je vais vendre ma propriété à un promoteur immobilier. D'ailleurs Pierre et toi avez dû recevoir des courriers de tous ceux qui sont sur le coup, parce que si vous vendiez vous aussi votre terrain, le projet final serait bien plus ambitieux.

D'abord Marie pense que le sort s'acharne à vouloir la chasser de cette maison – je n'irai pas dans un trou à rat, je n'irai pas dans un trou à rat, je n'irai pas dans un trou à rat – mais très vite, une vision surgit. Celle d'une maison sur le toit. Combien de fois, en longeant le Lez n'a-t-elle pas rêvé d'habiter ces appartements montpelliérains haut perchés avec terrasses verdoyantes ?

– Ah, mais tout à fait, confirme Roger. Tu peux demander cela en sus de pas mal d'argent. Ça peut faire partie de la transaction.

– En sus de pas mal d'argent : tu veux dire suffisamment pour donner sa part à Pierre ?

– Largement !

Penchés à présent au-dessus des corbeilles à papier qui débordent dans le bureau de Pierre et Marie, où le ménage n'a pas été fait

depuis le 1er novembre – elle n'a pas l'énergie – ils extraient du fatras une douzaine de lettres de promoteurs immobiliers ayant pignon sur rue à Montpellier.
– Vous les avez jetées sans même les ouvrir ?
– Roger, JE les ai jetées. Pierre est parti. Il m'a quittée. Je travaille seule ici.
– Ah ! Je ne savais pas. Françoise et moi aussi, nous nous sommes séparés. Enfin, j'ai été un peu poussé dehors. J'habite dans l'annexe au fond du jardin depuis deux mois.
– Mince alors, je ne savais pas. Françoise n'a rien dit. Une sorte d'épidémie, tu crois ?
Après dépouillement des courriers, les deux comparses de déboires conjugaux sélectionnent une demi-douzaine de promoteurs à mettre en concurrence. Ils pensent sincèrement boucler les démarches en quelques mois. Ils ne savent pas qu'il leur faudra plus de huit ans pour solder l'affaire chez un notaire.
Huit ans de négociations houleuses et de recours du voisinage, durant lesquels Marie vivra loin de tout trou à rat ! Car Pierre, dès qu'il en a connaissance, approuve l'initiative.
Mais dans les jours qui suivent, il émet quelques bémols – Marie, j'ai besoin d'argent pour me lancer dans ma nouvelle vie. Tu as bien conscience qu'avec les dettes que nous avons sur le dos, il va falloir vendre des trucs. Décision est donc prise de vendre l'appartement de Valence. Et Marie sent bien que le mas aussi est sur la sellette ! Mais pour l'heure, tardive, elle essaye surtout de se faire minuscule, car ils partagent tous les deux le même matelas au sol. Il n'y avait pas d'autre possibilité pour se loger tous dans la famille de Marie où ils fêtent Noël avec Lucie et Arnaud. Nous sommes la nuit du 24 au 25 décembre et Marie ne pouvait rêver plus beau cadeau au pied du sapin que la chaleur du corps de Pierre à ses côtés. Pierre ayant plutôt bien accueilli qu'on ne puisse faire autrement. Elle aimerait se rapprocher, se coller, glisser sa

main dans la sienne, mais n'ose pas. Elle se contente raisonnablement de son odeur et, à présent, de son ronflement régulier aux vertus soporifiques.
Le cadeau a compté deux nuits. Mais le matin du 26 décembre, alors qu'elle conduit Pierre en gare avec leur voiture, une couleuvre à avaler l'attend :
– Marie, je pars demain à Venise. Nous allons réveillonner là-bas. Je ne serai donc pas joignable au téléphone avant le 2 ou le 3 janvier. Mais nous pourrons échanger nos vœux de bonne année par SMS !
Claquement d'un baiser sec sur la joue de Marie, claquement de la portière de la voiture, roulement de la valise kaki qui s'éloigne, sans un regard.
Venise ?
Venise !
Venise où ils ont fêté leurs quarante ans, en tête à tête ! Est-ce qu'il a vraiment besoin d'emmener l'Autre là-bas ? Est-ce qu'ils ne devraient pas visiter plutôt une contrée encore inconnue ? Inventer ? Se réinventer ?
– Arrête de ressasser ça, s'énerve Jean.
Pierre est à Venise avec l'Autre depuis cinq jours et Marie ne décolère pas. C'est vrai qu'elle ressasse, impossible de nier. Est-ce l'étape Colère dont Layer l'a prévenue ? Elle est de nouveau en voiture, mais avec Jean cette fois. Ils sont invités chez des amis en Ardèche pour le Nouvel An. Une soirée de réveillon très sympathique, très joyeuse, en perspective.
– J'aimerais, ma Minou, que tu essayes d'en profiter. Par conséquent, s'il te plaît, arrête de ressasser.
Sa Minou a emporté dans son sac une adorable petite robe noire à paillettes. Dedans, elle est jolie comme un cœur. Ce n'est pas elle qui le dit, mais un type dont elle a oublié le prénom. Un type marié qui la dévore des yeux sous ceux consternés de sa femme.

Mais dans quel monde vit-on ? Marie virevolte, elle exulte, elle est en transe et après minuit, après que tous se soient embrassés sous la boule de gui fraîchement cueillie dans le jardin, elle ira danser dehors sous la lune, entourée de gens tous autant éméchés qu'elle. Pourquoi Marie est-elle si merveilleusement lumineuse et bondissante ? Parce qu'alors qu'elle enfilait sa petite robe noire et se maquillait dans une chambre à l'étage, un SMS a fait vibrer son portable. Un SMS de Pierre qui ne lui souhaitait pas la bonne année, pas du tout. Un SMS qui dit : « Dans l'éventualité de mon retour, qu'aurions-nous encore à partager ? »
Et Marie avait répondu avec énergie : « Tout, Pierre TOUT. Notre lit, si froid sans toi, notre connivence, nos valeurs, des moments merveilleux avec Lucie et Arnaud, des voyages au bout du monde, des trails en duo, nos idées sur le monde et notre envie de le refaire sans quitter nos fauteuils, des romans policiers lus à quatre yeux, les nouveaux CD de musique que tu achètes pour le plaisir de me les faire écouter en boucle, des escapades en surf des neiges quand les pistes sont fermées le soir, des virées à vélo dans l'arrière-pays, des envolées en kitesurf si tu veux t'y mettre avec moi, tous les films intellos sortis des studios italiens, des expos photos et nos photos à nous les jours de pluie, des milliers de repas en tête à tête, des pas de danse lors des soirées chez nos potes et un raton laveur, en hommage au poète. »
Spontanéité vite récompensée : « Peux-tu venir me chercher en gare le 2 janvier ? J'aurai de nombreux sacs, je reviens avec toutes mes affaires. »
Oui, oui, oui, oui, oui, oui !

Chapitre 3

On commence à bien connaître Marie. Le 2 janvier, elle est en avance, elle piaffe d'impatience, elle a rêvé la scène, l'a répétée, y a versé tous les mots du cœur. Il lui suffit pourtant d'une minuscule seconde lorsque Pierre sort de la gare par la porte latérale réservée au dépôt minute, pour qu'elle oublie son texte, au sens de « le laisser tomber », tant il n'est plus de mise. Est-ce vraiment lui cet homme qui s'échine maladroitement à transbahuter, outre sa valise gavée, plusieurs sacs cabas, de ceux qu'on vend pour quelques centimes aux caisses des supermarchés et qu'affectionnent les sans-abri ? Est-ce lui, dans ce manteau noir, si seyant en novembre, qui désormais l'engonce au niveau de l'abdomen ? Lui, cet homme dont les épaules affaissées évoquent le vaincu et dont la portée du regard se réduit aux mètres devant ses pieds ? On le dirait perdu. Et je ne veux pas le perdre. De toutes mes forces. Je dois y aller doucement, comme avec un chaton effrayé : ne pas l'étreindre brutalement, plutôt remuer devant lui une petite brindille à plumet, attiser sa curiosité, le laisser venir, délicatement, subtilement. En conséquence de quoi Marie garde pour elle ses mots en forme de bras tendus – mots qui disaient son attente récompensée, sa joie, ses espoirs fous. À défaut de phrases brindilles à agiter – non préparées – elle reste en terrain neutre, d'une banalité affligeante : météo, repas préparé par Lucie et Arnaud – oui, ils sont là, quelques jours de vacances avant la rentrée de janvier – courrier des impôts. Naïve Marie, comment a-t-elle pu imaginer mieux,

espérer une main posée sur la sienne passant les vitesses, anticiper de douces attentions ?
En retrouvant sa maison, le crépitement du poêle et l'ambiance familiale, Pierre redevient un peu Pierre, son regard de nouveau porté loin. Vers un avenir possible ? Après le repas, il entraîne Marie dans le jardin, reparle du voyage au Brésil en mai pour y voir Arnaud, décide d'annuler les visites des agences dans le mas des Cévennes – parce que tu avais contacté des agences, Pierre ? À la chaleur qui lentement envahit ses veines, Marie comprend combien ses dernières semaines elle avait eu froid.
L'état de grâce malheureusement dure peu. Dès le lendemain en fin de journée, Marie en passant derrière la chaise de Pierre, assis bien droit devant son ordinateur dans leur bureau commun, capte inconsciemment ce bout de phrase : « pas eu besoin de beaucoup de temps, depuis notre rupture pour me rendre compte que je ne peux pas me passer de toi ». Le peu de chaleur retrouvée la quitte en moins d'une demi-seconde. Glacée jusqu'aux os, de douleur et d'effroi quant à son avenir, elle se réfugie auprès de ses enfants, dans la cuisine.
– Maman, tu es toute pâle.
– Votre père est en train de lui écrire.
– À qui ?
– Vous le savez bien.
– Et ?
– Je ne pense pas qu'il soit en train de revenir.
– Mets les choses à plat avec lui. Va lui parler.
Dans le bureau désert – Pierre s'est absenté, Marie ne sait où – il lui suffit de bouger légèrement la souris pour rallumer l'écran et, vite et en diagonale, découvrir une suite d'affirmations éloquentes : « Besoin de me confronter à la réalité / affronter Marie et sa logique, sa douleur / tester ma volonté et mes aspirations / veux vivre avec toi / imagines-tu un chez nous choisi ensemble /

je t'aime et ne veux pas te perdre. » Comme une voleuse – voleuse de mots qui brûlent les yeux – Marie s'enfuit dans la pénombre du jardin. Debout, à côté du bassin, Pierre fume. Elle aurait voulu pleurer tout son saoul, enlacée à son pin, mais impossible, il est là. Obligée de ravaler ses larmes, Marie n'a plus d'autre choix que de paraître. Face à Pierre qui peut s'offrir le luxe d'être.

– J'espère que tu as bien compris, Marie, que je ne suis pas rentré pour recommencer avec toi.

Comment aurait-elle pu le comprendre quand son SMS parlait de partage ?

– Je suis là pour prendre du recul, pour réfléchir. Je suis paumé, Marie. Je croyais que les choses allaient être simples, mais non. Je ne sais pas. Elle n'est pas comme… Ou alors c'est moi qui complique. Je ne sais plus.

– Tu l'aimes ?

– Oui je crois.

– Et moi ?

– Je ne sais pas.

– Cela m'aiderait que tu me dises « Marie je ne t'aime plus », je pense que je pourrais avancer. S'il te plaît, dis-le, dis : « Je ne t'aime plus ! »

– Je ne peux pas. Ne me demande pas ça.

– Alors dis-moi que tu m'aimes encore !

– Je ne peux pas non plus. Je ne sais plus ce que veut dire aimer, Marie, je suis perdu.

– Pourtant, à elle, tu peux le dire ?

Haussement d'épaules que Marie devine dans l'obscurité triste qui prend ses droits sur le jardin.

– Parfois au moment même où je lui dis, je regrette mes mots. Quand on a rompu elle et moi l'autre soir, je me suis senti soulagé, carrément, comme libéré d'un poids. Et pourtant, une fois ici, un autre poids m'écrase.

– Mon poids ?
– Ce n'est pas lié à toi. C'est le poids de ma vie d'avant. Mon passé, tout ce que nous avons construit, les maisons, tout cela m'entrave. Et une fois à Paris, je suis pris de peur panique face à l'incertitude du futur. Et pourtant, j'aspire à de la nouveauté. Mais je reste coincé entre entrave et peur.
– Face à elle, je ne peux pas faire le poids.
– Elle dit pareil te concernant. Que face à nos vingt-huit ans partagés, elle ne peut pas faire le poids. Elle aussi est empêchée. Elle aussi a peur. Elle ne se projette pas avec moi parce qu'elle pense que je finirai par revenir vers toi. Et cette absence de projection m'empêche de me projeter aussi.
– En résumé : c'est de ma faute ? Votre échec : ma présence ? Ce serait plus simple si je disparaissais ?
– Ou si moi, je disparaissais.
Trois jours plus tard, le 6 janvier, Pierre annonce à Marie qu'il doit retourner à Paris – Quand ? – Demain – Demain ? Son billet est réservé. Il est important qu'il aille discuter avec l'Autre, en face-à-face. Crever l'abcès. Est-ce que tu comprends ? Marie ne répond pas. Elle s'envisage. Sous un autre angle désormais. La voilà devenue ennemie à abattre. Par l'Autre. Qu'il y aille, qu'il se mette à genoux sur son paillasson de guerrière, qu'elle lui accorde sa grâce, qu'elle l'arme d'une épée pour pourfendre les espérances de Marie ! Marie qui n'en peut plus de voir Pierre se traîner dans ses espadrilles trouées du matin au soir, mine déconfite, cernes sous les yeux, cigarettes au bec. Qu'il parte, qu'il parte, qu'il parte !
Paraître. Paraître. Forte. Ne pas pleurer. Pas devant Pierre. Pas devant Arnaud qui refuse « d'être mêlé à ça ». Pas au téléphone avec Lucie qui révise pour ses examens. Pas devant son père qui a eu son lot. Paraître forte. N'est-ce pas ce que Pierre attend d'elle ? Debout le matin. Petit déjeuner. Courses. Repas de midi. Un peu

de ménage. Sourires. Entre les plats qu'on se passe. Entre les rayons du supermarché. Entre les draps qu'on plie.

Dans les plis des draps la nuit, alors là oui, seulement là, pleurer.

Le 7 au matin, comme annoncé, de nouveau le bruit des roulettes de la valise sur les dalles en ciment du jardin, sur le bitume de la rue, decrescendo. Mais dès le lendemain, est-ce un effet de son imagination, bruit de roulettes crescendo, portail du jardin qu'on pousse, Pierre est là de nouveau.

L'Autre ne veut plus de lui. Il dit ça, simplement, elle ne veut plus de moi. Et sans même s'enquérir de ce que veut Marie, il ajoute : tu n'as qu'à faire comme si je n'étais pas là.

Comme s'il n'était pas là ? Mais même quand il n'est pas là, Marie fait comme s'il était là. Faire comme s'il n'était pas là, elle ne sait pas, elle ne peut pas.

– Maman, je crois que toi aussi tu devrais le mettre dehors, suggère Arnaud. Tu ne vois pas qu'il a pété les plombs ? Et tu peux m'emmener en gare, s'il te plaît, c'est ma rentrée demain, tu te rappelles ?

Une fois son fils descendu de voiture, une fois sa haute silhouette avalée par la gare, impossible de retourner dans la maison. Marie se réfugie chez Jean. Qui tire les rois avec des voisins. Durant deux bonnes heures à papoter, entre parts de galette et cidre bouché, elle reprend courage. Et quand enfin elle rentre, à reculons malgré tout, Pierre est exactement là où ils l'ont laissé. Dans un fauteuil. Pierre transformé en pierre. Une bouteille de vin et un verre ont poussé sur la table basse devant lui. La bouteille est presque vide. Elle lui demande ce qu'il a, juste çà – qu'est-ce que tu as ? Elle espère qu'il ne percevra pas le mépris, léger, dans sa voix. Il répond qu'il a rompu définitivement avec l'Autre. Marie hausse les épaules et va se coucher.

Les plis du drap l'enserrent de leur moiteur de trop de larmes versées.

Séance du 16 janvier – 15 heures

– Comment va l'homme à la valise ?
– L'homme à la valise ?
– …
Chaque semaine, depuis ce fameux 2 janvier, Marie raconte au docteur Layer, par le menu, ce chassé-croisé que Pierre effectue entre Paris et Montpellier, entre leur maison et le loft de l'Autre. Une sorte de ballet, valise défaite, valise refaite, mine de Pierre défaite, mine de Pierre refaite, à l'unisson. L'homme à la valise, c'est parfait.
– J'avoue : ce sobriquet lui va très bien. Je n'aurais pas pu trouver mieux. Ou alors un nom de chien : Médor.
– Médor ?
– Un toutou qui attend sur son tapis, à Montpellier et en remuant la queue, que sa mémère l'appelle pour lui donner un susucre, à Paris, entre deux coups de tatanes.
– Vous êtes en colère ?
– Oui. Terriblement. Après moi, aussi, qui suis incapable de le retenir, de lui donner ENVIE de rester.
– Est-ce qu'il vous en donne la possibilité ?
– Oui. Je crois. J'ai constaté l'instauration d'un processus, toujours le même…

Bruit des roulettes sur le bitume. Portail du jardin, entrée dans la maison. Pierre alors lâche la valise et serre Marie dans ses bras, très fort, comme on noue l'aussière sur une bitte d'amarrage, de retour au port. Premier jour, celui des mea culpa, Marie qu'est-ce que j'ai fait, qu'est-ce que je te fais. Deuxième jour, les gestes déjà se font moins tendres, mais s'expriment encore des souhaits de redémarrage, Marie crois-tu que ce soit encore possible, NOUS. Troisième ou quatrième ou peut-être cinquième jour, la communication qui était coupée avec l'Autre reprend : à l'initiative de qui ? Impossible à dire. Et d'ailleurs ça la met en rage Marie de ne jamais savoir quand le revirement va opérer ou même s'il va opérer, parce que, peut-être, elle espère que cette rupture, sera enfin la bonne ?

– Forcément cela finira par être la bonne, non ?

– ….

Mais ce n'était pas encore pour cette fois. Le schéma est de nouveau allé jusqu'au bout. Pierre émet des doutes : « Marie ça ne marchera pas ». L'Autre se fait plus présente et plus pressante aussi, Marie l'oreille collée à la porte de la chambre d'ami où Pierre a désormais son lit, devine par bribes qu'il est doucement mais sûrement repris en main. Il arrive que le ton monte, que Pierre se débatte, c'est comme ça qu'elle interprète, Marie, mais des habits – propres – sont remis dans la valise. Descente alerte des deux marches de la terrasse. Portail du jardin refermé sur le vide. Bruit des roulettes qui s'éloignent.

– Je n'en peux plus d'être douchée-écossaise comme ça !

– C'est normal. Personne ne pourrait ni ne devrait supporter d'être traité de la sorte. Interdisez-lui de souffler le chaud quand il rentre. Exigez qu'il se tienne à distance tant qu'il n'est pas sûr de lui. Demandez-lui de prendre un appartement, où il veut, à Paris ou à Montpellier.

– Il argue que la maison est à lui. Que c'est encore chez lui.

– Marie-Anne, il y a abandon de domicile. Légalement vous pourriez arguer, vous, que ce n'est plus chez lui mais qu'il a obligation d'en partager quand même les charges. C'est la loi.
– Je ne voudrais pas en arriver là. Je crois que j'ai besoin qu'il vienne. Même à sa guise.
– Besoin ?
– Envie. C'est plus juste. J'en envie qu'il vienne. Comme si cela me laissait encore une chance.
– Une chance ???!?!?!!!!!!
– ?
– Vous m'avez expliqué en début de séance que vous vous en vouliez de ne pouvoir ou ne savoir le retenir. Êtes-vous vraiment sûre qu'il vous en laisse la possibilité ? Je vous repose la question.
– C'est joué d'avance, c'est ça ? Comme un protocole ? J'en fais partie mais à titre d'objet ? Je ne suis pas une protagoniste, c'est ça ? Il n'y a que deux acteurs : elle et lui ?
– Il me semble.
– Évidemment, suis-je sotte. D'ailleurs, le mas a été mis en vente – il a réussi à me convaincre – c'est bien la preuve, non, qu'il n'a aucune intention réelle de revenir ? Je voulais vous parler de cette décision, aujourd'hui. C'est très douloureux. Pas seulement pour moi. Pour Arnaud aussi, qui adore cet endroit.
– Il nous reste du temps. Racontez-moi !

Chapitre 4

Outre le risque d'un rhume de cœur pour Marie, exposée qu'elle est, constamment, à l'alternance du chaud et du froid, la relation chaotique entre Pierre et l'Autre a pour dommage de tenir Steph à distance d'un certain canapé – j'ai vraiment trop peur que ton mari revienne à l'improviste. Voilà donc nos deux amants très épisodiques réfugiés au restaurant, face à face, genoux contre genoux. Il porte une cravate céladon qui met en émoi les papilles de Marie comme le ferait une dégoulinante cuillère de miel de lavande : comment sait-il toujours d'instinct trouver l'accessoire appétant, quand la plupart des cravates que Marie croise stimulent des relents d'omelette brûlée ou l'amertume des navets ? L'humeur de Marie pourtant reste en berne.

– Houhou, Marie où es-tu ? Je vois bien que tu n'es pas vraiment là ? Qu'est-ce qui te préoccupe ?

De ne pas savoir. De ne pas pouvoir prévoir. D'être toujours mise devant le fait accompli face aux ruptures puis aux rabibochages entre Pierre et l'Autre – Ah, ce n'est que ça… Une broutille pour le bel expert en sécurité informatique, dont la bouche pulpeuse embrasse sensuellement la porcelaine blanche d'une tasse à café. Tintement léger de la tasse qu'on repose. Steph retire de sous sa chaise son inséparable ordinateur portable.

– Vas-y, donne-moi les prénoms et dates de naissance de tes enfants.

Marie croise les doigts sous la table pour qu'il ne lui demande pas la sienne, ou alors seulement le jour et le mois.

– Parle-moi aussi de ses hobbies, chanteurs préférés, tout ce qui te passe par la tête…
Tap-tap-tap des doigts fins sur le clavier. En deux coups de cuillère à pot, le mot de passe de la messagerie de Pierre est craqué et Steph à présent installe sur celle-ci l'appli-espion dont ses clients raffolent. Désormais Marie recevra en temps réel, dans sa propre messagerie, tous les mails reçus et écrits par Pierre.
– Je vais te faire un petit répertoire dans lequel ça va aller se ranger discrètement. Tu veux l'appeler comment ?
– Alguazil.
– Ça existe ça ?
Et Steph de chercher sur Internet.
– Rapport à la corrida ou au flicage ?
– Les deux.
Grâce au mot de passe craqué, Marie pourra aussi, en l'absence de Pierre, aller tranquillement consulter l'historique de ses mails sur l'ordinateur fixe qu'il a laissé dans leur bureau commun.
– Alors, heureuse ?

Chapitre 5

Si le docteur Layer avait eu vent de l'étrange intervention de Steph, il l'aurait certainement jugée toxique. Marie décide donc de garder cela pour elle aussi longtemps que possible. Est-on obligé de tout raconter à son psy ?

En s'asseyant devant l'ordinateur de Pierre, reparti à Paris pour quelques jours ou quelques heures ? – nous en sommes déjà à trois ruptures en deux semaines –, Marie est parcourue d'un délicieux frisson d'excitation. Ce n'est plus Marie, mais l'espionne Joséphine Baker, dont elle partage nombre de valeurs, qui s'en va traquer l'Homme à la valise.

Baker ? Non. Pourquoi pas plutôt la brunette Marita Lorentz ?

La similarité de leur prénom plaide pour elle, et surtout, surtout, cette espionne-là a réussi l'exploit d'être à vingt ans la maîtresse de Castro, excusez du peu. Et n'a-t-elle pas renoncé à sa mission de l'assassiner par amour ?

Doucement et sur la pointe des pieds, Marie s'éclipse du bureau. Elle laisse la vieille octogénaire armée du précieux mot de passe, travailler dans le calme, au décryptage des échanges entre Pierre et l'Autre. Son compte rendu fera très bien l'affaire.

Rapport de mission de Marita-Marie

Suite à l'analyse des mails échangés entre Pierre et l'Autre sur les deux ans d'historique conservés, il ressort que :
Petit un : le fameux jour de la crise des strings, Pierre s'est empressé d'accepter une invitation de l'Autre à loger chez lui à l'issue de la soirée de septembre, au restaurant, avec les anciens de leur entreprise. L'offre d'hébergement est émaillée de sous-entendus explicites.
(Mince, relève Marie, comment ne pas voir dans cette acceptation un rapport de cause à effet ? Une façon de me punir ? Une petite vengeance aux conséquences lourdes mal évaluées ?)
Petit deux : dans un mail, quelques jours plus tard, l'Autre écrira : « je n'avais rien prémédité en t'invitant à dormir chez moi ». Une affirmation que désavoue totalement l'exploration rapide de l'historique disponible : par le passé, elle a plusieurs fois envoyé à Pierre des messages équivoques, auxquels il a systématiquement répondu de façon ultra-neutre, démontrant un désintérêt total.
Petit trois : durant le mois qui précède le décollage pour Chypre, Pierre et l'Autre ont passé, en tout et pour tout, quatre nuits ensemble. Mais dès la première, l'Autre s'enracine sur un point, ses messages sont clairs : elle ne veut pas être reléguée au rang de maîtresse, elle a déjà assez souffert comme ça dans sa vie, elle insiste pour que Pierre parle à Marie. Ainsi, alors qu'il souhaitait

n'informer Marie de la situation qu'au retour de Chypre et prendre le temps d'une séparation en douceur, elle impose son tempo : il doit avouer au plus tôt et quitter Montpellier au terme du voyage. Sinon, elle arrête tout.

Petit quatre : les mails de Pierre sont essentiellement de panique – ne me quitte pas sinon j'en mourrai – et de réassurance – mes sentiments à ton égard sont sincères, il n'y a plus d'amour entre Marie et moi. (La phrase a un effet de torpille sur le cœur de Marie mais comment le reprocher à Marita-Marie que se contente de faire son travail ?)

Pierre écrit aussi : « c'est avec toi que je veux vivre. Veux-tu m'épouser ? Ne voudrais-tu pas que nous achetions une maison ensemble ? » Les arguments et aveux sont souvent décousus. Et ceux rédigés depuis le début du mois de janvier, d'une impressionnante longueur et dégoulinants de mièvreries.

Petit cinq : à l'inverse, les mails de l'Autre sont plutôt laconiques et, du tout premier au plus récent, contiennent principalement des injonctions et récriminations, au point que même la tournure la plus anodine semble empreinte de reproches. Pas de mots doux, pas un « je t'aime », pas un « mon amour ». Pierre y est régulièrement traité de lâche.

Petit six : dans plusieurs mails, l'Autre s'inquiète de ce que Marie dit ou de comment elle réagit. Comme jamais elle n'exprime de remords à l'idée que Marie puisse souffrir, pourquoi cet intérêt ?

Chapitre 6

Quatrième rupture, cette fois, c'est la bonne !

Marie en est sûre qui l'écrit dans son journal. Parce qu'elle tient un journal depuis Chypre, l'exigence est née là-bas, d'abord sur des tickets de caisse et des morceaux déchirés de nappe en papier, les moyens du bord, et sur des carnets à présent, dûment numérotés. Un journal pour ne rien oublier de cette essoreuse dans laquelle sont ballottés ses sentiments, depuis que lui ont été retirées les rênes de sa vie. En diagonale et en rouge sur toute une page « cette fois c'est la bonne ».

Elle est d'autant plus assurée que Pierre aussi l'affirme, ce 20 janvier, à midi, en préparant le repas – c'est fini, vraiment fini, elle est trop compliquée, trop colérique. On se bat pour tout et n'importe quoi, un aliment que je range mal dans son frigo, une baignoire qu'elle m'agace à ne pas rincer. Nous sommes incompatibles, je suis soulagé. Ouf !

Lucie est en vacances dans la maison pour deux semaines, Arnaud vient de débarquer pour le week-end, une fois tout le monde à table, ils parlent d'autres choses, bien sûr, surtout d'avenir, notamment du séjour d'Arnaud au Brésil et du voyage pour l'y retrouver. Marie respire avec une profondeur qu'elle avait oubliée. Mieux oxygéné, son cerveau retrouve toute sa lucidité : attention toutefois, pas trop d'enthousiasme !

Mais dans l'après-midi, quand de nouveau ils sont seuls, Pierre persiste – est-ce que tous les couples en passent par-là, cette crise que nous venons de traverser ? Je voudrais tant retourner au moins six mois en arrière, être dans cet état d'avant où je ne me posais aucune question !

Dans la soirée, malheureusement, il s'agite. Il s'en ouvre à Marie. Le silence de l'Autre l'inquiète.

– Elle ne répond pas à mes SMS et je tombe sur son répondeur quand je l'appelle.

– Mais enfin, Pierre, si vous avez rompu définitivement, est-ce qu'il ne serait pas normal de ne plus vous écrire, ni vous téléphoner ?

– Je sais bien, mais... je suis tellement mal, là. En fait, j'aurais préféré que la décision vienne d'elle. Comme c'est moi qui ai rompu, j'ai peur d'avoir agi trop vite. Et de le regretter dans un mois, un an, dix ans. Il aurait mieux valu que ce soit elle qui me rejette. Tu comprends ?

Évidemment, non. S'est-il posé cette question d'avoir été, avec la mère de ses enfants, celui qui a rompu ? Son obsession vis-à-vis de l'Autre, est-ce une forme de folie ? Elle voudrait en parler vite à Layer mais il est en vacances. Marie est désemparée.

Le lendemain matin, un mail atterrit dans le répertoire Alguazil de sa messagerie : le message, que Pierre vient d'envoyer à l'Autre et qu'elle s'empresse de lire, s'enfonce dans sa poitrine avec la violence d'un coup de poignard.

L'Autre pourtant répond que cette fois c'est elle qui rompt. Marie reprend son souffle – n'est-ce pas ce que Pierre désirait pour enfin s'en libérer tout à fait ? Alors pourquoi s'accroche-t-il malgré tout ? Car d'autres mails suivent, qui ne font que tourner et retourner le couteau dans la plaie béante. Elle se raccroche à ses enfants, fait bonne figure comme elle peut. Les mots lus résonnent si fort en elle qu'elle se demande comment fait son entourage pour ne pas en entendre l'écho.

Pierre, lui, ne s'embarrasse pas de faire bonne figure. Il affiche son désarroi, se traîne de son lit au canapé. Vide le bar. Tire une

tête de déterré. S'apitoie sur lui-même à grand renfort de soupirs explicites.
Impossible à Marie de lui être d'aucun secours. Sa douleur, vaste comme un cratère de volcan en fusion, la paralyse. Et les mots lus encore et encore la brutalisent : « Je n'aime plus Marie, j'en suis sûr à présent / C'est avec toi que je veux construire un bel avenir / C'est à genoux que je t'implore de me donner encore une chance… »
Voilà qu'elle lit à présent qu'il va se chercher un chez lui, dès demain, de préférence à Paris, près de chez l'Autre, pour qu'elle n'ait plus à souffrir qu'il soit sous le même toit que Marie – « Cherche dans Paris intra-muros, » précise l'Affreuse en réponse, « il est hors de question que j'aille te voir en banlieue ».
Comment Pierre peut-il encore lui préférer une bonne femme inconstante, bordélique et hargneuse, dont l'amour s'arrête à la limite du périphérique ?
C'est à se taper la tête contre les murs ! À se taper la tête contre les murs ! À se taper la tête contre les murs ! À se taper la tête contre les murs !

L'homme à la carte

Chapitre 1

– Je crois que cette dame est claire, papa, elle ne veut pas de ta carte de visite.
Pendant qu'elle s'époussette – son manteau est couvert de la terre du bas-côté sur lequel elle vient d'atterrir avec son vélo de ville – Marie voit bien que le jeune homme est gêné. Mais que peut-elle faire, à part expliquer une nouvelle fois au « papa » que vraiment tout va bien, que son manteau épais a amorti la chute, qu'elle n'a mal nulle part, que la collision est de sa faute à elle.
– On ne sait jamais, persiste l'homme, prenez ma carte. Si vous avez des séquelles, appelez-moi !
Appelez-moi, appelez-moi ! Voilà ce que crient en échos silencieux les yeux de cet homme, certainement marié puisque père, ou alors séparé, voir divorcé, pourquoi pas veuf, mais Marie s'en fiche comme d'une guigne. Elle veut seulement remonter sur son vélo, rentrer chez elle et pleurer tout son saoul le départ d'Arnaud pour le Brésil la semaine dernière et la nouvelle défection de Pierre ce matin, parti valise kaki sur les talons, en remettant soudainement en doute la possibilité du voyage à Santa Catarina en mai, comme promis pourtant – Non, Marie, je ne crois pas avoir promis quoi que ce soit et je dis juste que ça va être compliqué, est-ce que tu peux comprendre que je ne souhaite pas mettre plus encore en péril ma relation avec…
– Papa, on y va !
– Vraiment j'insiste, prenez ma carte !

Bien sûr, Marie pourrait saisir la carte tendue, tout simplement, la glisser dans sa poche puis la jeter à la corbeille une fois arrivée chez elle, avant ou après s'être épanchée un bon coup, peu importe, et le monsieur partirait enfin, la laissant à son vélo, à son chagrin, à son chemin du retour brièvement interrompu par une chute idiote, parce qu'elle roulait sur le trottoir, perdue dans ses pensées et qu'elle a vu ces deux piétons trop tard, et le jeune homme pourrait digérer sa honte d'un père si vite chamboulé par cette femme mûre tombée à ses pieds, femme au petit visage défait, femme au manteau relevé sur une robe trop courte. Mais quelque chose en elle s'obstine. Ne pas céder. Savoir dire non. Une petite voix le lui dicte. Une petite voix qui ressemble fortement à celle de son amie Lise, à la fois douce et impérieuse, Lise qui ne supporte plus que Pierre en prenne autant à ses aises avec Marie, et je repars et je reviens – Marie, quand vas-tu apprendre à dire non ? – Maintenant. Marie va apprendre maintenant.

– Non, je ne veux pas de votre carte, merci beaucoup.

Voilà. Ce n'est pas plus compliqué. C'est précis, net et poli. Et je ne veux pas de votre regard non plus, pourrait-elle ajouter, qu'il soit de pitié ou de désir, je n'en veux pas. Point. Le monsieur a l'air un peu déçu, le jeune homme satisfait au contraire, le couple s'éloigne, Marie est libre enfin de redresser son guidon, de remonter en selle, de retourner à sa maison vide et sinistre, à ses larmes qui ne tarissent pas.

Mais une fois la porte refermée sur elle, une fois le manteau taché accroché à la patère de l'entrée, étrangement, l'envie de pleurer a disparu. Au lieu de quoi Marie choisit de se renifler. Ses mains, ses cheveux, ses genoux, le creux de ses coudes, ses aisselles, ses pieds, tout ce qu'elle peut approcher de ses narines sans trop de contorsions.

Se peut-il que sa tristesse sente au point d'attirer les hommes ?

Se peut-il que cette odeur douceâtre – Marie à présent la perçoit très nettement – les fascine, tous, sauf Pierre ? Et même, pire encore, qu'elle repousse Pierre ? Qu'elle l'indispose ? Qu'elle lui répugne ?

Non, ce n'est pas la tristesse, cette odeur en relief sur sa peau que chacun de ses pores exsude, mélange d'amertume et de poussière oubliée sur les meubles. C'est l'odeur de la solitude. Celle qui tombe sur la maison en même temps que la nuit. Oppressante. Un pressoir, qui, d'elle, extrait un jus délétère.

Marie doit se défaire au plus vite de cette pestilence âcre qui poisse ses heures et son épiderme. Il doit y avoir dans la salle de bains une savonnette exfoliante, un gel de douche spécial, un fond de parfum, un flacon oublié… Marie, buste encastré dans le placard sous le lavabo, farfouille et tempête contre le fourbi accumulé… et enfin, là, trouve.

Un… deux… trois… quatre… cinq… – cinq ruptures avec l'Autre et Pierre persiste à réparer – six… sept… huit… neuf… dix… onze… douze… treize… quatorze… quatorze… – pourquoi celui-là résiste-t-il sous l'opercule – quinze… seize… dix-sept… dix-huit – plaquette suivante –… dix-neuf… vingt… – Lucie va avoir vingt ans, comme le temps passe vite quand on est heureux et comme il se traîne à présent – vingt et un… vingt-deux… vingt-trois… vingt-quatre… vingt ? – où en suis-je déjà, ah oui, vingt-cinq… vingt-six… vingt-sept… vingt-huit… vingt-neuf – il y a vingt-neuf ans, je l'ai embrassé pour la première fois, lui, l'homme de ma vie – trente… trente et un… trente-deux… trente-trois… trente-quatre.

Trente-quatre carreaux de carrelage entre la salle de bains et la porte d'entrée.

Trente-quatre dalles entre Marie et sa sortie.

Trente-quatre cases et leurs pions blancs et roses pour conclure son échec et mat définitif.

Et dire NON.

Chapitre 2

– Tu n'aurais pas un œuf, juste un, c'est pour ma pâte à crêpes, d'ailleurs si tu es libre…
Françoise, la voisine, vient de taper au carreau de la porte d'entrée qu'elle a poussé sans y être invitée en découvrant Marie à quatre pattes juste derrière. Les mains à peine essuyées, elle débarque comme à son habitude lorsque quelque chose lui manque en cuisine, ce que Marie fait également de son côté. De l'avantage du portail entre leurs deux jardins. Stupeur soudaine.
– Je peux savoir ce que tu es en train de faire ? C'est quoi ça ? Des médocs ? Y en a combien ?
– Je ne sais pas.
– Comment ça, tu ne sais pas ? Mais enfin, oui, c'est des médocs. Qu'est-ce que tu fabriques ? Qu'est-ce que tu fiches en sous-tif et pourquoi il fait si froid chez toi ? Tu n'as pas allumé ton poêle ? Marie, c'est quoi ce délire ?
– Je ne sais pas. Je suis tombée de vélo. Je suis rentrée. Je ne sais pas. Je ne me souviens pas. Je ne sais pas.
– Tombée, sur la tête ?
– Non, pas du tout. Sur mon manteau.
– Bon, d'accord… Ne reste pas plantée là ! Tu as des œufs ?
– Des œufs ? Oui. Dans mon frigo.
– Bon, va me chercher un œuf, s'il te plaît, je m'occupe du reste ! Et mets ce pull qui traîne là par terre, tiens !

Pendant que Marie s'exécute, Françoise ramasse un à un les cachets blancs et roses, gros et petits, récupère les plaquettes vides, s'inquiète des noms inscrits au dos – Tétrazépam, Zolpidem, la vache, de quoi tuer un cheval ! – remonte comme le petit Poucet jusqu'à la salle de bains, balance tout dans la mini-poubelle qui s'y trouve, attrape au passage ce qui semble suspect dans le placard ouvert, et zou dans la poubelle aussi et ressort.

– Donne-moi cet œuf ! Je vais terminer ma pâte à crêpes et je reviens tout de suite, allume ta bouilloire et prépare-nous un truc, thé, tisane, je m'en fous. Et je t'aiderai pour ton feu, on se pèle ici.

– Tu emportes ma poubelle ?

– Évidemment j'emporte ta poubelle, quelle question ! Tu ne crois pas que je vais te laisser avec ça ! Va falloir m'expliquer !

Marie regarde Françoise s'éloigner à grands pas décidés sur la terrasse. Expliquer quoi ? C'est quoi cette histoire de médocs ? D'où sortent-ils ? Elle a beau se concentrer, rien ne lui revient. Elle a un trou. Un immense trou. Elle se reniflait, elle cherchait… un déodorant ? et puis… plus rien. Noir complet.

Séance du 15 février – 11 heures

– Il s'en est fallu d'un œuf, d'un œuf, vous vous rendez compte ?
– Bonjour Marie-Anne, je vous en prie, entrez et asseyez-vous.
– D'un œuf, vous entendez ce que je vous dis ?
– Oui, un œuf. Le mieux serait de m'expliquer tranquillement.
– J'aurais pu mourir ! Comment est-ce que je peux encore vous faire confiance ? Vous êtes mon psy, tout de même, et vous ne m'avez même pas mise en garde contre le fait que je pouvais me tuer !
– À cause d'un œuf, donc, pourriez-vous être un peu plus claire, par exemple en commençant, peut-être, par vous calmer. Qu'en pensez-vous ?
Elle en pense, elle en pense que… bien sûr, il a raison. Alors, le plus posément possible, malgré le courroux qu'elle ressent à son égard, elle expose les faits : la chute à vélo, le monsieur à la carte – et s'il n'y avait que lui, je les perçois qui me tournent autour comme des mouches, les hommes, pas tous, hein, certains, trop, jusque dans mon club de triathlon – la découverte de l'odeur – tenez, sentez vous-même ! – la recherche de quelque chose pour l'atténuer, la masquer, l'effacer et puis le trou, un trou incroyable, noir total et de plusieurs minutes, et la voisine venue pour un œuf qui la découvre à deux doigts d'avaler un cocktail de trente-quatre Tétrazépam et Zolpidem.

– Vous ne les auriez jamais avalés !!!!
– Comment est-ce que vous pouvez le savoir ?
– Parce que vous n'êtes pas suicidaire, je peux vous l'affirmer. Vous aviez un verre d'eau ?
– Non, mais je ne vois pas…
– Moi si ! Vous êtes incapable d'avaler un cachet sans un verre d'eau. Il y a deux semaines je vous ai donné un paracétamol pour votre mal de tête et il a fallu que j'aille vous chercher un verre d'eau. Vous voyez bien, vous n'auriez pas pu les avaler sans un verre d'eau, que dis-je, sans une bonne dizaine de verres d'eau. Ça vous aurait réveillée, c'est sûr, d'aller les chercher.
– Excusez-moi, mais je trouve l'argument un peu faible, voire fallacieux.
– !!……… En tout cas, rien chez vous ne suggère la tendance suicidaire.
– Même si, à cause de ce que Pierre me fait, il m'arrive d'avoir envie de mourir ?
– Même ! Tout le monde, un jour, comme ça, pour une raison ou une autre, a envie de mourir. C'est une vue de l'esprit. Comme l'envie de tuer.
– J'ai effectivement aussi parfois envie de tuer Pierre !
– Vous voyez ! Est-ce que vous allez le faire ?
– Non, bien sûr que non.
Les sourcils de Layer alors s'inclinent et se rapprochent, à se toucher : il fait sa tête de Frida Kahlo, ce qui n'est jamais très bon signe.
– C'est la première fois que vous avez une absence comme celle-là ???
Aussi forte, oui, mais Marie reconnaît qu'elle a depuis toujours des absences légères et régulières. Ce sont plutôt des difficultés à rester concentrée longtemps, quand quelqu'un tient, par exemple,

un discours peu intéressant, elle décroche très vite, elle s'évade plus exactement. C'est la même chose lorsqu'elle est au volant.
– Au volant ?
– Oui, il m'arrive de… enfin, c'est comme si je revenais à moi depuis mes pensées et je me demande alors où je suis et ce que je fais là. C'est pour tout le monde pareil, non ?
– Heureusement que non, Marie-Anne, heureusement que non, vous imaginez les carambolages sinon ? Vous auriez dû m'en parler. On va arrêter le Zolpidem, pas brutalement, mais d'un chaque soir, vous allez passer à un soir sur deux. Puis un demi.
– J'en prends parfois plus d'un. Je veux dire, il m'arrive d'en reprendre un second au milieu de la nuit, quand je me réveille et que je ne peux pas me rendormir. Que mes yeux deviennent si brûlants que je ne peux faire autrement. Assez souvent, même, pour être tout à fait honnête.
Les sourcils soudain se détendent, reprennent leur esquisse de double pointillé.
– Nous y voilà ! Marie-Anne, vous n'êtes pas suicidaire, vous êtes shootée à un somnifère qui ne vous convient pas. Et cette odeur sur vous, si vous m'expliquiez mieux ? Car je pense que le cœur du problème est là, non ?
La Marie qui sort de chez le docteur Layer, ce jour-là, est beaucoup moins furieuse et plus rassurée que celle entrée dans son cabinet quarante-cinq minutes plus tôt : sa peur d'elle-même a été battue en brèche par une explication rationnelle comme elle les apprécie particulièrement. Elle va lever le pied sur les somnifères, elle s'y est engagée.
Le second engagement sera peut-être plus dur à tenir.
Certes, dans le carré cosy du cabinet, elle a adhéré avec enthousiasme à la thèse de son thérapeute – Marie-Anne, mon odorat à moi et aussi mon expérience d'homme, si vous permettez, sont unanimes : ce n'est pas du tout l'odeur de la solitude, non, non,

sentez-vous de nouveau, c'est celle reconnaissable entre mille de la liberté, vous ne trouvez pas ? L'odeur de tous les possibles ! Évidemment qu'elle attire… imaginez qu'on ne voit pas en vous quelqu'un à sauver, mais plutôt quelqu'un de salvateur, cela vous plaît-il davantage ? Et comment, que ça lui a plu, sur l'instant, à Marie ! Alors oui, bien sûr, promis, elle va désormais s'envisager différemment, dotée d'un parfum léger d'embrun et d'air du large…

Mais c'était compter sans le terrible miroir de l'ascenseur et la vérité tranchante qu'il lui assène, durant les vingt secondes de descente vers le rez-de-chaussée : même dans ce pantalon acheté durant les soldes, d'une taille en dessous de la sienne, elle flotte encore, comme si son effacement se poursuivait. Et que dire de ce petit visage gris, de ses joues creuses, de ses yeux sans éclat – j'ai une tête de poisson mort, à défaut d'en avoir l'odeur, je ne vois pas comment je pourrais sauver qui que ce soit de quoi que ce soit ?

L'homme sans nom

Chapitre 1

Parce que Jean connaît sa fille par cœur, il a enrobé son indiscutable décision de l'étoffe de la requête – j'ai une sciatique, ça m'est tombé dessus, impossible de conduire, pas question d'annuler nos vacances et encore moins d'obliger Hélène à faire un détour de plus de quatre cents kilomètres pour venir me récupérer. Je ne vois donc pas d'autre solution, ma Minou : j'ai besoin que tu m'emmènes. Et que tu me ramènes, évidemment. Ça te fera une petite semaine de vacances, tu verras, la baie d'Agay, c'est magnifique !
Sa Minou n'est pas dupe. Elle sait très bien que sa voisine Françoise s'est empressée de lui téléphoner et qu'il a recompté avec elle méthodiquement les comprimés. Elle devine qu'il a peur de la laisser seule, peur qu'elle devienne folle – il s'en ouvre parfois à l'intéressée, directement, ma Minou, j'ai peur par instants que tu deviennes folle –, peur qu'elle fasse une bêtise irréversible. Si peur, qu'il reste sourd à la certitude du docteur Layer et balaie tous les arguments que sa fille lui sert : son stage de natation ? Le centre de vacances est doté d'une piscine. Trop petite la piscine ? Il y a la mer en contrebas. Et des chemins pour courir. Et la route de la corniche jusqu'à Cannes, pour rouler à vélo, une merveille de petite route de lacets plats en surplomb sur la mer. Des dossiers à traiter pour ses clients ? Enfin, Minou, tu as un ordinateur portable, tu sais ce que ça veut dire portable ?
Ils ont quitté l'autoroute A7 pour l'A8 et contournent à présent Aix-en-Provence. Leurs deux vélos sont couchés sur les sièges

arrière rabattus, bien calés. Jean aussi voyage bien calé sur le siège passager, reins soutenus par des coussins de velours qui amortissent les vibrations de son Alfa Romeo. Cette dernière épouse le bitume de toute la souplesse de son moteur, sous un soleil plus que prometteur pour cette fin février. Marie sourit.
– Je suis content que tu aies l'air contente, l'es-tu vraiment ?
– Oui, je le suis. C'est une excellente idée que tu as eue. Merci de m'offrir cet entracte.
– Non, merci à toi de conduire ton vieux père impotent.
– J'ai menti à Pierre. Je lui ai dit que je partais avec une amie faire du vélo vers Saint-Raphaël.
– Menti ? Pourquoi ?
– Pas envie qu'il m'envisage en pauvre fille paumée que son père est obligé de ramasser à la petite cuillère.
– Marie, quelque chose m'échappe chez toi, depuis que tu es toute petite. Pourquoi veux-tu toujours avoir l'air plus forte que tout ?
– C'est toi qui poses la question ? Mais enfin, parce que c'est comme ça que tu m'as éduquée. C'est toi qui as fait de moi cette personne-là !
– C'est moi qui t'ai interdit d'avouer tes faiblesses et de dévoiler tes fragilités quand tu es dans le registre des sentiments ? Franchement, ça me fait de la peine, c'est un bel échec de ma part si c'est le cas, ce n'est vraiment pas ce que je visais, tu sais.
Marie ne sourit plus. Sa main droite se pose sur celle parcheminée de son père. Elle a été maladroite. Elle va s'expliquer. Il en a toujours été ainsi entre eux : ils se parlent, tout est toujours mis sur la table, au grand jour, rien ne moisit dans les placards. Une famille qui s'exprime : c'est ce que Marie s'efforce de reproduire avec Lucie, Arnaud… et Pierre
– Tu vois, sur ce plan ton héritage est une belle réussite, tu peux t'en féliciter !

Mais Marie raconte aussi l'escalade de falaises dans sa petite enfance, quand il lui enjoignait de ne pas « chouiner » si elle avait peur, la chaîne d'arpenteur et le chrono emportés en forêt pour faire gagner des dixièmes de seconde à la petite sprinteuse d'à peine douze ans qu'elle était alors, le chantage passionnel qu'il lui a fait pour qu'elle soit première de sa classe au lycée quand elle voulait précisément cesser de l'être pour mieux s'intégrer, ce côté « marche ou crève » indéniable qu'a eu son éducation.

– Je te demande pardon, ma Minou. C'est vrai, je voulais faire de toi une femme forte et puissante, et surtout indépendante, autonome, capable de vivre sans homme, mais c'est parce que… parce que… tu étais un petit bout de chou filiforme, beaucoup trop intelligent pour ce monde, avec un grand cœur tendre, beaucoup trop tendre… Ils t'auraient bouffée sinon, tous. Mais je ne voulais pas non plus que tu te renies, j'étais admiratif aussi quand tu écrivais des poèmes si beaux, quand tu dansais gracile en tutu aux galas du conservatoire. Je ne sais plus ce que je voulais, tiens, seulement que tu saches te protéger, je crois. Et ça me désole, crois-moi, de découvrir combien tu es aujourd'hui en dépendance affective vis-à-vis de Pierre ! De voir combien tu le laisses t'atteindre au profond et comment, parce qu'il t'estime résistante, il se croit tout permis avec toi, ce salopard !

– Et combien je suis dépendante affectivement de toi, tu le vois ? Tu le sais ? Tu le réalises que si je n'ai jamais eu peur de rien, que si j'ai été si solide, c'est parce que tu étais dans mon dos ? Sans jamais entraver ma liberté, certes, je le reconnais, me laissant toujours tenir les rênes, arbitrer seule mes choix, mais dans mon dos tout de même, comme un parachute indéfectible ? Mais dans ce cas précis, cette tristesse immense dans laquelle me met le départ de Pierre, ce n'est pas d'un parachute dont j'ai besoin.

– De quoi, alors, dis-moi ?

– De gros câlins, de ton oreille comme une éponge pour absorber ce qui déborde de moi et surtout, de ta compréhension. Ne juge pas Pierre, ne me juge pas. Et laisse-moi arbitrer aussi ce moment délicat de ma vie en me faisant confiance, d'accord ? Même si je tombe. Surtout si je tombe. Laisse-moi toucher le fond, c'est à ce prix que je pourrai remonter, je le sais, je le sens.
– Toucher le fond ?
– Oui, toucher le fond. Ce plancher ferme où je compte ancrer mes pieds pour, d'une poussée enfin, refaire surface. Il me semble à moi que c'est la solution. La mienne.
– Message reçu cinq sur cinq, ma fille dont je suis si fier !

Chapitre 2

Le balcon domine la baie d'Agay et la promesse de Jean est tenue : c'est magnifique ! Marie immortalise l'instant avec son portable et envoie la photo à Pierre, légendée d'un laconique « bien arrivée ». Parce que le centre de vacances est complet, elle va partager la chambre de Jean et d'Hélène, une large chambre avec deux lits jumeaux en son centre et, contre le mur d'entrée, deux lits superposés masqués par une double porte coulissante, deux lits dans un placard à bien y regarder. C'est là qu'elle a posé et étalé son barda, sur celui du haut.
La relation entre son père et Hélène lui échappe. Marie les croyait séparés puisqu'au printemps Jean l'avait appelée, des trémolos dans la voix – Hélène a rompu, elle veut reprendre sa liberté, je suis si triste, ma Minou. Alors j'ai réfléchi : comme plus rien ne me retient ici, je vais venir vivre vers vous, toi, Pierre, mes petits-enfants quand ils viennent en week-end. Mais depuis qu'il est installé à Montpellier, cette femme solide et positive, de douze ans sa cadette, sa compagne depuis plus d'un quart de siècle, le visite régulièrement dans ses nouveaux pénates. Et à présent, cette semaine de vacances qu'on dirait en amoureux. Allez comprendre quelque chose aux êtres !
Marie a quitté son pantalon de conductrice, elle arbore une robe longue en tricot, lève les bras haut dans le ciel, pirouette dans l'air méditerranéen – je me désodorise aux embruns, vive Layer et sa

théorie – et file rejoindre le couple uni-désuni au pot d'accueil que la « maison » offre aux nouveaux arrivants.
Il y a là beaucoup de couples vieillissants – nous sommes hors période scolaire – des unis-désunis, recomposés-décomposés, allez savoir, mais à Marie n'échappe pas certains regards insistants sur son célibat, d'hommes mais aussi de femmes dont les raisons bien sûr divergent et plus encore les messages que les yeux trahissent. Côté femmes, le refrain est clair : bas les pattes, chasse gardée ! Marie n'a tellement pas la tête à ça – je m'en fous, comme elle le répète à Hélène qui l'a accueillie d'un « ta robe est vachement sexy, tu le sais ? » – ça la laisse de marbre, pas même de quoi sourire en coin.
Quand ils retournent dans leur chambre, après le dîner servi devant les grandes baies vitrées de la salle à manger, la mer en contrebas, scintillante sous le ciel nocturne, Marie trouve un message vocal de Pierre sur son téléphone, oublié depuis deux bonnes heures sur le lit-placard du bas – Peux-tu me rappeler très vite, j'ai trouvé un appartement dans Paris, ce sera mieux pour toi que j'arrête de te polluer avec mes états d'âme, mais j'aurais besoin que tu te portes caution solidaire. Le message lui tord le ventre, même si elle s'y attendait : Pierre ne reviendra pas à Montpellier, il est parti pour de bon.
– Quoi ? Mais ça ne va pas, non, et puis quoi encore ! Marie, il est hors de question, tu m'entends, hein, hors de question que tu cautionnes quoi que ce soit ! Sa bonne femme n'a qu'à le faire, elle !
– Ton père à raison. Franchement, il y a des bornes à ne pas dépasser.
– Et du coup alors, qu'est-ce que je lui réponds ?
– Mais rien, tu ne réponds rien. Tu sais quoi : fais la morte !
Et aussitôt dit, bien sûr, Jean se mord les lèvres mais c'est trop tard, c'est sorti. Hélène assise sur le lit se tord les mains, bien embêtée, et l'ange qui passe est frigorifié.

– Désolé !
– Bon, écoutez-moi une bonne fois pour toutes : ce n'était pas une tentative de suicide. D'accord, je suis paumée en ce moment, la vie que je mène,
– Que Pierre te fait mener !
– Si vous voulez, la vie que Pierre me fait mener me perturbe au plus haut point, je le reconnais, mais globalement j'aime la vie, profondément, et tant que je peux courir, monter sur un vélo, plonger sous l'eau, contempler des couchers de soleil, bref tant que mon corps fonctionne, et mes sens, je n'ai aucune intention de la quitter. Et je suis d'accord : je vais faire la sourde oreille à Pierre.
– Excellente idée et mieux encore : tu vas faire une semaine de silence radio. On va t'aider ! Et si tu veux, ça ne nous gêne pas, on en a discuté, tu peux laisser les portes coulissantes ouvertes, on sait bien que tu es un peu claustrophobe.
Mais Marie, une fois ses dents lavées, son pyjama enfilé, son somnifère laissé de côté – une nuit sur deux, donc pas celle-là – se glisse sous le drap léger et referme les portes sur elle. Ce n'est pas le caveau qu'elle avait craint, mais une poche douce, chaude, sans lumière, qui filtre les sons et où sourdent des effluves marins, salés. Un utérus. Marie flottante s'y endort d'un coup.

Chapitre 3

Les journées dans la baie d'Agay suivent un rituel rassurant. Levée à 8 heures, petit-déjeuner avec Hélène et Jean, de neuf à dix, une heure de concentration absolue sur les missions commandées par ses clients, dans la salle commune, collée à la borne Wifi pour une liaison optimale, puis, au choix et en alternance, course à pied, sortie à vélo ou natation en mer, serrée dans sa combinaison en néoprène et sous la surveillance d'Hélène.

Jean sort peu, les chaises longues du jardin sous la résidence lui suffisent, sa sciatique le brime : il a bien tenté d'accompagner Marie à vélo le premier jour, mais la douleur est trop vive et les massages d'Hélène insuffisants.

Les après-midi, Marie participe aux sorties proposées, botaniques surtout, ou reste aux côtés de Jean, à lire ou débattre sur le couple en se gaussant gentiment de ceux qui les entourent. Le soir venu, le centre de vacances occupe son petit monde avec les propositions classiques de ce genre d'établissements. Elle n'a même pas besoin de lire le programme : chaque matin, un homme, toujours le même, passe une tête par la porte de la salle commune, s'enquiert de comment elle a dormi et lui annonce les réjouissances à venir : sortie botanique, je vous inscris ? Carnaval de Nice, il faut réserver les places dans le minibus, ça vous dit ? Soirée « danses », j'espère que vous m'en accorderez une ? Jeu de société, vous êtes forte aux échecs ou vous préférez le Pictionary ? Hier, aux jeux apéros, vous m'avez impressionné ! – Marie ne sait trop si c'est par

sa descente de cocktails successifs – elle a arrêté tout somnifère, elle se rattrape –, ou par ses réponses plutôt évasives.
Cet homme, toujours le même, un peu bedonnant, déjà dégarni, a bien dû lui souffler une dizaine de fois son prénom mais la mémoire de Marie ne l'imprime pas. Elle a la tête un peu vide. Elle n'est pas seulement saoulée de cocktails, il ne faut pas croire, mais d'espace surtout, sauf la nuit, où elle se recroqueville dans la chaleur de son antre pour digérer ses impressions diurnes, essentiellement charnelles.
Il y a d'abord l'air, chargé d'iode à ses narines, opposant sa résistance quand elle pédale sur la corniche entre la Baumette et la rague de Mandelieu et, tout du long, la beauté à couper le souffle des calanques successives, l'air obéissant à son rythme quand elle danse le soir et que sa robe ondoie, l'air froid matinal griffant ses poumons quand elle court.
Il y a l'eau, ce flux-reflux entêtant qui accompagne ses foulées, depuis la plage de Robinson jusqu'au sentier du Dramont, dix kilomètres en aller-retour, tête sans pensée où la mer fait écho, l'eau qui ouvre ses bras de cristal quand elle nage, l'eau qui sale sa peau et ainsi l'habille.
Il y a la terre, enfin, ce rebond sous ses chaussures, cette poussière rêche et rousse à ses doigts – attention à ne pas vous piquer, dit la bedaine de l'homme sans nom, penché soudain sur Marie, surprise à malaxer le sol sous un… un quoi déjà ? Genévrier ?
Rien ne s'imprime. Deuxième sortie botanique sur l'Estérel, les mêmes noms de plantes répétés, notés même – cytise, asphodèle, sauge, euphorbe, garance voyageuse… – Marie mélange tout. Elle n'en reconnaît qu'une, la salsepareille, à cause de ses feuilles en forme de cœur qui lui rappellent que c'est là qu'elle a mal, très mal, ou parce qu'elle a failli se transformer en Schtroumpfette à trop prendre de calmants bleus et que les Schtroumpfs s'en nourrissent,

comme aime à le rappeler la guide botaniste dans une hilarité générale que Marie peine à partager.
Durant cette semaine étrange où son corps en flottaison fait écran à son intellect, elle fera deux entorses à sa promesse de ne pas communiquer avec Pierre. En réponse à son énième message agacé – mais enfin peux-tu au moins me dire si tu vas bien –, elle enverra une photo du char numéro six du carnaval de Nice, avec chameau, autruche et éléphant, peut-être pour lui rappeler leurs voyages anciens ? Et lorsqu'il écrira que ses parents finalement se portent garants pour son appartement parisien – dont l'évocation suffit à la torturer – elle répliquera par un « c'est très bien » à l'opposé de sa pensée profonde.
Elle recevra également quelques messages de Steph censés être affriolants, auxquels elle est bien en peine de se rappeler ce qu'elle a répondu, mais sur son agenda, un petit cœur sur le jeudi de la semaine suivante atteste d'un rendez-vous bloqué. Jean, qui continue d'y jeter un œil discret pour vérifier que sa tenue reste cohérente, applaudit intérieurement cette aimable perspective.

Chapitre 4

Le vendredi matin, sans crier gare, et pour cause, une dame fond sur Marie, en plein travail dans la salle commune, et lui assène une gifle retentissante de toute la force de sa hauteur – la dame est debout, Marie assise, ça aide !

Aux propos décousus mais vindicatifs de cette femme revêche, Marie, qui se frotte la joue, comprend que le quinquagénaire dégarni qui lui colle aux basques depuis cinq jours est son mari, dont le i, quand elle l'affirme, flirte avec les aigus d'une Castafiore. Ce monsieur au ventre rebondi a dû essuyer une claque du même acabit, car elle ne reverra plus le bout de son nez jusqu'à la fin du séjour. Son prénom ne lui revient toujours pas.

Voilà en tout cas qui est efficace et Marie se demande pourquoi – non mais pourquoi est-ce que je n'ai pas, moi aussi, été flanquer une rouste à cette Autre qui me vole ma vie et empoisonne toutes mes pensées ? Pourquoi est-ce que je ne me suis pas défendue en montrant les dents ? Où sont mes griffes si acérées quand on touche à un cheveu d'Arnaud ou de Julie ? Qu'est-ce qui m'amollit au point que je fasse ainsi figure de carpette – ce que précisément je reproche à Pierre d'être – devant l'Autre ?

Secouée par la gifle reçue Marie prend la décision, une fois rentrée de ces vacances improvisées, de monter à Paris par le premier TGV et d'aller se faire justice.

Mais la journée passant, un émollient renoncement peu à peu la gagne, comme un lierre sur une maison à l'abandon. C'est que

précisément Marie ici s'abandonne : plume dans l'air, algue en mer, caillou en bordure de chemin, Marie poursuit sa recherche du fond, en douceur, ballottée par les éléments.
Il y a de l'humiliation dans la gifle reçue le matin même. Il y a de l'humiliation dans le départ de Pierre et son acharnement à lui préférer une Autre. Il y a de l'humiliation dans ce choix de se laisser porter au gré des vents et des vagues, mais cette fois au sens de la recherche d'humilité, d'acceptation de ce contre quoi on ne peut – peut-être – pas lutter, une descente vers un terreau solide, terre qu'elle s'est promise, où se poser pour rebondir.

Comme Alice
Je me laisse tomber avec délice
Dans ce précipice
Qu'est ma vie sans lui,

se répète Marie en trottant devant Hélène et un Jean enfin fringant, sur le sentier de contrebandiers qui ourle le Dramont.
Un haïku sauce Marie que son journal, le soir venu, digérera avec béatitude.

L'interne omanais

Chapitre 1

Parce qu'elle n'attend plus rien, une fois rentrée d'Agay, alors que mars s'avance inéluctablement vers le printemps, Marie découvre qu'elle vivait depuis des mois dans l'expectative avide des retours réitérés de Pierre : ses passages éclair, même douloureux, rythmaient sa vie. À présent, elle ne sait que faire d'elle-même, de ses bras, de ses mains, de ses secondes qui toutes semblent d'éternité. Mécaniquement, elle se rend aux entraînements de triathlon, répond aux invitations à sortir le soir de ses amis et amies, va déjeuner chez Jean quand elle a oublié de remplir son frigo, se surprend à se déplacer dans la maison comme un robot bien huilé. Un robot offrant l'avantage d'une surdité parfaite au silence hurlant de la maison vide que l'escapade à Agay, malheureusement, n'a pas fait taire.

Inutile, son personnage d'espionne, Marita-Marie, pendouille au porte-manteau : Pierre et l'Autre n'échangent plus de mail, sans doute parce qu'ils se côtoient et se frôlent et s'embrassent chaque matin et chaque soir, s'imagine Marie comme on s'arrache les petites peaux autour des ongles avec une étrange obstination que ni la douleur ni le sang n'interrompent.

Jusqu'au 13 mars. À 11 h 59, très précisément. Alors que Marie s'apprête à envoyer par mail un compte rendu à un sien client impatient, une alerte. Pierre et l'Autre ont échangé un mail.

Marie n'a pas le temps de réveiller Marita-Marie : elle s'est précipitée dans le répertoire Alguazil de sa messagerie pour ouvrir le courrier en question. Dommage pour elle, en l'absence du filtre qu'aurait pu constituer son avatar-espion, la dure réalité s'abat sur elle – un « mon amour » en en-tête, alors que pas plus tard que l'été dernier, ce sobriquet, certes très prisé et de fait un tantinet élimé, lui était encore totalement réservé. Elle aurait aimé que Pierre s'abstienne d'ainsi le recycler. Mais passé cet uppercut préambule, le message qui suit est particulièrement déroutant. Pierre y décrit sa situation où l'aporie règne.

Je n'ai aucun doute quant à l'amour que je te porte, affirme-t-il, et pourtant je me sens mal. Pas parce que je regrette Marie, mais parce que j'ai beaucoup de difficulté à rompre avec mes habitudes, ma maison, mon mas, le sud, une certaine façon de vivre – dont Marie tout en lisant se remémore combien elle était effectivement agréable, enviable même, car ponctuée de très nombreux moments de loisir avec des amis nombreux, toujours une patte en l'air ! Et Pierre d'insister : « notre nouvelle vie à deux m'angoisse terriblement ».

Ah.

L'étau autour des poumons de Marie – celui-là même qui désormais fait corps avec son organisme – se desserre : certes, il y a bien du mon amour mais beaucoup de doutes aussi et des affirmations dures envers cette Autre à qui elles sont destinées. Et la suite est à l'avenant : « Quand je reste trop longtemps avec toi, un malaise s'installe, alors je pars et tu souffres. À Paris, très vite Montpellier me manque. Et mon univers familier. Et une Marie heureuse, aussi. Car je culpabilise. Mais quand je suis à Montpellier, je me languis de toi avec douleur. »

Ne pouvant se retenir d'exulter, Marie se lève si précipitamment que sa chaise en titube. Bras au ciel, la voilà qui saute sur place comme un supporter dont l'équipe vient de marquer un but. Et c'est exactement ça, il semble à Marie qu'elle vient de marquer :

puisque son bonheur manque à Pierre, c'est qu'elle compte pour lui, non ?
À la lecture du reste du mail, Marie comprend que Pierre a fait part maladroitement à l'Autre de son besoin de descendre régulièrement à Montpellier et que l'Autre en a pris ombrage. Le message se termine sur sa désespérance face à une dispute dont il espère qu'elle ne sera pas une rupture définitive.
Marie, au comble de l'excitation, s'impatiente à présent de la suite : comment l'Autre va-t-elle réagir ? Que va-t-elle rétorquer ? À midi trente, elle quitte à reculons son bureau, mange en quatrième vitesse dans la cuisine et revient se planter devant son ordinateur, coudes sur la table, menton entre les mains, yeux rivés à l'écran, impatiente. Mais les heures passent et passent et passent et rien ne vient. Quand, à 21 h 17, enfin, le Graal : l'Autre a dû répondre par un autre biais et de façon très négative, car c'est Pierre qui de nouveau prend la plume – si l'on peut dire, mais alors quoi, prend le clavier ?
« La dureté de ta réaction referme sur mes doigts le couvercle du piano alors que je m'efforçais de nous composer une mélodie du bonheur. Et un avenir chantant. Avec certes des doutes erratiques mais aussi beaucoup de persévérance. Mais toi, quelle a été ta contribution à cette partition ? Aucune ! Tu as préféré me tancer sur ma façon de rompre avec Marie et ma façon de t'aimer. À bien y réfléchir, tu as toujours focalisé sur Marie, alors que ce n'était pas le problème. »
Non, bien sûr que non, je ne suis pas le problème ! Le problème c'est l'Autre, évidemment ! Et Marie voudrait sauter sur son téléphone et appeler Pierre et lui dire qu'elle l'attend, qu'elle est prête à tout pardonner, à réinventer avec lui une vie à deux, plus belle encore.

Pierre conclut qu'il n'a plus rien à faire de son meublé à Paris si vide désormais de l'espoir d'y voir l'Autre. Qu'il va le rendre vite. « Je ne me battrai pas. Je n'ai plus d'inspiration. Je suis exsangue. » Marie éteint son ordinateur et quitte la petite bâtisse qui sert de bureau au fond du jardin. La nuit a déjà posé ses jalons paisibles, guidant Marie sous son arbre, son grand pin odorant. C'est l'heure exacte où la température ambiante passe en dessous de la chaleur qu'il restitue, emmagasinée par son tronc noueux. Dans l'accolade qu'elle lui donne Marie s'entraîne à étreindre très prochainement un Pierre blessé, à bout de force.

Chapitre 2

Ce matin, Marie met les bouchées doubles : tout ce qu'elle n'a pas fait hier pour ses clients doit être rattrapé. Pour petit-déjeuner, elle a repris à table sa place d'avant le départ de Pierre, face à la chaise vide de Pierre et lui a tenu une conversation riche en promesses d'avenir – Voilà tout ce que je lui dirai dès qu'il sera rentré, puisqu'il va rentrer.

Elle n'en revient pas de la rapidité avec laquelle elle abat ses tâches et de son inventivité à trouver des solutions aux problématiques des uns et des autres – une impression soudaine d'avoir rendossé son souple cuir d'hyperactive, mis à mal depuis six mois. Quand, à presque midi, l'alerte clignote d'un nouveau message dans le répertoire Alguazil de sa messagerie, elle prend le temps de terminer ce qu'elle a en cours, persuadée que dorénavant tout va rentrer dans l'ordre.

Amusée, elle envoie son avatar Marita-Marie en mission de lecture illicite.

Rapport de mission de Marita-Marie

Suite à l'analyse du nouveau mail envoyé ce jour à midi par Pierre à l'Autre, il ressort :
Petit un, que la nuit a porté conseil à Pierre.
Petit deux, que de découragé la veille le voici fou d'espoir ce matin. Car le fait que l'Autre lui demande quelle horreur il va lui écrire aujourd'hui prouve qu'elle attend encore quelque chose de sa part et que, par conséquent, ils ont encore un avenir possible.
Petit trois, que quand il explique qu'il va aller voir son fils au Brésil avec Marie, ce n'est absolument pas de la lâcheté vis-à-vis d'un caprice de Marie mais parce que lui-même a envie et besoin de voir son rejeton. Si l'Autre l'aime, elle doit lui accorder cette respiration sans arrière-pensée.
Petit quatre, qu'il appartient à l'Autre de mettre ou non à terme à leur histoire.
Petit cinq, qu'il espère de tout son cœur qu'elle leur donnera une nouvelle chance.
Petit six, qu'il l'aime.

Chapitre 3

– Je peux savoir ce que tu es en train de faire ?
Marie sursaute et se retourne. Toute à sa besogne, elle n'a entendu Jean ni toquer à la porte vitrée, ni entrer dans la maison. Depuis une bonne heure, feutre d'une main et bloc de petits papiers autocollants, repositionnables et multicolores de l'autre, elle refait la décoration.

– C'est un exercice de mon psy : j'exprime ma colère, je la verbalise, je la visualise, pour mieux m'en imprégner. Je dois passer par cette étape, tu comprends ?

Jean comprend surtout que sa fille est en train de sérieusement perdre les pédales et ça l'inquiète beaucoup. Vraiment beaucoup. Craignant d'aggraver la situation, il reste coi et parcourt les pièces de la maison, une à une, de plus en plus dubitatif. Dans la grande chambre, l'oreiller gauche du lit conjugal s'est vu attribuer un « ici dormait un sale con » sur papier rose fluo. Le miroir de la salle de bains arbore, sur un fond bleu des mers du sud, un agressif « ici s'est rasé un traître ». Une chaise de la cuisine affirme en jaune qu'ici un gros derrière d'enfoiré s'est posé. La télé, à son tour, proclame en orange qu'un cochon a visionné ici des cochonneries. Les papiers autocollants fleurissent un peu partout, témoignant des petits travers de Pierre les plus déplaisants et de sa trahison. Nous sommes le premier jour du printemps : l'abcès des rancœurs de Marie vient visiblement d'éclore.

Jean, qui avait eu l'impression que les vacances à Agay avaient rasséréné sa Minou, constate que l'accalmie a été de courte durée : il est clair à présent que sa fille n'a aucun talent pour le tête-à-tête avec elle-même, qu'elle s'emmêle les pinceaux de l'entendement dès lors qu'on la laisse seule en ce lieu – l'heure a sonné, mon vieux, de passer au plan B ! Et sans une explication à sa fille hirsute qui vient de se coller sur le front un exultant « y a plus écrit pigeon » vert pré, il se précipite dans le jardin mitoyen pour ourdir avec Françoise la prochaine opération de sauvetage.

Chapitre 4

Au moment où Marie, en rentrant du cinéma vers vingt heures, pousse le portillon métallique pour entrer dans son jardin, elle découvre avec stupeur, sur sa terrasse, une haute femme imposante en longue robe blanche. En se rapprochant un peu, il s'avère que la femme porte une moustache, dense et imposante aussi. Ce serait donc un homme ? En djellaba ? À présent Marie découvre que la personne est affublée d'une valise. Énorme, la valise, rien à voir avec celle à roulettes de Pierre. Enfin, sous la moustache, éclate un sourire. Et la blancheur de jolies dents, bien alignées.
– Qu'est-ce que vous faites là ?
Marie doit élever la voix parce qu'une dizaine de mètres la sépare de l'homme ou de la femme à moustache, debout sur sa terrasse, et de la valise, colossale. Pas de réponse. Le sourire s'efface. Les sourcils se soulèvent et marquent une interrogation.
– Je suis Il-Elle. Es-tu Marie ? Je dorme ici. J'ai la valise. Françoise a dit je viens là.
Il-Elle ? Même il ou elle hésite quant à son sexe ? Marie lâche son vélo qui s'abat dans un bruit conjoint de roulement inachevé et de sonnette heurtant le béton – Mais qui est cette personne, avec une voix masculine, et c'est quoi cet accent, bon sang ? C'est quoi cette plaisanterie ? Et que vient faire Françoise là-dedans ? Ce doit être un étudiant – optons pour le masculin – qu'elle héberge et qui s'est égaré. C'est qu'en effet, Françoise a pour activité rémunérée, en partenariat avec une école privée de langue montpelliéraine,

d'accueillir des étrangers, sur la durée variée d'une semaine à plusieurs mois de leur apprentissage du français.
– Vous vous êtes perdu. La maison de Françoise est celle d'à côté. Vous pouvez passer par le jardin, venez, je vais vous montrer, suivez-moi !
Mais l'homme, puisque de près c'en est un, ne suit pas. Son sourire est revenu, plus lumineux encore, sous la moustache. Il doit à peine approcher les trente ans. De type moyen-oriental. Des yeux pétillants de malice et d'intelligence. Il campe à côté de sa monstrueuse valise et s'obstine.
– Je dorme ici. Chez Marie. Es-tu Marie ?
– Oui, je suis Marie, mais je n'héberge pas d'étudiants étrangers. Vous devez aller chez Françoise, c'est elle qui héberge, pas moi. Venez, je vous emmène.
– Pouvez-tu parler lentement ?
Marie répète, en détachant bien les syllabes et les mots. Mais le jeune homme en djellaba ne veut rien savoir.
– Françoise a dit moi je dorme ici, c'est ma chambre ici, parce que la maison de Françoise c'est complète.
Qu'est-ce que c'est que cette histoire ? Françoise doit avoir un souci dans ses réservations. Une ou deux nuits qui se chevauchent. Marie se souvient d'avoir donné son accord, au cas où. Tout de même, elle aurait pu prévenir !
Ok, je comprends. Et pour combien de nuits ?
L'étranger prend l'air surpris. De nouveau plus de sourire, mais les sourcils, noirs et denses, qui questionnent.
– Pour-com-bien-de-temps ? essaye Marie.
– Je m'appelle Il-Elle, commence à paniquer l'étranger en tendant cette fois un papier plié en quatre, sur lequel Marie s'empresse de déchiffrer l'écriture ronde de Françoise.
« Marie, j'ai trouvé une solution pour rompre ta solitude. Tu vas voir, elle est géniale. Ou plutôt il. Il s'appelle Hilal. Il reste jusqu'en

juin, après il va se chercher un appartement pour faire venir sa femme et ses enfants. Il est étudiant en médecine, il va terminer sa spécialité en urologie à l'université de Montpellier. Il vient du Sultanat d'Oman dans le cadre d'un accord entre nos gouvernements. Il doit perfectionner son français avant de commencer son internat au CHU. Chaque matin tu dois lui donner une demi-heure de cours, sous la forme d'une conversation pendant le petit-déjeuner, qu'il va prendre avec toi. Tu dois l'aider aussi à faire ses devoirs. J'assurerai les repas du soir. L'école me propose dix-sept euros la nuit petit-déjeuner compris, ça te va ? Puisque ton fils est au Brésil, j'ai pensé qu'on pouvait le mettre dans sa chambre. Il a mangé. Une fois installé, il peut revenir jouer à des jeux de société avec les autres chez moi ou se reposer. À lui de choisir. Je te préviens, son niveau en français est très moyen. Je passerai demain faire le point avec toi. »

Chapitre 5

Il faut moins d'une semaine à Marie pour être conquise.

Chaque matin, elle saute du lit, s'habille avec enthousiasme, lance la préparation du thé et des toasts pour Hilal, rapatrie ses confitures maison du garage où elles prenaient la poussière – a-bri-cot, oui, du jar-din, ce-ri-se, oui comme le chat, et pru-ne-du-jar-din aussi.

En quelques jours, tant il percute avec acuité, elle peut expliquer que non pas de h à abricot, et que, oui, les Français mettent des h un peu partout, mais pas à abricot. Ah oui, haricot, oui, il faut un h, mais abricot, non – C'est comme ça Hilal, je ne sais pas, il n'y a pas de règle, des fois h des fois pas ! Et oui, il faut retenir par cœur !

Hilal est aussi pétillant que le sont ses yeux, il apprend vite, très vite et les cours du matin deviennent rapidement de vraies conversations, certes bilingues, l'anglais s'invitant pour colmater les brèches. Quand il se lève de table pour attraper son sac d'écolier, un cartable à l'effigie de Super Mario que Marie a dégoté dans son grenier et qui a dû appartenir à Arnaud – Marie se disait bien qu'elle avait déjà vu la moustache d'Hilal quelque part –, il plante là, dans la cuisine, une Marie enjouée, nettoyée de ses ruminations, prête à démarrer la journée avec entrain.

Marie s'habille jolie, se maquille jolie, se sent jolie, pour lui. Pour rien d'autre que le plaisir d'être jolie, car rien n'est ambigu dans cette relation entre un jeune musulman pratiquant qui a grandi au milieu des femmes voilées et Marie l'athée aux robes courtes et

aux cheveux au vent : ils sont là pour apprendre l'un de l'autre, la langue et la culture de l'autre. Marie, présomptueuse, a sorti de la médiathèque un épais imagier pour enfant en arabe.
Mais sa réalité la rattrape : elle a toujours été nullissime en langues étrangères. Elle se limitera donc aux phonétiques salaam malekoum, choukran, bismi hallah, laylatan saeida, karz pour cerise, mushamash pour abricot et inch'Allah – Avec un h, Hilal, nous mettons un h à Allah, mais à la fin, et pitié ne me demande pas pourquoi.
Un jour, Marie se dit que ce prénom « Hilal » a forcément un sens. Un sens pour elle. Caché. Comme « tombé du ciel » ou « sourire illuminant ». Mais Wikipédia est formel : Hilal, station de la ligne 1 du métro d'Izmir. Inch'Allah !

Chapitre 6

Ce samedi soir, ils sont tous là : ses amis parisiens les plus chers, Lucie bien sûr – Arnaud les rejoindra sur Skype vers vingt-trois heures – et même… Pierre. Pierre qui a concocté le copieux plat principal dans l'étroit coin cuisine de son deux-pièces meublé et l'a apporté dans sa voiture, avec une caisse de champagne et un cadeau pour Marie. Il n'a pas participé au cadeau commun, il a préféré se décarcasser pour trouver quelque chose de personnel : Marie, du paquet coloré dont elle reconnaît la boutique, extraie un adorable petit sac à main en cuir vieilli, gansé de clous et de rubans turquoise. Elle est si touchée qu'elle en pleure. Le cadeau commun – un ensemble collier, bracelet et boucles d'oreilles en perles de verre de Murano – est magnifique. La soirée, au déroulé (presque) impeccable – l'amie Miss-Parfaite du lot, on en a tous une, se permet de rabrouer ceux qui boivent un peu trop – est immortalisée par tous les appareils photo et téléphones présents. En apogée, le gâteau – l'éternel baba au rhum de l'ami qui héberge la troupe – fend la pénombre de ses cinquante et une bougies que Marie souffle en une fois, une seule, sous les bravos et les fausses notes de joyeux anniversaire Marie, joyeux anniversaire Marie, joyeux anniversaire… Et oui, Marie confirme, cet anniversaire fêté dans la capitale est particulièrement joyeux.

Dans un moment d'aparté, Pierre annonce à Marie qu'il a donné son préavis d'un mois pour quitter son meublé. Marie mime la surprise d'un « ah bon » très convaincant.

– Et tu vas vivre où, Pierre ?
– Dans l'idéal j'aimerais pouvoir être régulièrement à Montpellier pour voir mes amis et refaire du triathlon. Et bien sûr aussi être régulièrement à Paris. J'ai un mois pour réfléchir.
– Ah, au fait, je ne vis plus seule !
Même s'il fait sombre sur ce balcon où Pierre est sorti fumer, Marie sur ses talons dégoulinante de remerciements – ce sac me plaît beaucoup, vraiment –, elle distingue clairement un affaissement de ses épaules et du désarroi sur ses traits.
– Ce n'est pas ce que tu crois, je te rassure. J'héberge un interne en médecine, un Omanais qui s'appelle Hilal et qui suit des cours de français avant de commencer à bosser au CHU. Une idée, approuvée par mon psy, de notre chère voisine et de mon père qui pensent que la solitude n'est pas faite pour moi.
La traverse alors une pensée bienveillante pour ce grand gaillard moustachu qui a pour mission de nourrir le chat en son absence et qui développe une maladresse particulière à l'endroit des appareils électroménagers : saura-t-il seulement faire fonctionner la bouilloire ?
– Où l'as-tu installé ?
– Chez Arnaud. La chambre d'ami reste à ta disposition. Si besoin.
C'est au tour de Pierre de se confondre en remerciements.
Dans la semaine suivante, alors que son cœur rayonne encore de chaleur, petit pain à peine sorti du four de cette belle démonstration, au balcon, d'amitié-presque-amoureuse avec Pierre, Marie et Marita-Marie reçoivent simultanément un long message de ce dernier, avec pièce jointe.
Marie, plus prompte, ouvre le sien en premier. Pierre, qui explique son mal-être à rester trop longtemps au même endroit et les tergiversations qui le secouent en permanence, lui demande si elle accepterait qu'il vive, en alternance, une semaine à Paris et une à Montpellier – dans NOTRE maison. La pièce jointe est un article

scanné d'un magazine qu'on trouve dans la plupart des salles d'attente des médecins et dentistes : il s'épanche sur les symptômes – et Marie reconnaît ceux de Pierre – et conséquences, y compris collatérales – et Marie lit sa propre souffrance – de la crise de mi-vie chez le quinquagénaire. L'article – prémonitoire ? – décrète qu'elle peut durer dix ans.

Marita-Marie en ouvrant dans la foulée celui destiné à l'Autre en reste sur le cul. Le message est en tout point identique. À une exception près, une seule. Le NOTRE est devenu MA – dans MA maison.

Les deux messages se terminent par « je t'embrasse », pour l'une comme pour l'Autre.

Marie s'apprête à répondre au sien mais l'Autre lui vole la vedette. Sa réplique est immédiate et cinglante : « Si tu fais ça, je te quitte définitivement. »

À qui veut-elle faire croire une chose pareille ?

Alors Marie, qui en rigole sous cape de cette nouvelle rupture d'avance vaudevillesque, se laisse aller à la sincérité totale – ce qui m'importe, Pierre, c'est que tu ailles mieux, que tu retrouves ton équilibre. Si cette intermittence peut t'aider à sortir vite de ta crise de mi-vie alors je m'adapterai. Et puis cette maison c'est aussi TA maison.

L'homme pansement

Chapitre 1

– Je crois que je vais passer en mode rafale : dans le lot, il y en aura forcément une où tu ne fermeras pas les yeux ! Est-ce que tu peux essayer de sourire de façon un peu plus naturelle ? Vas-y, décrispe-toi… Voilà !
D'autorité Lucie a traîné Marie sur la terrasse, l'a installée dans l'un des fauteuils en bois huilé, non sans avoir auparavant exploré avec elle sa garde-robe – mais si, on va trouver quelque chose de joli qui te met en valeur, arrête d'être défaitiste ! – pour en extraire cette robe fleurie où se mêlent des tons satinés de rose et de gris, décolletée juste ce qu'il faut. Avant, elles ont préparé le petit texte de présentation, ne manquaient que quelques photos pour que Marie finalise son inscription. Mais est-ce vraiment une bonne idée ?
– Bien sûr que c'est en une ! Tu ne vas quand même rester célibataire jusqu'à la fin de tes jours !
Marie voudrait objecter qu'elle est toujours mariée à Pierre et qu'il peut revenir d'un instant à l'autre, mais Lucie en doute et pense qu'ils devraient divorcer, que la situation soit claire, enfin. Et ça, Marie n'a pas envie de l'entendre. Elle pourrait aussi objecter Steph mais ce serait avouer à sa fille cet adultère – de son côté à lui – peu reluisant, une différence d'âge certainement rédhibitoire s'il venait à la découvrir et une histoire en cul-de-sac, sans avenir. Or Lucie veut que Marie ait un avenir.

– Franchement, maman, tu le mérites ! Tu es mignonne, drôle, intelligente, dynamique, ne reste pas à attendre papa comme s'il n'existait aucun autre homme sur cette terre. Crois-moi, je suis même sûre qu'il y en a de bien mieux. Ce n'est pas comme si tu avais été larguée par un apollon, star du grand écran !
À court d'arguments, Marie valide son inscription. La voici donc ajoutée, en ce début d'avril, au grand catalogue des femmes esseulées, en recherche d'un compagnon, sur un fameux site de rencontres – Jetée en pâture ?
– Arrête, tu veux bien ! Pas du tout ! Merde, avec le caractère que tu as, j'ai bien du mal à t'envisager en proie !

Chapitre 2

– Je peux entrera ?
– Pourquoi « entrera » ? Et oui bien sûr, tu peux « entrer ».
– Je mets le futur « entrera » parce que je suis encore dehors de la porte. L'action je vais la faire.
Effectivement, ce n'est pas faux. Hilal s'est penché à l'intérieur, pieds sur le seuil, pour demander la permission d'entrer dans le bureau où Marie, s'accordant une pause, vient de se connecter au site de rencontres.
– Certes, mais si tu dis « je peux », tu dois mettre le verbe à l'infinitif. Je t'ai dit de remplacer par le verbe vendre lorsque tu as un doute.
– Ce verbe vendre, je ne l'aime pas, je ne comprends pas sa conjugaison.
– Alors applique cette autre règle : quand deux verbes se suivent, le deuxième est à l'infinitif.
– Non, non, quand je dis j'ai vendu, ils sont deux verbes et c'est pas l'infinitif : ça marche pas !
Marie soupire, Hilal rit, il a un talent incroyable pour ça, celui de déclencher une cascade de clochettes entraînante comme un torrent qui déborde. Alors, emportée, Marie rit aussi.
– Tu fais quoi ? C'est qui les messieurs ?
Elle explique à Hilal le principe du site de rencontres. Ce pourquoi elle s'y est inscrite récemment – c'est vrai, je suis moins seule depuis que tu es là mais tu vas partir vivre ta vie dans quelques semaines.

Et comment chaque matin, le site lui propose cent bobines de bonshommes qui cherchent l'âme sœur dans le meilleur des cas.
– Bobine ?
– C'est une façon très familière de dire tête ou visage ou face. On peut dire aussi gueule, tronche, trombine, bille, poire, trogne, bouille…
– Tête c'est poli et gueule c'est impoli.
– Ça dépend Hilal, si tu dis à quelqu'un qu'il a une belle gueule, c'est plus poli que de lui dire qu'il a une tête de con.
À raison de trente heures de cours hebdomadaires, les progrès de Hilal sont spectaculaires ; ils peuvent désormais se délecter ensemble des facéties de la langue française. Et aussi comparer de plus en plus concrètement leurs cultures.
– Tu veux te remarier ? Tu n'as pas déjà un mari ? Le monsieur qui était là, Pierre, c'est pas ton mari ? En France tu peux en avoir plusieurs ?
Oui, c'est bien son mari et non, je ne peux pas en avoir plusieurs, nous sommes d'indécrottables monogames, sur le papier en tout cas.
Pierre est effectivement passé durant quelques jours pour rapporter une partie de ses affaires. Il a trouvé Hilal charmant. Il a aussi profité de son séjour pour se mettre devant l'écran avec Marie et graver dans le marbre leur voyage au Brésil : ouf, les billets d'avion sont payés, ils décolleront le 4 mai, retour le 19. Ensuite Pierre restera quinze jours à Paris chez l'Autre, pour équilibrer, puisqu'il aura été quinze jours avec Marie. Ensuite ce sera une semaine sur deux, puisque Marie est d'accord et que l'Autre, après avoir rompu, a, sans surprise, accepté. Lucie et Arnaud, avec lequel Marie converse deux fois par semaine grâce à Skype, trouvent l'un comme l'autre que c'est n'importe quoi. Mais si Marie pense y trouver son compte, alors…

– Comment t'expliquer Hilal, comme mon mari est un peu perturbé, en ce moment, et qu'il a une autre femme dans son cœur, alors je me cherche un ami et aussi un amant pour… pour partager de belles choses, voilà.
– Chez moi, à Oman, ce n'est pas possible d'être comme ça laissée toute seule. C'est pas bien. À Oman, il pourrait prendre cette autre femme comme seconde épouse, c'est mieux.
Il ne manquerait plus que ça ! Que Pierre ramène l'Autre dans leur maison !
– Je déteste cette idée, quelle horreur ! Pour moi, la polygamie est inenvisageable, c'est terriblement humiliant, à mon sens, pour la femme. Et il y a quand même bien des femmes seules, à Oman, quand un mari meurt ?
– Tu épouses son frère.
– Et s'il n'a pas de frère ?
– Il y a toujours un frère, un oncle ou un cousin, chez nous. C'est comme ça.
– Et s'il ne plaît pas à la femme ?
– Alors peut-être qu'elle peut divorcer si son mari est d'accord.
Lequel, se demande Marie, le mort ? Dans ce jeu du mariage, elle ne peut s'empêcher de voir les êtres rabaissés au rang de pions. Mais pour juger, elle doit d'abord comprendre.
– Et toi, Hilal, tu as plusieurs femmes ?
Non, une seule, sa génération est plutôt monogame mais si besoin, il accueillera l'épouse de son frère qui n'a pas de métier. Et Hilal lui raconte alors que sa femme, cette professeure de mathématiques qui va le rejoindre avec leurs deux petites filles quand elle aura terminé l'année scolaire, en juillet, n'est autre que sa cousine. À Oman, ce sont souvent les mères qui choisissent les épouses de leur fils. Visiblement, celle d'Hilal n'est pas allée chercher bien loin. Marie se demande si cela fait des couples heureux mais s'abstient de poser la question. Ils n'en sont pas encore à ce degré d'intimité.

– Je peux t'aider à choisir ?
– Pourquoi pas, sois une bonne mère pour moi, Hilal, choisis bien.
Et voici que Marie fait défiler les « bobines ». Elle explique que si un homme lui plaît, alors elle peut cliquer sur le petit cœur pour le ranger dans ses favoris.
– Et pourquoi est-ce que tu ne cliques pas ?
– Parce qu'ils ne me plaisent pas ! Enfin, regarde : ils n'ont pas de cheveux et moi j'aime les beaux cheveux comme les tiens. Ou alors ils ont de gros ventres. Enfin, franchement, ils sont moches !
– On peut dire aussi laid, vilain, affreux, abominable, monstrueux.
Hilal adore les synonymes. Il en fait collection.
– Euh, il ne faut quand même pas aller jusque-là, Hilal, ces mots sont certes synonymes mais ils n'ont pas la même force. On va les classer, tu veux bien ?
– Marie, stop, regarde celui-là, il est beau, non ?
Effectivement, la bouille ovale qui sourit sur l'écran est plus plaisante que la moyenne. Cet homme-là a des cheveux, certes blancs, mais ondulés et ses photos dégagent un je-ne-sais-quoi d'affable. Sur sa fiche, puisque fiche descriptive il y a, le ratio poids-taille que Marie calcule dans sa tête traduit la sveltesse. Il a, ou du moins affirme avoir, le même âge qu'elle. Et son petit texte de présentation certes classique – Cherche jolie femme bien dans sa peau, partante, aimant la nature et l'amour, pour rebondir, parce qu'en rebondissant à deux on va forcément plus loin – ne présente aucune faute d'orthographe : un bon point pour lui. Le pseudo Tennessee, puisque c'est sous pseudo que l'on s'inscrit, a droit à son petit cœur et Hilal applaudit.
– Et maintenant ?
– Maintenant, je vais lui écrire.
Car en toute chose, Marie a toujours préféré prendre les devants.
– Mais d'abord, tes devoirs !

Chapitre 3

Derrière le pseudo Tennessee se cache, non pas un fan de Johnny, mais Luc, un fan de nature et de légèreté, si Marie en croit leurs échanges épistolaires, d'abord via le site puis désormais par SMS et mails.

Dans le premier message qu'elle lui a envoyé, Marie s'est contentée de le caresser dans le sens du poil – qu'il a fort rare, comme elle le constate à présent qu'il a retroussé les manches de son polo – en faisant écho à son texte de présentation : « Bien dans ma peau ? oui. Partante ? Plutôt, oui, y compris pour faire des bêtises. Aimant la nature et l'amour ? Parce qu'on peut ne pas les aimer ? Et j'aime aussi votre idée que rebondir à deux permet d'aller plus loin. » Et ça avait bigrement bien marché, la preuve, après une plaisante courte semaine d'approche écrite et joyeuse, les voici dans un petit restaurant discret, place de la Chapelle-Neuve, réputé pour ses sorbets salés et sucrés qui accompagnent tous les plats. Bien sûr, Marie mentirait si elle disait l'avoir trouvé aussi mignon que ce à quoi elle s'attendait : Luc a pour lui d'être très photogénique. Quelques plis sur son cou lui mettent la puce à l'oreille. A-t-il vraiment cinquante et un ans ? Le voilà qui en avoue cinq de plus. Et son métier, elle ne sait toujours pas, cadre de la fonction publique, d'accord, mais où, va-t-il enfin l'avouer ? Aux impôts. Ah, effectivement, ce n'est pas le glamour responsable de l'urbanisme et de l'aménagement du territoire sur lequel elle avait fantasmé. Faisant fi d'une certaine déception, Marie creuse le côté sportif, Luc ayant

coché dans sa fiche les cases vélo et natation. Mais son engouement se limite à aller jusqu'à la plage sur son VTC – vingt kilomètres à tout casser – pour y nager quelques brasses.
Plus le repas s'étire et plus Marie est certaine : ça ne le fera pas. En vrai, en chair et en os, une fois levé le voile de la séduction, il ne lui plaît pas. Ses cheveux sont moins denses que prévu, ses yeux plus petits, sa peau trop glabre. Et pire, ils n'ont pas vraiment les mêmes valeurs, politiques notamment, fondamentales pour elle. Marie, avec toute la délicatesse dont elle est capable et avec la franchise qui la caractérise, lui explique la situation et, comme il s'est plaint d'être mal rémunéré et que Marie ne veut rien lui devoir, propose de payer de l'addition. Luc, d'abord stupéfait, refuse de s'avouer vaincu, c'est que Marie lui plaît, vraiment, et le voilà en grand déballage de compliments. Marie pense à Steph, dans la bouche duquel ces mêmes éloges ont une tout autre saveur.
Ils sont maintenant place de la Comédie, il a proposé de la raccompagner en voiture – Tu ne vas quand même pas rentrer à pied jusqu'au fin fond du quartier Boutonnet – et ragaillardi par son accord, le voilà qui essaye de l'embrasser. Marie se débat un peu, puis elle pense à Pierre et avec un esprit revanchard stupide, finit par se laisser faire. Et ma foi, il faut bien le reconnaître, Luc embrasse particulièrement bien.
De ce fougueux baiser au lit de Marie, hélas, elle ne lui laisse qu'un pas qu'il franchit, sans se faire prier. Et de cette première nuit, Marie retiendra une chose : tant qu'à chuter vers le fond, autant le faire vite et avec brio !

Séance du 3 mai – 9 heures

– Je ne comprends pas, cet homme vous plaît ou ne vous plaît pas ?
– Ce qu'il m'écrivait au départ me plaisait plus que ce qu'il me dit ou fait à présent. Mais je dois reconnaître, même si l'on s'est peu vus encore, qu'il multiplie les efforts pour m'être agréable. Toutefois je sens bien que ce sont des efforts.
– ???
– Comme s'il n'était pas tout à fait ce qu'il prétend être.
– Sur ces sites, forcément, c'est de bonne guerre, je suppose que tout un chacun se survend un peu. Mais quand vous êtes avec lui, que ressentez-vous ?
– Poup.
– Poup ?!?!
– Je ressens, comment dire, rien en fait, parce que je n'y suis pas.
– Vous voulez dire que vous n'êtes pas à ce que vous faites ???
– C'est bien pire : je me regarde être, comme hors de moi, comme si mon corps répondait à une injonction de faire mais que ma tête, détachée, restait en suspens à regarder faire ce corps, à écouter ce qu'il dit, sans approuver mais sans pouvoir pour autant s'y opposer fermement. Voilà. C'est exactement ça.
– Ah.
– Vous pensez que c'est grave ?
– Vous, est-ce que vous pensez que c'est grave ? Est-ce que ça vous est déjà arrivé ?
– Jamais.

– Avec ce dénommé Stéphane ?
– La première fois, j'ai eu aussi une légère distanciation, mais pas à ce point. Et depuis, avec lui, je joue, mais en étant moi-même, je suis pleinement investie.
– Alors, pourquoi ne pas mettre un terme à cette relation avec Luc puisqu'elle n'est visiblement pas satisfaisante ?
Comment lui expliquer ? Marie, en réalité, spécule qu'il est pertinent d'avoir une relation avec un homme alors qu'elle va partir pour deux semaines avec Pierre au Brésil. Il s'agit, une fois de plus, de se mettre sur un pied d'égalité : il échangera des messages avec l'Autre, elle échangera des messages avec Luc. Il parlera peut-être de l'Autre, elle parlera de Luc. Toujours cette fameuse connivence qu'elle veut à tout prix entretenir. Par ailleurs, cela évitera que Pierre soit sur la défensive en s'imaginant qu'elle espère profiter du voyage pour lui remettre le grappin dessus. Il y a aussi une autre raison : cette intime injonction à se laisser couler. Quoi de mieux alors que cette relation avec Luc, dans laquelle elle a l'impression de se brader ? Au docteur Layer, elle préfère avouer, et étrangement l'aveu est sincère aussi, que l'attention que Luc lui porte lui fait du bien : elle n'est pas seulement une distraction comme pour Steph. Luc a de l'empathie pour ce qu'elle traverse et il est disponible, lui, pour sortir le soir ou aller marcher sur la plage. Il a du temps pour elle.
– Vous savez comment ma fille l'appelle ?
– ?
– L'homme pansement. Lucie préconise, pour guérir d'un chagrin d'amour, de rencontrer un être pansement. Ce n'est pas le bon, c'est certain, mais il nous répare pour nous permettre ensuite d'investir pleinement une relation qui, cette fois, sera la bonne.
– C'est une façon de voir.
– Je pourrais même réinvestir ma relation avec Pierre, sans plus ressentir cette humiliation face à l'Autre, peut-être ?

– Vous savez ce que j'en pense. Et aussi de cette idée farfelue d'une semaine sur deux. En chaque chose, ne perdez jamais de vue que vous devez y trouver votre compte. On est bien d'accord ?

Les hommes de Rio

Chapitre 1

– Maman, tu ne peux pas continuer à hurler un truc pareil ! Tu ne vois pas que tout le monde se bidonne autour de toi ? Est-ce que tu sais au moins ce que ça signifie ?
Oui, Marie le sait, pas formellement certes, mais elle s'en doute. Droits dressés vers le ciel, les deux ballons de baudruche, un blanc et un bleu, retenus par des ficelles à son poignet gauche, disent clairement quelle équipe elle soutient et ce qu'elle crie haut et fort, au milieu des supporters dont Arnaud et ses copains, est une harangue en soutien à celle-ci, en portugais.
– Mais non, maman, tu es en train de beugler « va te faire enculer, l'arbitre ! »
Alors Marie, d'un coup, comprend sa cote de popularité. Mais peu lui importe que l'on rie de sa bévue, le ridicule ne tue pas et puis elle est heureuse, si heureuse d'être là, qu'elle se joint à l'hilarité générale et se laisse volontiers soulever par les bras d'Arnaud, un jeu entre eux depuis qu'il la dépasse d'une bonne tête et de quinze kilos.
Pierre et elle ont atterri la veille sur le petit aéroport qui s'affirme international de Florianópolis – diminutif : Floriano – après une courte escale à Sao Paolo. Arnaud, en vacances pour une semaine, les attendait et Marie l'a étreint de toutes ses forces – Mon fils-mon fils ! Une fois récupérée la voiture de location, réservée par Pierre en même temps que les hôtels – Marie s'est occupée quant à elle de la commande spéciale d'Arnaud : deux paquets de ses

gâteaux préférés, une bouteille de Pastis, du saucisson... – ils sont allés découvrir le pied-à-terre que leur fils partage avec son ami et camarade de promo, embarqué, tout comme lui, dans cette studieuse aventure brésilienne. Le petit appartement qu'ils ont dégoté est aménagé dans le sous-sol d'une maison dont le vert du crépi n'a rien à envier au feutre surligneur : saturées, les papilles de Marie s'empêtrent dans l'amer jusqu'au haut-le-cœur – Comment peut-on habiter une couleur pareille ? Autre handicap, la maison est accrochée aux flancs à pic de la favela de Floriano et Marie va serrer les fesses à chaque fois qu'ils en redescendront, persuadée que la voiture ne peut que basculer cul par-dessus tête à tout moment.

L'hôtel où ils dorment, Pierre et elle, est bien à plat – ouf – en retrait de la ville. Il se dresse, triste et impersonnel, au milieu d'une vaste cour bétonnée, avec piscine et carré de pelouse rase, quand la nature alentour foisonne. La chambre est à l'avenant : impersonnelle et vaste et les deux lits, un grand et un immense, peinent à la garnir. Marie a laissé l'immense à Pierre ; comme dans l'histoire de Boucle d'or et des trois ours, elle trouve pertinent d'attribuer à chacun un lit à sa mesure. D'autant que Pierre, avec sa pilosité prodigieuse – la résolution d'une épilation définitive a fait long feu –, sa bedaine en expansion et son humeur bougonne depuis le début du voyage, a tout du gros plantigrade. Si on remplissait d'eau l'espace entre les deux lits, il me faudrait deux à trois brasses pour t'accoster, tu ne risques rien, Pierre, a tenté Marie en gloussant, pour le dérider, en vain.

Heureusement, Arnaud n'est que sourires, qui ne les a pas quittés de cette première journée, tout excité de leur faire découvrir les meilleurs endroits de SON île de Santa Catarina. À commencer par ce déjeuner incontournable sur la plage de Santinho, bordée d'immeubles multicolores, où, en terrasse, Marie découvre qu'elle préfère la caïpirinha avec du vin rouge, comme on la sert ici, y compris quand elle délie la langue de Pierre ! Car, tout soudain et à leur grand étonnement, le voici qui se plaint ouvertement de l'Autre, de comment elle est lente à faire les courses dans les grandes surfaces, par exemple, car en permanence indécise, de ses colères intempestives aussi. Quand il s'éloigne vers le bar pour régler l'addition, Arnaud s'interroge : mais alors, qu'est-ce qu'il fiche avec elle ? Excellente question mon trésor, pense Marie derrière un petit rictus discret.

Après une sieste digestive sur un sable blond envahi de serviettes et d'adeptes de l'huile solaire, Arnaud les embarque pour une courte randonnée pédestre jusqu'à la plage de Moçambique, beaucoup plus sauvage : les dunes ont remplacé les immeubles, les badauds sont rares et les vagues, impressionnantes, sont un joyeux défi à leur trio de bons nageurs – Ah non, pas trio, duo, Pierre n'a pas envie, visage toujours fermé, il préfère les surveiller, ces vagues ne seraient-elles pas un peu dangereuses ?

Est-ce l'ambiance du match de foot, les acras arrosés de caïpirinha débordant des gobelets en plastique, les minijupes virevoltantes des autochtones, Marie invectivant injustement ce pauvre arbitre qui transpire, ou le soleil, *a contrario*, impavide ? Le dimanche après-midi, enfin, Pierre se déride et lève les bras au ciel et crie aussi et rit. Le lendemain, les photos prises sur la plage encore plus sauvage de Naufragados à l'extrême sud de l'île, où ils joueront au foot à quatre, leurs fils, son ami et eux deux, avec un vrai ballon de cuir trimballé sur cinq kilomètres de forêt et des buts improvisés entre de gros rochers, montreront un Pierre en très bonne voie de lâcher-prise.

Chapitre 2

La cathédrale São Sebastião de la ville merveilleuse – Cidade Maravilhosa dans le texte – a cette particularité d'être en deux morceaux distincts. Dans un élan de modestie, peut-être, par souci de ne pas froisser l'architecture moderne du quartier, elle a déposé son clocher à ses pieds, comme on le fait d'un couvre-chef – en l'occurrence, un chapeau pointu de sorcière. Et en matière de magie, dès l'extérieur, sa forme pyramidale de temple précolombien en impose.

Quant à l'intérieur – Je t'avais prévenue, Marie, avec un short aussi court, tu ne peux pas entrer, c'est certain !

Pourtant, il y a une heure, Marie a bien vérifié avec le responsable de l'auberge de jeunesse, où Arnaud à ses entrées et où il « grasse mat' » encore, qu'il n'y avait aucun problème à se balader en ville dans cette tenue, à savoir un mini-short en dentelle crème et un débardeur à bretelles spaghettis – c'est qu'elle a eu tellement chaud, hier, sur le Corcovado avec son bermuda et sa chemise à manches !

– En ville, dans les rues, certes, je te l'accorde, d'ailleurs tout le monde est habillé comme toi ou presque, mais enfin, là, c'est tout même de l'intérieur d'une cathédrale dont il s'agit !

Marie répond d'un sourire victorieux et, du menton, enjoint Pierre à se retourner : par l'une des gigantesques portes vient de jaillir une bombe majestueuse de rondeurs mal contenues, robe rouge ultracourte et décolleté plongeant, en équilibre gracieux sur des talons aiguilles, rouges également. Des années après, ils en riront encore.

Quant à l'intérieur de la cathédrale – espérons que cette fois Pierre ne nous coupera pas – son ellipse est empreinte de sorcellerie épurée : sous les dix mètres d'une croix flottant dans le vide, chacun des quatre vitraux démesurés impose sa dominante chromatique liturgique, transformant la visite en gravitation au cœur de l'arc-en-ciel. Marie en a le tournis.

Les heures passées sur l'île de Santa Catarina et à Rio de Janeiro à présent, heures à trotter entre Arnaud et Pierre, ou seulement aux côtés du père de ses enfants, sont si dépaysantes, si riches et si fortes en émotion, et peut-être, aussi, si « comme avant », couplet ajouté au chant de leurs multiples voyages, que Marie en oublie la crise de mi-vie que Pierre traverse. Et elle aussi, par capillarité.

Jusqu'à ce déjeuner tardif, en plein quartier de la Panema, affamés qu'ils sont d'avoir le matin même gravi le citadin pic de Tijuca – Rio abrite en son centre des montagnes et des forêts et, parfois, au détour d'une rue, ce n'est ni un immeuble ni une église qui se dresse mais la falaise grise et abrupte d'un piton rocheux. Attablé devant une pièce de bœuf, *nec plus ultra* de l'établissement, Pierre émet le souhait, certes prudent, de disposer d'un moment à lui pour acheter quelque chose, dont Marie devine qu'il s'agit d'un cadeau souvenir pour l'Autre.

– Est-ce que tu pourrais m'emmener, avant qu'on aille se baigner, dans un endroit avec des boutiques de fringues un peu classe et sympas ?

Oui, Arnaud peut. Et, oui, Marie encaisse, comment ne pas. Les voilà donc entrants, à quelques encablures du restaurant, dans un petit centre commercial chic. Plutôt que d'attendre bêtement dans le bar en face, Arnaud a une idée. Il entraîne sa mère jusque dans une boutique de maillots de bain – parce que les tiens, maman, je ne veux pas dire, mais tu vois, quoi, ils ne sont pas du tout à la mode brésilienne !

Ah. Ici, en effet, se portent des maillots dont le haut se limite à un bandeau sans bretelle, ne pouvant tenir que par le miracle du sein ferme en obus, et la culotte… mais peut-on appeler culotte ces deux bandeaux cousus d'équerre, l'un reposant aux hanches, l'autre épousant l'entrejambe, qui ne permettent pas de distinguer le devant du derrière ?

– Mes fesses vont déborder, je ne peux pas mettre ça !

– Mais justement, c'est l'idée, que les fesses débordent. Et oui, tu peux. Juré craché. Jamais je ne te laisserais porter un truc dans lequel tu serais ridicule ou moche. Fais-moi confiance. Allez, viens au moins essayer !

Et quand elle retrouve Pierre, ils ont chacun leur petit sac à la main : l'un contient une longue robe brodée verte que l'Autre ne portera pas – ce qui lui sera reproché plus tard dans un mail capté par Marita-Marie –, l'autre un maillot couleur locale, pour se fondre dans la tribu de la plage de Copacabana, destination de leur fin d'après-midi.

Est-ce que Pierre regarde réellement Marie ? Aucune remarque en tout cas sur le nouveau maillot. Mais il semble content d'être là, étalé sur sa serviette, souriant aux anges qui hantent toutes les baies turquoise du monde, enfin détendu et profitant de l'instant, que demander de plus ?

Derrière eux, à la lisière entre plage et trottoir, un beau gaillard bâtit méticuleusement un ambitieux château de sable. Ils sont nombreux, tout du long de l'avenue Atlantica qui borde Copacabana, à s'adonner à cette activité pour ce faire un peu d'argent, au bon cœur des passants, et leurs constructions incroyables rivalisent de hauteur et de détails sophistiqués. Des châteaux à l'image du bonheur, pense Marie, il suffit d'un coup de pied mal placé pour qu'il ne reste rien des longues heures passées à les parfaire.

Installés en terrasse à côté d'un autre de ces châteaux gagne-pain, sur ce même trottoir entre avenue et mer, ils sont maintenant en train de siroter des cocktails de fruits frais. C'est là que Marie décide de les immortaliser, tous les deux, silhouettes penchées sur leurs verres, cadrées par l'appareil photo, en découpe sur l'océan. En fond, le point d'exclamation du Pain de Sucre ponctue l'horizon de cette affirmation : ils sont à moi, mes hommes de Rio, ici et maintenant, à moi seule et à personne d'Autre !

Chapitre 3

Sur le coup, elle ne s'est pas posé la question. À sa décharge, la journée s'est avérée d'une rare densité.

Bouclage matinal des bagages. Adieux à l'auberge de jeunesse. Expédition pour l'aéroport en métro – Marie a tenu à voyager dans une voiture rose, réservée aux femmes, pour voir ce que ça fait de ne craindre aucun frôlement intempestif. Départ d'Arnaud pour Floriano, petite larme écrasée – C'est bon, maman, on se retrouve dans deux jours. Départ des deux autres pour Foz do Iguaçu. Atterrissage, mise en consigne des bagages, navette jusqu'aux chutes pour visite d'icelles côté brésilien. Bagarre autour d'un sandwich entre Marie et un coati, qui pullulent ici encore plus qu'à Rio. Victoire du mammifère à museau pointu et aux petites dents dissuasives – Marie est bonne pour se racheter à manger. Photos en plongée et contre-plongée des chutes, en se contorsionnant pour faire croire qu'on est seuls alors que les touristes abondent. Retour à la consigne de l'aéroport. Récupération des bagages. Bus. Passage de la frontière entre le Brésil et l'Argentine. Contrôle des passeports. Arrivée à Puerto Iguazú. Recherche à pied, en traînant les valises à roulettes, de l'hôtel de la Fonte – mais tu ne veux vraiment pas qu'on demande notre chemin à quelqu'un, au lieu de tourner en rond ? Non, Pierre ne veut pas, on va trouver comme des grands. Hôtel de la Fonte enfin. Fourbus et poussiéreux. Aperçu une piscine, là-bas, au fond, mais déjà la nuit tombe. Installation dans un bungalow avec grand lit matrimonial. Déco sobre mais recherchée jusque dans la salle de bains – Je prends ma douche en premier d'ac ? Recherche à présent d'un resto accueillant. Superbes assiettes de poisson. Rires à propos de l'épisode coati. Retour à l'hôtel.

C'est maintenant qu'elle se la pose, la question, et surtout qu'elle aimerait la poser à Pierre – Pourquoi as-tu réservé cette chambre-bungalow avec un seul lit, un seul ?

Mais quelle réponse attendre de quelqu'un déjà plongé dans les limbes du sommeil ? Alors, comme au beau vieux temps, Marie cale ses fesses contre le grand corps chaud et s'abandonne à la berceuse de son ronflement.

À son réveil, Pierre est déjà sous la douche. Cette journée argentine aux deux sens du terme – en ce pays et éclatante – se dessine à grands traits sereins. Ils prennent le temps d'un petit-déjeuner copieux au soleil et Marie aussi celui de quelques longueurs de piscine. Au programme, découverte en mode balade des chutes côté argentin, en petit train, à pied et en bateau. Retour prévu en milieu d'après-midi pour profiter de la tranquillité ombragée du parc de l'hôtel de la Fonte. Pour un résumé de la visite des chutes, le mieux est de se référer aux nombreux guides qui tous dégoulinent de superlatifs. À juste titre.

Ce qui se passe ensuite, aucun guide ne l'a prévu.

Dès le retour à l'hôtel, Marie qui a eu très chaud aux chutes, enfile son maillot brésilien tout neuf et file à la piscine. Elle passe devant Pierre qui s'est installé devant leur bungalow, où ils disposent d'une petite terrasse privative avec table ronde et fauteuils moelleux. Il a ramené verres et boissons fraîches de la réception – Tu veux que je te serve aussi quelque chose ? Après. Marie va d'abord s'immerger un peu. Comme elle a oublié ses lunettes de natation, retour au bungalow, puis retour au bassin, soit trois passages sous le nez de Pierre qui la zieute attentivement par-dessus son magazine et dans son dos – elle a cet instinct typiquement féminin de sentir tout regard qui s'attarde sur ces fesses qui, faut-il le rappeler, débordent avantageusement. Quatrième passage et renouveau d'intérêt : voilà Marie douchée, en petite robe, prête à déguster à la paille un grand verre de jus de mangue épais. Départ assez tôt pour le restaurant. Rencontre avec une mygale blessée sur les pavés de la rue – J'aimerais autant, Marie, que tu ne la touches pas, s'il te plaît, même si ça te démange, de toute façon il lui manque une patte, tu vois bien, tu ne peux rien pour elle ! Achat de bricoles en guise de souvenirs. Repas bavard et détendu. Retour à la case grand lit. Et là, Pierre prend délicatement Marie dans ses bras pour lui caresser les seins à travers son tee-shirt – pourtant pas follement sexy, le tee-shirt : Marie adore dormir dans ceux qu'on lui offre sur les compétitions de triathlon, avec le logo de la course qui atteste de sa participation. Comme si la qualité de son sommeil en dépendait. Mais là pas question de dormir !

Certes, Marie a du mal à s'abandonner pleinement, même si Pierre est plein d'attentions, elle ne peut s'empêcher de se demander si, à cet instant précis, dans ce geste particulier, il n'est pas en train de penser à l'Autre, de s'imaginer avec l'Autre, avec laquelle, en y réfléchissant bien au lieu d'être à ce qu'elle vit, des SMS quotidiens n'ont pas cessé d'être échangés. Du coup, incapable de se laisser aller au plaisir, Marie abrège un peu. Et s'empresse aussi, dans sa tête, de mettre son petit décompte à jour : ce n'est plus à Chypre en octobre mais en Argentine en mai qu'ils auront fait l'amour pour la dernière fois. Peut-on alors affirmer, dans le doute, que c'est bien la dernière ?

Au petit-déjeuner le lendemain, aucune allusion. Pierre échange des SMS avec l'Autre et Marie, par souci d'imitation, en fait de même avec Luc, comme s'il comptait… un peu. Dans le bus qui les ramène ensuite à l'aéroport, vol pour Floriano dans deux heures, Marie ne sait pas si elle peut poser sa tête sur l'épaule de Pierre. Mais l'envie, dévorante, est là.

Chapitre 4

Pierre est maintenant en panique, une panique totale.
D'abord, il a été inquiet, puis très inquiet quand il a mieux compris pourquoi l'homme était arrivé sur la plage en courant et en criant, comme un fou, et alors il a fait comme lui, de grands moulinets de bras en guise de sémaphores pour la prévenir qu'elle devait sortir de l'eau, vite, très vite.
Puis l'énervement l'a gagné – Bon sang, Marie, est-ce que tu ne pourrais pas te retourner et regarder enfin en direction de la plage plutôt que de continuer droit vers le large ? Et maintenant que Marie les a vus et obtempère, la panique, parce qu'il voit bien qu'elle s'échine, en vain, que ses mouvements sont désordonnés, qu'elle n'avance pas, qu'elle recule même, peut-être. À chaque fois qu'elle disparaît dans le creux d'une vague, son cœur s'arrête – pourvu que – quand elle en sort, il redémarre, ses pulsations désormais en rythme avec les apparitions et disparitions de la minuscule tête de Marie, tête d'épingle, là-bas, au large, forcément trop au large. Il croirait en Dieu, il se mettrait à prier, et puis il se met à prier quand même – Marie, je t'en supplie, je t'en conjure, essaye de te rappeler les conseils de notre entraîneur pour nager dans les vagues, même si celles de Méditerranée jamais n'atteignent un tel débordement de rage.
Quand Marie les a vus sauter sur place, marionnettes désarticulées s'égosillant dans le vent, visiblement au plus haut stade de l'effroi, elle s'est mise à nager vers la plage comme une dératée, persuadée

d'être poursuivie par un requin géant, les dents de la mer à ses trousses. Et puis dans l'inutilité manifeste de ses gesticulations, elle s'est rappelé qu'elle n'avait jamais eu peur des requins, pas plus des petits que des gros, et qu'elle devait par conséquent se calmer, reprendre son souffle, réfléchir et comprendre. Comprendre qu'il y a bien pire que les squales, ce courant sous elle – voilà pourquoi j'allais si vite au large – et ces lames de fond, comme des tentacules, qui entravent et attirent. Respire, respire, réfléchis ! Et voilà, ça lui revient, quand et comment respirer pour ne pas boire la tasse, comment rythmer ses mouvements, rapprocher la main du corps, un bras après l'autre, encore et encore jusqu'à ce qu'enfin, elle s'échoue, suffocante, dans les jambes de Pierre qui la relève et la serre et l'emporte loin des vaguelettes, pourtant inoffensives, qui lèchent la grève.
– Qu'est-ce que j'ai eu peur, qu'est-ce que j'ai eu peur !
Et Marie rit et rit et rit, impossible de s'arrêter.
– Et ça te fait rire que j'aie eu peur ?
– C'est nerveux, excuse-moi, qu'est-ce que j'ai eu peur moi aussi !
Le type venu prévenir Pierre tapote l'épaule de Marie, rasséréné. Il lui montre les grands piquets de bois au-dessus desquels flottent ces sacs-poubelles noirs, plantés à intervalle régulier. Pierre et elle les ont vus lorsqu'ils sont arrivés sur la plage de Campeche, quasi déserte ce matin. Ils se sont dit qu'on avait perché les sacs-poubelles, un peu haut tout de même, pour éviter que les animaux ne s'y attaquent – C'est qu'ils ont vu les coatis à l'œuvre dans les corbeilles à déchets des parcs ! En fait, ces sacs-poubelles n'ont pas cet usage, ils font office de drapeaux, lui traduit Pierre, des drapeaux noirs pour dire le danger, l'interdiction absolue de se baigner.
Qu'est-ce que j'ai eu peur mais alors, qu'est-ce que j'ai eu peur que tu te noies, répète Pierre alors qu'ils se remettent de leurs émotions en terrasse d'un bar – *duas caipirinhas por favor*, il nous faut bien ça !
– Si tu as eu peur c'est que tu tiens à moi ?

– Évidemment que je tiens à toi ! Même si j'aime une autre personne aujourd'hui, Marie, tu es et tu restes la femme de ma vie ! Nous avons des enfants ensemble et partagés tant et tant.
Une évidence. Et un statut d'éternité.
Plus tard, lorsqu'ils retrouvent Arnaud après ses cours, Pierre repart de plus belle – mais qu'est-ce que j'ai eu peur ! Et Marie aimerait bien qu'il répète, devant témoin, qu'elle est la femme de sa vie, que ça ait plus de poids encore. Mais Pierre sur ce point ne se répète pas. Alors Marie l'écrira dans son journal, le soir venu – je suis et je reste la femme de sa vie – en gros et en gras.
Pour l'instant elle savoure un répit. Ils courent tous les trois – ses deux hommes de Rio derrière elle, protecteurs – sur le pont qui relie Santa Catarina au continent. Leur dernière activité ensemble. Demain, retour en France.
Autre hôtel, proche de l'aéroport, avec cette fois une chambre à lits jumeaux. Dans le sien, Pierre résolument tourne le dos. Ce dos tourné, large fossé, alors que les deux lits sont accolés.
Hormis l'aveu qu'il lui a fait, après qu'elle a failli se noyer, Marie a l'impression que plus les heures passent qui les rapprochent du vol du retour, plus Pierre se ferme, se refroidit, se tend, comme si son humeur remontait à rebours le cours des premiers jours. De toute évidence, l'Autre tient Pierre par un élastique. Qu'il s'éloigne trop et ce dernier le ramène illico dans le droit chemin qu'elle lui a destiné, comme une balle de Jokari.

L’espion britannique

Séance du 22 mai – 9 heures

Depuis cinq minutes, attentif, sans plus, il la regarde se taire par-dessus ses lunettes – c'est long, très long pour un silence, essayez, vous verrez. C'est non seulement long mais aussi particulièrement inhabituel pour Marie-Anne Chanterre qui s'épanche à peine le seuil franchi depuis sept mois. Mais cette fois elle est entrée avec un borborygme en guise de bonjour, s'est assise et puis plus rien. Ce silence. Elle connaît la règle : ce n'est pas à lui de le rompre. Lui, il attend. Attentif. Sans plus.

– C'est comme de nager dans des baïnes !

– ???!!!???

– Je suis lasse de vous raconter toujours la même chose. Je n'avance pas. C'est comme de s'agiter dans des courants contraires ou des lames de fond, ça ne sert à rien.

– Qu'est-ce qui vous fait dire que vous n'avancez pas ?

– J'attends toujours que Pierre revienne.

– Ah. Le Brésil. Ça ne s'est pas passé comme vous le souhaitiez ?

Haussement d'épaules. Marie résume son séjour, ces moments radieux, à trotter derrière Arnaud, à partager de nombreux tête-à-tête avec Pierre – il a dit que j'étais et resterais la femme de sa vie, ça m'a fait du bien d'entendre ça ! – mais aussi les passages à vide où elle s'est laissé aller à pleurer, sous la douche, seuls moments où elle était seule.

– Sous la douche où l'on est censé chanter, vous avez pleuré. Et pourquoi ?

– Pourquoi ? Parce que, c'est idiot, hein, mais je ne pouvais pas m'empêcher d'imaginer ce qu'aurait été ce voyage si l'Autre n'avait pas existé. Même Arnaud l'a suggéré : ce serait mieux si l'Autre n'existait pas, si elle disparaissait.
– Qu'est-ce qui aurait été mieux ?
Marie explique. Pierre taciturne au début du séjour, comme s'il était parti au Brésil à reculons, sans envie. Taciturne et distant. Oui, c'est vrai, il s'était déridé assez vite, comment résister à la contagieuse douceur de vivre locale ? Décongelé par le soleil. Mais il s'était recongelé à l'approche du retour – alors que c'est particulièrement déconseillé de recongeler du décongelé, ponctue le docteur Layer et ça fait rire Marie, un pauvre petit rire toutefois, léger et fragile comme un papillon.
– Et cette fois où nous avons fait l'amour, cette seule fois, je n'ai même pas apprécié. Et encore moins assuré. Je veux dire, pas même montré d'ardeur. C'est ridicule, je suis ridicule. Et ce Luc, rencontré sur Internet…
– L'homme pansement ?
– Parlons-en du pansement ! Je peux vous dire que ça suppure toujours. C'est d'un homme-points-de-suture dont j'aurais besoin.
– L'expression de ce besoin n'est-ce pas déjà un pas en avant ? Une avancée ?
– Vous trouvez ?
– Oui, vous n'avez pas dit, « c'est de Pierre dont j'ai besoin ». Vous commencez à envisager la possibilité d'un autre.
– Mais d'où voulez-vous qu'il sorte cet autre ? Il n'est pas dans mon entourage : j'en ai fait le tour mentalement. Pas non plus sur Internet. Il ne va pas tomber du ciel !
– Et pourquoi pas !
– Quoi ?
– Il pourrait très bien tomber du ciel ! À vous d'être prête.

Il y a dans la vie d'incroyables coïncidences. Quand Marie sort de l'immeuble où le docteur Layer exerce, Françoise l'appelle au téléphone. Elle s'est trompée dans son calendrier d'accueil des étrangers, elle en a un de trop, l'école de langue lui demande ce qu'elle compte en faire. Est-ce que Marie ne voudrait pas, exceptionnellement, louer aussi la chambre de Lucie ?
– Et ce serait pour loger qui ?
– Filip. Un Anglais. Il travaille pour les services secrets britanniques.
– Tu es sérieuse ?
– Oui, évidemment. Il vient perfectionner son français avant de partir en poste dans un pays d'Afrique francophone, si j'ai bien compris. Il arrive le 18 juin pour trois semaines. Il a quarante-cinq ans, à mon avis c'est un calme, il ne va pas beaucoup te déranger. Alors c'est bon, je dis oui ?
Un quadragénaire mystérieux tombé du ciel ?
– Sous réserve que Lucie soit d'accord, il faudrait que…
– D'accord, alors je dis oui.
Et de raccrocher. Marie appelle sa fille qui, après avoir renâclé pour le principe, accepte volontiers.
Et alors qu'elle pensait devoir désormais marcher le nez en l'air, elle rejoint sa voiture en regardant droit devant elle. Un vrai sourire aux lèvres.

Chapitre 1

Elle reprend son agenda et recompte. Pierre le soir du 15 mai, Luc le soir du 26 et enfin Steph l'après-midi du 30 – J'aurai fait l'amour avec trois hommes différents en seize jours, à cinquante balais, c'est le grand n'importe quoi ! Mais si l'objectif est toujours de descendre le plus possible au fond du trou, alors peut-être est-elle sur la bonne pente ?
Et puis « fait l'amour », « fait l'amour » comme elle y va ! Peut-on dire qu'elle a fait l'amour avec ces trois-là ? N'était-ce pas plutôt trois petits coups de queue et puis s'en va ? Les trois coups d'un théâtre dont le rideau, coincé, ne s'ouvre pas ? Mais pourquoi est-ce que je m'en vais – que mes pensées s'envolent vers des zones d'ombre ou d'humour, c'est selon – au lieu d'écouter mon corps ? Qu'est-ce qui bloque chez moi et m'empêche d'accéder à mon théâtre érotique personnel ? se demande Marie. Elle contemple les pages de l'agenda, les tourne et les retourne, comme si elles pouvaient parler. Et, peut-être, à leur manière, le font-elles.
Steph avait réservé une salle de réunion dans l'incubateur d'entreprises Cap Omega de Montpellier avec une idée derrière la tête, très vite partagée avec Marie. Ils allaient bosser d'abord et puis – je me suis acheté un petit caleçon noir en soie et lycra, j'espère que tu apprécieras sa douceur et n'oublie pas que j'aime la dentelle blanche. Le SMS précisant lieu, heure, numéro de salle et dress-code était arrivé sur le téléphone de Marie au Brésil, alors qu'elle tuait le temps dans le hall d'attente de l'aéroport de Foz do Iguaçu,

comme si Steph avait eu vent de ses ébats avec Pierre la veille au soir et décidé de marquer de nouveau son territoire.
Le jour J, elle avait donc eu tout loisir de se préparer psychologiquement, de trouver dans son tiroir à sous-vêtements un petit ensemble en dentelle blanche – que Pierre aurait certainement jugé trop sage avec une pointe de déception voire de dédain dans la voix. Le tout en peaufinant par ailleurs ses notes pour la partie studieuse du rendez-vous. Partie qu'ils avaient menée à bien, épaule contre épaule, genou contre genou, en échangeant idées et argumentaires dans un nuage de murmures caressants. Puis, avec un sourire complice, ils avaient remballé leurs dossiers et baissé les stores donnant sur l'extérieur. Chacun avait méticuleusement déshabillé l'autre, sans empressement, et ça avait été follement amusant de tirer parti des tables et chaises présentes, dont deux à roulettes, en se demandant si leurs voix portaient au point que les personnes en réunion dans la salle d'à côté puissent avoir des doutes sur la substance de la leur. Mais, malgré leur admiration réciproque, malgré la beauté de ce grand corps jeune et tout en muscles qui s'offrait à elle, malgré la jovialité du moment et malgré les caresses et la durée de l'exercice, Marie n'avait pas lâché ses vannes. Même si elle avait affirmé le contraire. Et d'en conclure qu'elle ne pouvait (peut-être) pas faire l'amour pour de rire.
Quatre jours plus tôt, elle était allée chez Luc pour la première fois. Ils ne s'étaient pas revus depuis leur première rencontre mais, lui aussi, avait régulièrement marqué son territoire par SMS interposés durant le séjour brésilien. Marie s'était montrée très peu discrète à leur égard afin que Pierre sache qu'elle échangeait avec ce type, comme il disait – Tiens, je crois que tu as encore reçu un SMS de ce type, ton téléphone a bipé – tout autant que lui avec l'Autre. Chez Luc on aurait pu manger par terre, d'ailleurs peut-être avait-il prévu de dresser le couvert sur le carrelage puisqu'il l'avait fait se déchausser sur le pas de sa porte et lui avait demandé – par

deux fois – si ses pieds nus étaient propres. Mais non, ils avaient finalement dîné à table. Ensuite de quoi il l'avait guidée jusqu'à sa chambre à coucher et lui avait demandé si ça ne la gênait pas qu'ils prennent une douche avant de. Elle avait pris une serviette au hasard pour s'essuyer, qui lui avait été aussitôt retirée des mains en échange d'un drap de bain rose Barbie tout propre, sorti d'un placard. Il s'était ensuite confiné dans un préservatif et avait expliqué à Marie qu'il lui ferait un cunnilingus – il avait prononcé le mot en entier, méthodiquement, comme s'il le découvrait – quand elle lui aurait remis un test VIH négatif. Marie, par-devers elle, s'était demandé s'il exigeait cela aussi des contribuables qu'il recevait dans son bureau au centre des impôts avant qu'ils ne posent leurs postérieurs sur une chaise. Elle avait ri sous cape en tressautant ce qu'il avait pris pour un aveu de jouissance. Les ébats avaient été de courte durée et passablement aseptisés. Marie, plusieurs fois, s'était demandé pourquoi elle poursuivait cette relation dont elle n'attendait rien d'autre qu'un effet pansement qui tardait à venir. Et d'en conclure qu'elle ne pouvait (sûrement) pas faire l'amour par décision thérapeutique. Et encore moins dans une ambiance d'hôpital.

Nous ne retournerons pas dans la chambre-bungalow de l'hôtel de la Fonte à Puerto Iguazú. Inutile de gratter cette brûlure encore vive, Marie à son compte. Et la conclusion s'impose d'elle-même : elle ne peut (absolument) pas faire l'amour par désespoir.

Mais alors, que faut-il à Marie pour qu'elle puisse faire l'amour ? Pour en avoir envie et s'y adonner corps et âme ?

À son journal, elle le confie : Je veux un homme grand avec des bras immenses pour m'envelopper tout entière, des bras coquilles d'œuf pour me dérober aux yeux des chagrins, des bras d'hirondelle pour m'apporter le printemps, des bras d'aéroplane pour me décoller de terre. Je veux un homme qui murmure à mon oreille des mots d'apaisement, des mots de troubadour énamouré, des

mots comme des clés à chakras. Je veux un homme à la peau de velours, aux épais cheveux de velours, au regard de velours, aux pensées de velours. Je veux un homme de cœur et non un homme de queue.
Puisse-t-il vraiment tomber du ciel !

Chapitre 2

Ravi de sa collecte de nouveaux mots, Hilal, les yeux pétillants, entre dans la cuisine où Marie l'attend, comme chaque fin d'après-midi, pour prendre le thé et l'aider aux devoirs. À sa passion des synonymes, des homonymes et des contraires, s'ajoute une, particulière on s'en souvient, pour notre lettre h qui se balade de début en fin de mot et change en passant la prononciation de certaines consonnes. Mais pas toujours : ah les exceptions françaises dont Hilal rigole, ce p qui se fait feu, ce c qui en chuinte mais ce t fidèle à lui-même, comme dans thé – ça sent celui à la menthe dans toute la pièce – rien à voir avec le « the » so british, ou, mieux encore, dans athée, sa récolte du jour, avec hâter.
– Se hâter, se dépêcher. Athée, qui sait que Dieu n'existe pas. Le contraire de croyant, qui sait que Dieu existe.
– Est-ce la définition que t'a donnée ta professeure de français du mot athée ?
– Ou-i.
Marie raffole des oui de Hilal. Il détache avec une telle application les deux sons que chacune de ses approbations est un embryon de baiser se terminant par un sourire. Mais baiser-sourire ou pas, Marie ne peut laisser passer ce qu'elle considère comme…
– N'importe quoi ! Je suis athée, moi, Hilal, et je ne me définis pas comme quelqu'un qui sait que Dieu n'existe pas.
– Alors tu es…
Il ouvre son cahier, tourne quelques pages.

– Tu es agnostique ?
– Non, non, pas du tout. L'agnostique ne sait pas si Dieu existe ou non. Il ne peut rien affirmer. Il doute. Moi je ne sais pas mais je ne doute pas non plus : je m'en fiche ! La question de Dieu ne m'intéresse pas. Et si la question des religions peut m'intéresser c'est qu'elles s'invitent – beaucoup trop à mon sens – dans les questions géopolitiques qui, elles, m'intéressent. Tu comprends ?
– Tous les mots, ou-i. Je sais ce qu'est géopolitique, c'est le même qu'en anglais. Mais alors, tu te fiches de Dieu ?
– Complètement ! Dans athée, il y a ce suffixe « a », dont nous avons déjà parlé, qui veut dire « sans ». Je vis sans Dieu.
Hilal est troublé au plus haut point. Lui qui se lève au milieu de la nuit pour faire ses ablutions et sa prière, lui dont la vie est rythmée par sa relation ritualisée avec Dieu ne comprend pas comment –
Mais comment peux-tu vivre sans Dieu ?
– Comme ça, répond Marie, en tournant sur elle-même. Je me lève, je mange, je dors, je sens et je ressens, je lis, je danse, je ris, j'aime ou pas, je crie ou me tais. Tout comme toi. Pareil. À ceci près que je n'accorde aucune pensée ni aucune seconde à Dieu. Et tout ce temps gagné, peut-être, je dis bien peut-être, je ne préjuge de rien, c'est autant de temps à accorder aux autres, aux humains, à l'époque.
– Et quand tu as peur ou que tu as mal, comment est-ce que tu fais ? À qui tu parles ? Qui t'aide ?
– Quand j'ai mal physiquement, je vais chez le médecin. N'est-ce pas pour aider ceux qui souffrent que tu as choisi ce métier ? Sinon, je parle à mes amies, à mon père, à ma mère, à mes enfants, à Françoise, à mon jardinier…
Et à mon psy, maintenant que j'en ai un.
– Et quand tu vas mourir, alors, qu'est-ce que tu vas faire ?
– Rien. Mourir. Point.
– Et après ?

– Pas d'après.
– Et tu n'as pas peur ?
– Au contraire. J'aurais peur si je pensais qu'il y a quelque chose après la mort. Oui, là j'aurais peur : d'être déçue, que ce soit nul ou douloureux ou ennuyeux, avec impossibilité d'en sortir pour l'éternité. Quelle horreur ! Une fois morte, je ne sentirai rien. Je ne serai plus rien. Que poussières dispersées dans les poussières de l'Univers. Comment veux-tu avoir peur de… rien ?
– Moi je sais que ce sera merveilleux après. J'en suis sûr.
– Du coup tu n'as pas peur ?
– Si je ne suis pas assez bon, alors oui, je peux échouer. Du coup, oui, j'ai peur de n'être pas assez bon.
– Moi aussi, Hilal, j'ai peur de n'être pas assez bonne. Mais pas pour les mêmes raisons que toi. J'ai peur de ne pas être digne de ma condition d'être humain, de mon rôle de petit grain de sable au milieu du vivant, peur de faire du tort, peur de ne pas semer assez de bonheur. Ça m'occupe trop pour qu'il me reste du temps pour Dieu.
– Je crois qu'on est pareil. Moi aussi je veux être digne. Si je suis digne en tant qu'homme alors je serai digne de Dieu. Toi tu es digne pour toi. Moi je suis digne pour Dieu. Mais je crois que c'est pareil au fond. Sauf que Dieu m'aide à me rappeler que je dois être digne. Comme ça, je ne peux pas oublier.
Elle comprend. Mais même si, fort distraite, elle oublie beaucoup de choses – son parapluie au restaurant, des rendez-vous professionnels… – elle n'oublie jamais sa mission de vivante. Toutefois, si Hilal a besoin de Dieu comme pense-bête, cela ne la dérange pas. Et comme chaque soir à présent, sur sa terrasse, une fois les devoirs terminés, Marie lève les yeux au ciel. Dans la promesse d'un homme qui en tomberait à défaut d'un Dieu qui y monterait.

Chapitre 3

Dès sa sortie de l'eau, elle sait. Fruit de l'expérience. À contre-courant du Vidourle, elle a su trouver rapidement « sa glisse » pour nager efficacement. Puis s'est économisée au retour, après avoir contourné la bouée, mettant cette fois le courant à profit. Elle retire à présent sa combinaison en néoprène tout en courant vers le parc à vélos et son intuition se confirme : elle est en train de faire un chrono très honorable, preuve en est le nombre important de vélos qui sont encore là, à attendre leurs coureurs. De toute façon, Marie ne peut que faire cette course au feeling, puisqu'une fois de plus, dans l'effervescence du départ où tous les concurrents se marchent puis se nagent dessus sans aucun fair-play, elle a oublié de démarrer le chronomètre de sa montre au poignet. Elle prend quand même le temps d'essuyer ses pieds et d'enfiler chaussettes et chaussures sous les haros de son entraîneur – personne ne met des chaussettes, sauf elle, c'est son cérémonial, non discutable –, elle attrape son vélo et se lance. À l'assaut d'un parcours de vingt kilomètres parfaitement plats. L'an passé, sur cette même course, le dossard 316 l'a fait tomber en la doublant trop serré, elle avait terminé avec une épaule en sang et lui avait collé une beigne, à cet abruti, lorsqu'elle l'avait croisé sur la course à pied, troisième partie du triathlon, qui a cette particularité dans celui de Sommières d'être en aller-retour au milieu des vignes. Cette année, le premier qui s'approche trop près de son vélo, elle lui file un coup de latte. C'est qu'elle est remontée, Marie. Une rage en elle, comme jamais.

Pourtant, Pierre est là, qui n'a pas tenu les deux semaines prévues à Paris avec l'Autre, Pierre dont elle a aperçu le vélo, lui aussi engagé dans cette compétition. Elle devrait être contente, mais non, elle fulmine.

La faute à Marita-Marie. Qui d'une mission d'espionnage a rapporté un mail de l'Autre, envoyé à Pierre. Il contient, sans autre forme d'explication ni de commentaire, une petite annonce pour une maison à vendre. Le prix ne figure pas : la demeure compte près de trois cents mètres carrés habitables en vallée de Chevreuse, la décence impose, effectivement, qu'il reste à discrétion. Mais c'est quoi, cette folie des grandeurs ? Ces goûts écœurants de petite-bourgeoise pétée de thunes ? Et qu'est-ce que ça veut dire, hein ? Qu'elle cède enfin au souhait de Pierre qu'ils habitent ensemble ? Elle est d'accord mais au prix de ce luxe débordant ? Tu me veux, casse ton couple, casse ta vie et tes rassurantes habitudes et maintenant casse toutes tes tirelires ? – je ne laisserai pas faire, je ne laisserai pas, je ne laisserai pas faire, martèle Marie à haute voix, en appuyant comme une forcenée sur les pédales comme elle pilonnerait le corps de l'Autre. Et Marie pilonne toujours, une fois descendue de sa monture, en courant à travers les vignes. Grâce aux endomorphines, sans doute, enfin la rage se tait et laisse place à l'euphorie de franchir le portique d'arrivée et celui de voir le très bon temps affiché par l'énorme chrono qui le chapeaute. Marie a battu son propre record, c'est pour elle le plus important. Quand Pierre enfin arrive, essoufflé, elle constate au chrono lui avoir mis cinq minutes dans la vue, du jamais vu justement, en six ans de pratique commune. À la décharge de Pierre, trimballer une valise à roulettes n'est pas idéal en matière d'entraînement. Mais quand même !

– Tu as vu, tu finis première de ta catégorie d'âge !

Non, Marie n'a pas encore pu s'approcher des feuilles punaisées du classement, la bousculade est pire que sur la ligne de départ. Mais elle veut voir de ses propres yeux. Et surtout, elle veut attendre la remise des récompenses pour monter sur le podium et recevoir sa coupe et son lot. Sauf que Pierre n'est pas d'accord – Il y en a au moins pour deux heures à poireauter avant la fin de toutes les courses, on ne va pas y passer l'après-midi, quelqu'un du club ira les chercher pour toi.

– Non.

– Quoi, non ?
– Je ne veux pas que quelqu'un les prenne à ma place, je veux monter sur le podium, c'est un plaisir dont j'ai envie !
Elle aimerait ajouter que depuis six ans de pratique, très souvent, ils n'attendent pas qu'elle puisse aller chercher ses récompenses et que trop souvent, pour lui, pour qu'il soit plus tôt à la maison ou au mas, elle s'est privée de cette petite jouissance d'entendre appeler son nom et de monter sur le podium sous tous les regards.
Mais Philippe, un membre du club, qui s'interpose à propos dans l'échange, ne lui laisse pas le loisir de polémiquer.
– C'est bon, moi ça ne me gêne pas d'attendre. Je ramènerai Marie chez vous en passant.
Marie regarde Pierre partir, de dos. Elle a de plus en plus de mal à reconnaître l'homme qu'elle aime dans cette silhouette qui s'épaissit, s'alourdit et se voûte, à une vitesse anormale qui ne doit rien à l'âge mais tout aux conséquences de ses choix.
Le soir, une fois rentrée, une coupe rutilante et un carton de trois bouteilles de Pic Saint Loup sous le bras – une de chaque couleur – elle crève discrètement l'abcès. Ils sont attablés sur la terrasse et viennent d'ouvrir le rosé qu'elle a ramené – ils vont laisser vieillir un peu le rouge et le blanc. Marie hume dans son verre les arômes d'agrumes et de fleurs blanches et devine déjà la fraise et la framboise en bouche.
– Où tu en es, avec elle ? J'ai besoin de savoir.
– Nulle part. Elle souffre que je sois ici une semaine sur deux, mais elle ne me propose rien de concret en échange.
– Tu veux dire…
– Elle ne se projette toujours pas dans une vie commune. Pas de maison achetée ensemble. Rien. Je dois me couler dans sa vie et poser mes affaires comme un invité dans son appartement, c'est à prendre ou à laisser.

Marie est à moitié soulagée. Certes, pas de maison exorbitante en projet. Ce mail avec petite annonce est à ranger au rang des mystères. Pierre en tout cas n'y a perçu aucune invite. Mais moitié soulagée seulement, car elle sait que ce « à prendre ou à laisser » la met en compétition, avec portique d'arrivée au plus tard le 31 août – c'est dans le contrat que le docteur Layer lui a intimé d'imposer : à cette date il devra choisir – et que contrairement aux courses de triathlon, elle n'a aucun entraînement ni aucune paire de chaussettes fétiche sur lesquels miser.
Le rendre jaloux, peut-être ? Que, comme pour l'Autre, il ait peur de la perdre, lui qui la veille encore, lui expliquait que se séparer d'elle serait comme se couper le bras droit mais que quitter l'Autre serait comme se couper le gauche ? Le ratage est toutefois total avec Luc dont Pierre devine combien il n'est qu'accessoire, à juste titre. Reste à attendre l'homme providentiel… en sirotant ce petit rosé qui tient ses promesses : fraise et framboise en bouche, elle a eu raison d'attendre son lot.

Chapitre 4

Il n'est pas tombé du ciel ; il s'est contenté de passer par le portail entre les jardins de Françoise et Marie. À moins que l'on considère, évidemment, le fait que Françoise vienne d'aller le récupérer à l'aéroport ?

Il ne ressemble en rien à ce à quoi Marie s'attendait de la part d'un agent des services secrets britanniques : pas de mèches rebelles à la James Bond version Roger Moore mais une petite tête ronde passablement dégarnie, pas d'abdominaux seyants sous polo moulant à la Danny Wilde mais des prémices de bedaine sous la chemise écossaise. Pas non plus de grands bras comme des ailes ! Filip est du genre taille moyenne comme Pierre avec des bras proportionnés, des yeux rieurs qui tranchent avec la gravité du reste de son visage, une démarche calme, un sourire posé. Mais bien qu'à des années-lumière de l'homme qu'elle s'était figuré, Marie, immédiatement tombe sous le charme. D'autant qu'il parle un français plus que correct qui promet, dès les premières minutes, de sympathiques conversations.

Il n'a pas posé ses bagages depuis une heure dans la chambre de Lucie, où Marie lui a fait de la place – armoire et bureaux vidés – que déjà il balaie les épines des pins autour de la maison. Marie en est toute gênée, c'est vrai qu'elles commençaient à s'accumuler – mais Filip, tout de même, c'est à moi de le faire ou sinon au jardinier qui passera à la fin de la semaine. Mais Filip veut balayer : il aime cette senteur qui se dégage des aiguilles ainsi remuées et puis il est divorcé – ah bon, moi aussi, enfin, séparée, mais c'est tout comme, se surprend à affirmer Marie – et s'activer dans un jardin lui manque, car, depuis la vente de sa maison familiale, il vit en appartement. Heureusement, à Dakar, son logement de fonction est une maison charmante sur un bout de terrain arboré, il lui montrera les photos que l'ambassade a envoyées, si cela l'intéresse. Il n'a pas posé ses bagages depuis deux heures, que déjà les voilà rencognés à se toucher devant son écran d'ordinateur portable à lui, transporté en deux ou trois clics au Sénégal, à s'esbaudir devant la luxuriance de son futur pied-à-terre. Il s'y voit déjà. Et elle ? Est-ce qu'elle se verrait vivre là ? La question est posée en toute innocence. Ce n'est pas une proposition, évidemment pas, ne mettons pas la charrue avant les bœufs, non, c'est juste pour savoir si son ressenti – je vois un endroit accueillant – est partagé et donc juste. Et oui, Marie se verrait tout à fait vivre là, dans cette demeure à colonnades, à l'ombre des balcons blancs qui entourent la maison à l'étage de leur dentelle de bois sculpté, sous les palmiers, avec vue sur la mer, en bordure du quartier Fann. On appelle ça une maison de style coloniale, explique Marie, je pense qu'elle est bien plus grande que ce que tu crois, puisqu'ils en sont déjà au tutoiement. Et Marie ferme légèrement les yeux pour mieux s'assurer que oui, elle apprécie beaucoup l'odeur de cet homme qui pourtant présente des traits physiques qui lui déplairaient chez d'autres.

Le soir, Françoise invite Marie à se joindre au repas de ses étudiants étrangers, une grande tablée ronde sous un micocoulier devant une maison vigneronne, qui fait dire à Filip que finalement, il resterait bien ici aussi, entre les deux femmes charmantes que sont ses hôtesses, plutôt que de s'envoler vers l'Afrique dans deux mois.

Rapport de mission de Marita-Marie

Calme plat dans les mails entre Pierre et l'Autre.
Actuellement, ils se limitent à l'échange de pronostics. Apparemment cela concerne des matchs de foot, vu le nombre de buts sur lesquels portent les paris.
Vachement passionnant comme discours amoureux ! En tout cas l'Autre a l'air calée. Pour le coup ça leur fait une passion commune. Enfin une passion, n'exagérons rien : tout au plus un intérêt commun.
Conseil : Il serait bien de lire d'autres médias que le *Monde Diplo* ou *Alternatives économiques*, car visiblement il se passe ou il va se passer quelque chose. Chercher dans les pages sport de l'Huma peut-être ? Ou écouter France Inter ?

Chapitre 5

Est-ce l'arrivée de Filip ou le début de la coupe d'Europe de foot – c'était donc ça ! – nul ne saurait dire, mais la porosité s'est brutalement accentuée entre les jardins des deux voisines.

Marie, contrairement à Françoise, dispose d'un grand salon avec grand écran plat et grand canapé et grands fauteuils dans lesquels s'avachit désormais chaque soir, en masse, un petit groupe de gars – un Portugais et un Brésilien supporters de la même équipe, un Allemand, deux Italiens, un Anglais en la personne de Filip, un Omanais en la personne d'Hilal – et une petite Espagnole amoureuse d'un dénommé Andrés Iniesta, dont Marie ignorait l'existence jusqu'ici, mais dont la petite tête ronde, barbe en moins, ressemble curieusement à celle de Filip. À moins qu'elle ne se mette à voir Filip partout ?

Les filles se retrouvent aussi chez Marie, après le repas chez Françoise où elle a désormais son rond de serviette, côté terrasse, où elles baignent dans les commentaires et les invectives multilingues des gars grâce aux baies vitrées grandes ouvertes. Et dans ce mini Babel, chacune raconte à tour de rôle, qui ses histoires de famille truculentes, qui ses déboires amoureux, truculents aussi parfois. Marie, dans ce domaine, rencontre un franc succès grâce à sa séparation d'avec Pierre. Une séparation jugée incroyable – au sens de difficile à croire – puisqu'ils avaient l'air – d'après les mémoires de Marie étalées au milieu des petits gâteaux et des tasses fumantes d'infusion de menthe et verveine du jardin – de

s'entendre si bien et qu'ils ont l'air d'encore bien s'entendre : Pierre n'était-il pas là hier encore, au milieu d'eux tous, côté salon et grand écran ?
Qui pose cette question ? Marie ne sait de quelle bouche elle jaillit :
– Mais alors, il vit ici une semaine sur deux et l'autre semaine avec une autre femme à Paris, c'est bien ça ?
La réponse, claire et nette, qui va tomber dans un silence soudain des supporters, sort de la bouche de Faye, une trentenaire anglaise fraîchement divorcée, en poste à l'Unesco.
– Oui, c'est ça. Pierre est en garde partagée.
Et toutes celles qui maîtrisent le français et ce concept d'éclater de rire – des éclats que Marie voit distinctement s'ajouter à ceux multiples des étoiles de cette tiède nuit de juin – et d'expliquer aux rares dans l'incompréhension, en quoi la plaisanterie est si drôle. Cette pointe d'humour fait basculer Marie, comme une pointe de sel relève le sucré : soudain, elle ne voit plus son drame comme tel tant ce « garde partagée » lui donne un accent de comédie… à l'italienne ?

Chapitre 6

– Filip, est-ce que tu pourrais, s'il te plaît, me traduire ce message en anglais sur mon répondeur ?
Ce n'est pas que Marie soit totalement incompétente à le faire elle-même mais le message est très brouillé, comme si la personne, un homme en l'occurrence, parlait à travers un mouchoir mouillé. Ce même homme – elle reconnaît la voix – en est à son troisième message mâchouillé, le premier laissé sur le répondeur durant le séjour au Brésil. Croyant à une erreur, elle a effacé les deux premiers mais avec ce troisième, le doute est permis. Est-ce qu'il parle d'une maison à vendre qui l'intéresse ? Filip confirme.
– As-tu une vieille maison en pierre à vendre ?
– Oui, le mas dont je t'ai montré les photos. Celui où nous réunissons nos amis chaque été. Il est en vente auprès de deux agences immobilières locales qui nous invitent à patienter. Il paraît qu'à l'été, ce sera plus facile.
Patienter n'est pas un problème pour Marie qui ne souhaite absolument pas se débarrasser de cette demeure modeste qu'elle adore – son refuge. On lui a forcé la main pour signer ces mandats. Mais ça coince et grince dans son cœur.
– Ce message est celui d'un agent immobilier anglais qui réside dans les Cévennes – on dit comme ça, Cévennes ? Il sait que ton mas est à vendre et il a un client anglais qui est intéressé. Il voudrait le visiter. Il te laisse son numéro, on va réécouter et je vais te le noter.

Mais avant même que Filip puisse le réentendre, et au grand étonnement de ce dernier, Marie efface le message d'un petit coup d'index impérieux sur la touche *Delete* de l'appareil. Elle a été claire à ce sujet, il suffit de lire la phrase plus haut.

Chapitre 7

– Tu n'envisages tout de même pas d'entrer avec ton sac ?
Marie, qui s'apprête à passer une nouvelle nuit chez Luc, vient gentiment d'obéir à l'injonction de troquer ses nu-pieds lacés contre une paire de mules plates roses Barbie – assorties à ce qui est désormais sa serviette attitrée, les deux sont-ils censés être un cadeau de bienvenue ? Elle ne voit pas en quoi le fait d'entrer dans la maison avec son sac, qui contient toutes ses petites affaires de toilettes et autres, puisse être en soi un problème.
– Ah, tu ne vois pas ? Mais enfin, ce sac tu l'as posé par terre au cinéma, tu l'as posé par terre au restaurant, tu l'as posé par terre dans mon bureau et enfin tu l'as posé par terre dans ma voiture ! Tu imagines un peu toutes les saletés et les microbes qu'il a ramassés !
Marie déconfite regarde son sac, au plus près. Non elle ne voit pas, vraiment pas, il est propre comme un sou neuf, l'avantage des microbes étant justement leur invisibilité polie.
– Il est hors de question que ces microbes, invisibles justement, entrent chez moi. Tu vas laisser ton sac ici, dans l'entrée et je vais te donner un sac plastique pour que tu y mettes ton nécessaire.
Marie, qui ne s'est pas reniflée depuis longtemps mais sent bien qu'elle est tout aussi infestée de microbes que le sac incriminé, se demande si, comme la fois où, stagiaire dans une entreprise d'état travaillant sur l'atome elle s'était trouvée par mégarde dans une cellule de recherche non nettoyée de radioactivité, il allait falloir qu'on lui étrille le corps à la brosse dure. Il est possible, tout à

sa descente en chute libre dans son estime d'elle-même, qu'elle accepte volontiers d'en passer par là.

Le début de la soirée a déjà été, en lui-même, un peu éprouvant – une soirée ponctuée de « mais ». Pour commencer, elle aurait largement préféré rester à papoter avec Filip de tout et de rien, de l'air du temps, du couple, du climat au Sénégal, des règles grammaticales françaises, innombrables, que leur professeure, adorable – comme il le dit et le redit –, avait le don de sortir de sous son chignon blond. Mais comme au téléphone Luc semblait déçu de ne pas l'avoir vue depuis plusieurs jours, elle avait cédé.

Au cinéma, rien à dire. Chacun avait vécu le film à sa façon sans déranger l'autre. Il l'avait ensuite invitée au restaurant. Elle l'avait discrètement conduit jusqu'à la devanture de la Dolce Vita qu'elle aime bien mais, à la vue de la carte, il avait maugréé et l'avait doucement poussée jusqu'à celle du restaurant suivant : un Asiatique discret et bon marché. Marie avait noté sans s'émouvoir une certaine avarice mais comme elle ne comptait pas l'épouser… Puis il lui avait proposé de visiter les locaux des impôts où il travaille – sa voiture était parquée là, en sous-sol – elle l'avait suivi docilement et c'est vrai que non, jamais elle n'avait fait l'amour – enfin, fait l'amour, fait l'amour… – dans un centre des impôts, alors, hop, allons-y, pourquoi pas. Docile encore.

Une fois en voiture elle avait eu envie qu'il la dépose chez elle – Peut-être que Filip serait toujours debout, qu'ils pourraient dans la pénombre de son salon de jardin parler une fois de plus de leurs vécus à la même résonance de confiance trahie, se rapprocher encore – mais elle n'avait pas osé, non pas qu'elle eût peur de Luc mais parce qu'il lui semblait qu'elle devait laisser le sort s'acharner un peu plus.

Ce qu'il fit : dans un excès de confidence, alors qu'elle monte à l'étage avec son sac plastique, Luc lui assène qu'il a fait l'amour avec soixante-sept femmes différentes. La voilà si noyée dans la masse que sa voix ne pourrait porter même si elle hurlait, alors, que visiblement la quantité chez lui excluait toute forme de qualité. Et qu'en l'occurrence, il baise à tout va, certes, mais que faire l'amour ce n'est pas ça, elle peut en attester, elle qui a tant consommé de ce fruit partagé équitablement avec Pierre.

Comment s'endormir après un tel affront, même si on a volontairement tendu la perche ? Dans la pénombre de la chambre et le ronron du climatiseur, est-ce à force de discuter religion avec Hilal, Marie se découvre une âme. Une âme en peine. Et cette âme pourrait expliquer bien des choses. Il est clair qu'elle déserte Marie dès lors qu'elle se retrouve dans les bras d'un homme en posture de passer à l'acte, comme on dit – mon âme est un chewing-gum que je colle sur les chambranles avant d'investir les lieux.

Présentement, l'âme de Marie est certainement collée quelque part sur le mur, dans l'entrée de chez Luc. Notre main à couper qu'elle est en train de penser fort, fort, à Filip.

Chapitre 8

Pas question ce soir de retrouver Luc où que ce soit. Marie voit les jours filer qui les rapprochent du départ de Filip, elle veut jouir des derniers moments privilégiés qu'ils peuvent encore partager.
Pas question non plus de dîner chez Françoise, elle a cuisiné pour lui et tant pis si Hilal est parti manger dans le jardin voisin, avec un petit air d'incompréhension dépitée – Pourquoi Filip et pas moi ? Elle s'expliquera, le temps venu.
Elle s'est mise sur son trente-et-un et lui aussi porte une jolie chemise qu'elle découvre. Un cadeau, a-t-il dit.
Elle lui a concocté un carpaccio de courgettes aux pignons de pin et parmesan – une recette volée à Pierre – une ratatouille typique du sud de la France, des blancs de poulet marinés grillés au barbecue. Ils attaquent à présent le dessert : des poires Belle-Hélène dont la chantilly ruisselle de chocolat fondu. Les coupes de verre ciselé – ses plus jolies – reflètent, quand elle les pose sur la table, les flammes de trois bougies décoratives qui pimentent l'ambiance d'une pincée de romantisme.
Filip rit : Marie arbore visiblement des moustaches de chocolat, témoins de sa gourmandise. Puis soudain, l'air grave, la voix à peine audible.
– Si un homme comme moi te demandait de tout quitter pour le suivre en Afrique, tu crois que tu serais capable de le faire ?
Suée sur tout le corps soudain. Certes, Marie nourrit depuis des jours le secret souhait d'une déclaration, quelque chose de simple

comme « je commence à avoir des sentiments pour toi », car de son côté à elle, n'est-ce pas précisément le cas ? Ou mieux encore, un baiser volé dans la pénombre du jardin, entre deux coups de râteau sur les épines de pin. Mais cette requête, savoir si elle serait prête à le suivre, n'est-ce pas trop… rapide ? Absolu ? Définitif ? Alors Marie biaise.

– Un homme comme toi, n'importe quelle femme serait prête à le suivre, isn't it ?

– C'est très gentil. Tu me rassures. Il y a une femme qui me plaît beaucoup, vraiment beaucoup, que j'ai rencontrée ici.

Ah, ce sourire mutin qui fait soudain chavirer le cœur de Marie !

– Je crois que je suis amoureux d'elle. Mais j'ai peur de lui poser cette question. Je ne serai pas ridicule alors ?

Ainsi, lui aussi choisit de biaiser ? Comme c'est charmant !

– Mais non pas du tout. Pose-la, ta question ? Mais sache qu'elle peut faire un peu peur. Te suivre exige de tout abandonner.

– Je crois qu'elle n'a pas vraiment d'attaches, tu sais. Pas d'enfant. Et elle pourrait trouver facilement là-bas une école pour enseigner, comme ici.

Mais alors…

Est-ce qu'elle pâlit ? Est-ce que Filip voit qu'elle pâlit ? Que son sang c'est certain a cessé de couler dans ses veines marquant le reflux soudain de ses illusions ? Des yeux, elle cherche son pin. Elle appelle sa sève à la rescousse. Son cœur, un temps à l'arrêt, repart.

– Je crois t'avoir déjà parlé d'elle. C'est ma professeure de français. La chemise que tu trouves si jolie, c'est son cadeau.

Séance du 29 juin – 15 heures

– Je viens de recevoir une sacrée gifle !
– Bonjour quand même.
– Ah oui, bonjour. Excusez-moi.
– Une gifle. Sacrée ?

Marie est stoppée net dans le déroulement de sa parole, préparé en flot continu, dans la salle d'attente inconfortable du docteur Layer – chaises à l'assise dure et aux dossiers raides, lumière crue… à escient ? En quoi certaines gifles seraient-elles plus sacrées que d'autres ? Qu'on arrête de l'enquiquiner avec le sacré. Son couple l'était à ses yeux, la belle affaire !

– Une sacrée gifle n'a rien à voir avec une gifle sacrée. Je voulais dire une gifle cuisante.
– Alors dites-le.
– Vous êtes de mauvaise humeur ?
– Moi non. Mais vous, qui entrez sans dire bonjour avec cet air renfrogné, vous l'êtes ?
– Déçue plutôt. Très déçue. Je m'étais fait des idées.

Au cours des deux séances précédentes Marie a beaucoup parlé de Filip, évidemment. De son attirance envers cet homme arrivé par avion – et non en chute libre – qui a traversé de dures épreuves avec la mère de ses deux enfants, lui aussi, des similitudes qui les rapprochent, de son calme qui la calme, de la façon dont il a pris en charge certaines tâches dans le jardin, ce tas de bois qu'il a coupé en petits morceaux pour le barbecue extérieur, de quoi tenir tout l'été, comment leurs deux vies avaient déjà beaucoup d'accords communs. Seulement voilà.

– Avant-hier, dans la soirée il m'a dit : « Si un homme comme moi te demandait de tout quitter pour le suivre en Afrique, tu crois que tu serais capable de le faire ? ». Et moi, bêtement, j'ai cru que cela m'était adressé, que c'était une question détournée, certes indirecte, mais qu'elle m'était destinée.

– J'aurais certainement cru comme vous. Et ça ne l'était pas ?

Alors Marie, enfin, éclate en sanglots. Non, ça ne l'était pas. Elle attrape au vol la boîte de mouchoirs. Quelle idiote elle a été ! Heureusement qu'elle a biaisé, heureusement qu'elle ne s'est pas dévoilée, heureusement ! Et cette histoire de chemise offerte, est-ce qu'elle n'aurait pas dû lui mettre la puce à l'oreille ?

– Il vous demandait conseil, c'est cela ?

– Oui. Et c'est vrai que lorsque j'ai pris la peine d'y repenser, il m'avait beaucoup parlé d'elle. Fait son éloge à plusieurs reprises.

– Peut-être que vous ne vouliez pas entendre ?

– Sans doute. Et ce matin, coup de grâce : il est rentré, après sa première nuit passée ailleurs, avec un énorme bouquet de fleurs. Pour me remercier de lui avoir donné le courage de faire sa demande. Et elle a accepté. Il n'en revient pas. Il était amusé, car avant de dire oui, elle voulait d'abord passer une nuit avec lui.

– C'est une belle histoire.

– Oui, mais ce n'est pas la mienne.

– Vous y jouez pourtant un rôle important, il me semble. Cet homme a puisé auprès de vous le courage d'oser. Est-ce que ça ne dit pas quelque chose sur vous ?

– Comment ça ?

– Sur qui vous êtes. Sur votre force réparatrice, par exemple. Peut-être que vous pourriez l'utiliser pour vous-même ?

– Je suis plutôt en mode destructeur en ce qui me concerne.

– Toujours cet objectif d'atteindre le fond ? D'ailleurs, je n'ai toujours pas bien compris ce qu'est ce fond pour vous. Est-ce qu'au moins vous le savez ?
– Quand j'y serai, je le saurai.
– Si vous le dites ! Et où en êtes-vous de cette descente qui vous tient à cœur ?
– Vous vous moquez ?
– …
Marie jette un regard sur la boîte de mouchoirs. Elle pensait y faire une razzia, mais non. Serait-elle, finalement, plus fâchée contre elle-même que triste ?
– L'auriez-vous réellement suivi si la demande vous avait été destinée ?
– Je ne sais pas. Peut-être pas. Quoique… Pourquoi pas ? Je fais n'importe quoi en ce moment. Ma vie d'ailleurs est devenue un grand n'importe quoi. Même mon père trouve que ma maison ressemble à un moulin.
– Moulin ?????
Alors Marie raconte ce qu'elle n'était pas venue raconter. La porosité entre les deux jardins. Ces étudiants jeunes et moins jeunes qui passent d'une maison l'autre, s'invitent dans son salon, utilisent sa bouilloire, sortent des verres de ses placards, font et lui font la conversation sur la terrasse jusque tard dans la nuit, dans un mélange de français, d'anglais, d'espagnol. Luc qu'elle est incapable de quitter alors qu'à l'évidence elle devrait compte tenu de la frustration qu'elle ressent à ses côtés – mais ça fait partie de la descente, suggère Layer, non sans une pointe d'humour. Pierre enfin qui semble naviguer à vue entre sa vie d'avant, comme il dit, et la vie qu'il aimerait pouvoir construire avec l'Autre, Pierre frustré aussi de n'être vraiment bien nulle part. Ses clients qu'elle perd comme un arbre ses feuilles : l'un entraînant l'autre. Cet été devant elle dont elle se demande ce qu'elle va bien pouvoir en faire,

ce grand vide de temps, tout ce soleil – je peux aller là, je suis aussi invitée ici, ah oui, je ne vous ai pas dit encore, Pierre a organisé la venue d'un groupe d'amis dans le mas, une semaine en juillet, peut-être pour la dernière fois. Sûrement pour la dernière fois.
– Bref. Je déteste la vie que je mène !
– Mais que lui reprochez-vous, au fond : d'être une vie de bohème ? Évidemment, vu comme ça !
Une fois dans l'ascenseur, Marie, jupon qui tourne dans le miroir, joue des castagnettes. Vie de bohème, vie de bohème, la tête lui tourne de le chanter.

L'indécrottable timide

Chapitre 1

Elle voudrait pouvoir refuser cette main qui se tend. S'offrir ce luxe. Pas tellement à cause du risque de pénalité si un arbitre les surprenait – toute forme d'entraide est réglementairement interdite – mais à cause du risque de le blesser. Elle ne voudrait pas qu'il se fasse des idées. Depuis sept mois elle s'y efforce. Il ne faudrait pas que ce simple geste d'abandon détruise toutes les frêles barrières qu'elle a érigées avec minutie.

Seulement voilà : tous les caniveaux de la rue qui longe le Gardon se déversent sur ses berges herborisées, en contrebas des parapets de pierre. Et quand je dis se déversent, il faut visualiser des trombes d'eau boueuse se jetant en cascade glacée sur les coureurs, puisque les organisateurs du triathlon d'Alès n'ont rien trouvé de mieux que de tracer là, à six bons mètres sous le niveau des rues, le parcours des cinq kilomètres de la course à pied, sans se douter qu'il deviendrait un bourbier en cas de violent orage. Et violent, il n'y a pas d'autre mot pour qualifier celui qui vient d'éclater, il y a une vingtaine de minutes, au moment où ils posaient leurs vélos pour enchaîner la course à pied – une chance, Marie n'ose s'imaginer en selle sur les routes transformées en torrent. Une pensée sincère la traverse pour Pierre et tous ceux en train d'affronter cette diluvienne difficulté.

Elle était sortie de l'eau – 750 mètres de natation dans le lit du Gardon – un peu avant Gilles. Il l'avait rattrapée sur le circuit vélo, à la sortie de Générargues, et ne l'avait plus quittée. Ils savent, l'un comme l'autre, qu'il peut rouler plus vite ; le choix de rester à côté d'elle est donc intentionnel. Sa façon à lui de dire sans dire. Sept mois de retenues explicites. Et de mains tendues symboliques. Et là, une audace, cette main qui réellement se tend, impérieuse, à laquelle elle s'agrippe comme une forcenée, lourde qu'elle est de glaise collée aux semelles, chaque foulée transformée en périlleuse glissade. Comment fait-il, lui, pour garder son équilibre et cette puissance ? Elle se laisse remorquer jusqu'à un abrupt escalier salvateur et, une fois le bitume atteint, elle choisit de laisser sa main serrée sur celle de Gilles pour franchir le pont sur la Gardon et enfin la ligne d'arrivée. Le chrono qui la surplombe semble devenu fou – de trop d'humidité ? – qui affiche une suite clignotante de 8, accordant ainsi à tous les concurrents cette contre-performance universelle de 88 heures, 88 minutes et 88 secondes. Trempés comme des soupes, ils tombent dans les bras l'un de l'autre et rient de ce chrono déboussolé, ces 8 en cascade comme autant d'infinis – on a changé de dimension, affirme Gilles, sans bégayer, nous sommes dans un autre monde, on a traversé le miroir, c'est un monde où tout va s'arranger pour toi, tu verras.

En sept mois, Marie n'est pas sûre que cet homme si disert lui ait dit autant de mots entiers d'une traite et sans buter sur aucun. Miracle de cet épisode cévenol !

Gilles a huit ans de plus que Marie – le chrono s'amuse à le lui rappeler ? Le fait est important à souligner, car il contribue à sa retenue. Pourtant il est incontestablement bel homme, musclé, arborant une crinière sensuelle noire filetée de gris, de celles où Marie aime à plonger ses doigts, intelligent de surcroît. Chercheur dans un laboratoire public en biologie moléculaire, il affiche un très attendrissant côté professeur Tournesol. Mais voilà mais voilà mais voilà. Face à ce portrait d'un individu presque parfait, un paquet de réticences que le docteur Layer subodore construites de toutes pièces parce qu'elle n'est pas prête – il faut du temps, soyez patiente.

Des réticences au rang desquelles son âge, ce presque soixante ans qui effarouche, d'autant que Marie, persuadée que les hommes vieillissent plus vite et meurent plus tôt, escompte, le moment venu, jeter son dévolu sur plus jeune qu'elle. Son handicap aussi : une timidité aussi indécrottable que les semelles de leurs chaussures qu'ils sont en train de nettoyer comme ils peuvent, sous une pluie toujours aussi battante, où s'invitent grondements de tonnerre et éclairs intermittents. Cette timidité le rend bègue dès lors qu'il s'adresse à Marie ou à un groupe dépassant les trois individus. Gilles affiche en sus des habitudes de vieux garçon endurci et des réflexes de loup solitaire – sans doute plus par fatalisme que par choix – et Marie ne se sent pas de lutter contre cet atavisme : elle voudrait une relation où pouvoir se glisser comme dans des pantoufles molletonnées, évidente comme l'a été celle avec Pierre dès leur rencontre. Elle aspire aussi à un homme d'initiatives, pétillant d'envies, quand Gilles, du fait de sa timidité sclérosante, est plutôt un suiveur sur la réserve.

Elle lui a dit tout cela, à mots choisis, bien ronds pour ne pas griffer, lorsqu'ils courent ensemble, une fois par semaine – cette habitude qu'ils ont prise de se retrouver une demi-heure avant l'heure officielle de l'entraînement du jeudi, au prétexte de s'échauffer. Il a dit peu. Mais il a montré beaucoup : c'est fou comme ses yeux savent caresser, ses épaules se pencher pour accueillir, son sourire inciter aux confidences et Marie, depuis qu'elle est rentrée de Chypre lourde d'un parpaing sur le cœur – dont tout son club de triathlon a vite été informé – s'est détestée mille fois de profiter de cette soierie de petites attentions qu'il tisse autour d'elle, sans rien lui rendre qu'une camaraderie bienveillante.

– Bon, finalement, tu t'es décidée ? Tu rentres avec qui ?

Pierre est brutalement là, qui l'arrache à ses tergiversations, Pierre arrivé cinq minutes après eux, crotté et ronchon – qu'elle course épouvantable ! Ils doivent à présent tous se replier dans le mas, à une vingtaine de kilomètres, avec leurs affaires boueuses, leurs muscles endoloris et leur joie anticipée d'une douche chaude. La proposition est venue de Pierre : un barbecue d'après course et une nuit sur place pour mieux profiter, ensemble, de cette première soirée du mois de juillet.

– Avec Gilles. Je rentre avec Gilles. Comme ça, je suis sûre qu'il ne se perdra pas !

Et sûre de jouir encore un peu de sa présence taiseuse en forme de cocon soyeux.

Chapitre 2

– Tu vas passer la nuit dans le même lit que lui ?
Oui, Marie cette nuit va partager le même lit que Pierre, elle devrait faire une annonce officielle, rédiger un communiqué de presse – Je vais dormir avec mon mari qui est en garde partagée entre moi et une Autre mais rassurez-vous ce sera en tout bien tout honneur – parce qu'à tour de rôle, chacun, en aparté, ne peut se retenir de poser la question. Sauf Gilles qui se contente de froncer plus encore les ridules de ses yeux. Nat lui souligne qu'ils auraient pu faire autrement, il aurait suffi de mettre Philippe et Rose dans leur chambre plutôt que dans le dortoir avec ses quatre lits superposés. Certes, Nat a raison qui veut savoir, parce qu'elle est amie avec Marie et s'en inquiète – Est-ce que tu es contente de passer ta nuit contre Pierre ? Y a-t-il un enjeu là derrière ? Ne vas-tu pas te faire plus mal encore ? Questions que Marie décline, incapable d'y répondre.
Des fringues de sport pendent un peu partout, qui dégoulinent sur les terres cuites, ça se bouscule sous les deux douches que compte le mas : il faut bien ça, pour récurer sept triathlètes fangeux et réchauffer deux accompagnateurs transis. Pierre et Laurent sont déjà en train d'allumer le barbecue extérieur sous un immense parapluie tenu par Véro, alors que tonne le troisième orage de l'après-midi, dont on espère qu'il sera le dernier.

À l'intérieur, Marie installe l'apéro dans le salon, devant un beau feu de cheminée. Et chacun y va de sa version de la course. Marie, par discrétion, tait la main tendue et attrapée et serrée.
– Tu as vu, Marie, comme on s'est fait draguer ? Toi surtout, je crois que c'est surtout toi, tu as fait une touche, tu as vu ?
Non, Marie n'a rien vu. Il doit tomber du ciel, rappelons-le, or elle n'a croisé que des terrestres aujourd'hui et quelques aquatiques auxquels elle n'est pas censée porter attention. Mais elle fait tout de même semblant de s'intéresser parce que l'ambiance est chaleureuse et drôle et que participer lui fait un bien terrible.
– Non. Qui ? Quand ?
– Un grand brun. Vachement beau ! Un mec du club d'Alès. Il faisait partie des organisateurs. Celui qui nous a aidées à nous installer dans le parc à vélos, non mais sérieux, tu ne vois pas ?
Non, « sérieux », Marie ne voit pas. Mais si Véro le dit…
– Ah oui, oui, vachement beau !
Regard jeté du côté de Pierre : visiblement il s'en contrefiche, les plus sémillants échantillons de la gent masculine peuvent bien danser des abdominaux autour de Marie, il a d'autres chats à fouetter. Des chats dont Marie se doute, informée qu'elle a été par Marita-Marie, deux jours plus tôt.
Ce qu'elle n'imagine pas, ni Véro, ni Pierre qui peut-être aurait dû y être plus attentif, ni aucun autre autour de la longue table de monastère où tournent à présent saladiers de taboulé et plats débordants de saucisses et côtelettes grillées, à part Gilles qui se recroqueville parce qu'il en a peut-être la prescience, c'est le rôle prépondérant que cet homme « vachement beau » allait jouer. Un jour. Et durant beaucoup de jours.

Chapitre 3

Tous les sens en alerte.
Mais pas face à l'imminence du danger, non, face au pur bonheur annoncé.
Toucher : la caresse mentholée sur la peau, visage, bras, jambes, de la fraîcheur matinale qu'accentuera la vitesse. Odorat : thym en fleurs en note de tête, sarriette et lavande aspic en notes de cœur, cade, romarin et pin d'Alep en notes de fond, ce parfum unique du vallon. Vue et goût, intimes : riche camaïeu de verts et de bleus, la journée s'annonce belle, cocktail d'orange et pamplemousse pressés, trait de coco, surprenant nuage de lait crémeux gorgé de miel. Ouïe : ce regret de ne pas savoir différencier dans le chant du vent celui des oiseaux qui la saluent, mais là, elle sait les grenouilles en goguette et, au retour, le réveil en fanfare des cigales, jusqu'à l'assourdissement.
À l'idée d'être privée de ce plaisir-là, son regard s'embue. Sixième sens : le cœur. C'est qu'elle n'habite pas seulement ce lieu, elle en fait partie, elle y a ses racines même si elle est née ailleurs : juste une erreur d'aiguillage au début de son existence. En visitant le mas, dix ans plus tôt, au premier regard, au premier humage, elle a su qu'elle était enfin chez elle. Arrivée.
Son panier en osier bien arrimé sur le porte-bagages, elle monte en selle sur son vieux biclou qui reste au mas à demeure et se lance hardiment dans la descente, jusqu'à l'épicerie du camping en

contrebas, là où les fragrances de sous-bois du Gardon écraseront celle de la garrigue. Jouissance intense.
Au retour, il lui faut pédaler dur pour remonter, perdant dans son sillage des effluves de pain chaud, en danseuse par moments, pour rapporter son butin à sept bouches affamées de triathlètes lève-tôt. Septième sens : le muscle.
La voilà qui arrive, remise le vélo dans la cave, remonte le grand escalier de pierre, panier garni de pain croustillant sous le bras. Mais au milieu de leurs voix qu'elle connaît bien, une dissonance. De l'anglais. Quelqu'un parle anglais. Avec cette assurance insolente de qui pense que la terre entière devrait en faire autant. Et brutalement, la douleur, vive, plus qu'un pressentiment, la certitude d'une morsure de vipère au ventre. Huitième sens : le plexus.
– Ah, Marie, tu tombes bien. Ce monsieur est un agent immobilier anglais, qui cherche à s'implanter sur Anduze. Il a appris par le maire qu'on vendait le mas. Il a un client intéressé. Un Londonien de soixante-trois ans. Notre prix est dans sa fourchette. Une chance qu'on soit là, parce qu'on ne peut pas dire que les agences du coin se soient beaucoup bougées. Il paraît qu'il nous a laissé des messages sur notre répondeur. Mais il doit avoir un mauvais numéro. Maintenant il a ceux de nos portables. Tu peux faire la visite ?
Marie ressent comme une trahison du maire, par ailleurs un copain, sa complaisance à laisser l'ennemi fouler la terre de leur minuscule commune. Et comme une trahison du destin que, comme par hasard, ce dimanche matin, cet enfoiré d'agent immobilier soit dans les parages et ait vu les voitures garées et les volets ouverts. Elle voudrait ne pas serrer la main du vautour qui tourne autour de son bonheur, elle préférerait l'éliminer – elle cherche du regard une touche *Delete* à portée, lui faire subir le même sort que ses messages sur le répondeur. Au lieu de cela, elle doit l'accompagner de pièce en pièce. Mais attention : en traînant les pieds et sans desserrer les

dents – *Sorry, I don't speak english*, fous-toi tes questions où je pense. Et pendant ce temps le pain refroidit !
– Sérieux, vous allez vendre le mas ?
Et oui, ma petite Nat. Comment te dire : Pierre a besoin d'argent. Et Pierre a besoin aussi d'offrir à l'Autre des garanties du détricotage en règle de sa vie d'avant, dont elle ne veut point. Un homme nu, mais seulement au sens figuré, sans bagage : voilà son exigence.
– Ne t'inquiète pas Nat, ce n'est pas encore fait. J'ai moyennement envie. Mais financièrement, c'est difficile. Alors…
– Quel dommage !
Quel gâchis, oui, quel terrible gâchis !
Étonnamment, une fois la langue anglaise éclipsée du paysage syntaxique – rendez-vous a été pris entre Pierre et le vautour pour mi-juillet, quand ils seront de nouveau là, avec d'autres amis – personne, à la table du petit-déjeuner ne fait allusion à cette vente qui se dessine. Délicatesse ? Peut-être. Gilles se fait encore plus couvant. Délicatesse, c'est sûr.
Et alors que tous s'entendent à qualifier ce week-end de vraiment chouette, Pierre de lancer :
– Oui, c'est super, il faudra qu'on le refasse !
Personne ne relève l'incongruité : Où, si le mas est vendu ?
Alors Marie regarde Pierre avec une acuité nouvelle : se pourrait-il que son cerveau dysfonctionne ? Qu'une tumeur insidieuse lui vrille l'entendement ? Cette même tumeur qui a déjà dévoré la zone rose et gélatineuse où se lovait son amour pour elle ? Une tumeur qui expliquerait aussi sa prise de poids ?
– Gilles tu peux faire passer la confiture de figue ? Elle est délicieuse mais faut partager ! C'est des figues du gros figuier là-bas ?
Oui, ce gros figuier dans lequel j'adore grimper et me poisser jusqu'aux coudes quand il croule sous les fruits. Et quelqu'un pourrait-il me passer, à moi, un appareil d'IRM portatif ?

Chapitre 4

Marie mesure depuis toujours son degré d'intimité avec autrui à la qualité du silence qui se fait lors d'un voyage en voiture, ce tête-à-tête obligé des heures durant parfois si le voyage l'impose. Moins elle est à l'aise, plus elle parle.
Sur la route du retour du mas, alors qu'elle aspire à retrouver sa maison pourtant vide – enfin vide, une respiration dans sa vie de bohème, Filip est reparti pour Londres préparer son grand saut en terre africaine, Hilal a trouvé dans l'immeuble voisin un appartement assez grand pour loger sa femme et leurs deux petites filles fraîchement débarquées d'Oman – elle apprécie de pouvoir laisser libre cours à ses pensées, sans que le silence entre elle et Pierre ne soit pesant.
Ce n'est pas le silence de qui n'a plus rien à se dire, a fait le tour, ce silence qui gratte comme un pull en laine et qu'on voudrait rompre – mais comment éviter les banalités plus gênantes encore ? Non, c'est un silence de qualité, que seule permet une connivence absolue, un silence comme une mer étale sur laquelle poser son matelas gonflable et prendre le soleil, sans risque de dérive. En toute quiétude.
Dans sa tête, couchée sur l'eau de ce silence flip-flop, Marie fait le point – où en suis-je avec Steph, avec Luc, avec Gilles, avec Pierre ? Steph. Qui, pour la première fois au mois de juin, lui a déclaré qu'elle était belle. Mais a aussi avoué avoir une autre maîtresse, qu'il n'a vue que deux fois – vu signifiant ici autre chose que

le simple usage des yeux. Est-elle jalouse ? Non. Fille unique, avec deux parents à ses pieds, pétris d'admiration et débordants d'amour, Marie n'a jamais développé ce sentiment : il lui est étranger, visiblement à tout jamais. Même de l'Autre, elle n'arrive pas à être jalouse. Alors, concernant Steph… D'ailleurs, c'est lui qui presque tout le temps prend les devants, la sollicite : voilà qui est flatteur – Je garde, à dose homéopathique, ça me va très bien. Ne pas tomber amoureuse, surtout, voilà le seul mot d'ordre.
Luc. Impossible de tomber amoureuse : l'individu a tout du vrai con. Mais Marie s'étonne à chaque fois d'éprouver du désir à son encontre, un élan totalement contre nature dont elle aimerait percer le mystère : se pourrait-il qu'il soit l'expression d'une enfin bien réelle mésestime d'elle-même annonçant la proximité du fond ? À creuser. Pour l'atteindre plus vite. Voilà le mot d'ordre.
Gilles. Qui enfin dans la voiture entre Alès et le mas a parlé. Lui a dit ce qu'il ressentait pour elle. Lui a dit savoir que ce n'était pas réciproque. Lui a toutefois proposé de la kidnapper. L'a fait rire – Où est-ce que tu veux m'emmener ? À Venise. Ah ! Ah. On va éviter cette ville. Ne lui a pas dit combien il était fragile mais c'est d'une telle évidence qu'il faudrait être la dernière des gourdes ou particulièrement abjecte pour ne pas en tenir compte. S'éloigner sur la pointe des pieds avant de faire trop de dégâts, l'arrêt des entraînements durant l'été va aider. Voilà le mot d'ordre.
Pierre. Gros morceau – sans mauvais jeu de mots, sourit toutefois Marie intérieurement. Pierre qui avoue ne pas pouvoir partager le quotidien avec l'Autre – ce n'est pas matériel, mais relationnel – mais qui pour autant ne veut pas renoncer à cette Autre, malgré la déception et les frustrations. Et qui entérine la vente des Cévennes avec la possible signature d'un compromis en juillet. Pierre dont le temps passé à Montpellier s'allonge sur celui passé à Paris. Le corps de Pierre dans le lit de leur chambre du mas, la nuit dernière, et son corps à elle, raidi comme manche à balai, peur que son pied

le frôle ou son coude, peur qu'alors son pied à lui ou son coude s'éloigne. Douleur à la poitrine de son rejet – dégoût ? – anticipé. Pierre au volant, silencieux. Lui aussi tout à ses propres cogitations. Marie repense alors, avec nostalgie, à ce silence qu'elle a perdu. Celui des maisons que les enfants viennent de quitter, tout juste partis pour l'école, collège puis lycée : le silence grelot des rires suspendus aux portemanteaux. Elle pense aussi, avec effroi, à ce silence de sa maison vide pour de bon, ce silence d'ombres dans les coins. Qu'elle a su rompre avec ses colocataires, merci Françoise. Les deux nouvelles arrivent dans cinq jours. Chambres à préparer
– Je vais mettre la Suissesse Andréa chez Lucie, elles ont le même âge. Et Louise, la quarantaine, Espagnole, chez Arnaud. Il y a des dicos franco-espagnols dans cette chambre-là.
– Tu es bien songeuse. À quoi penses-tu ?
– À mes futures colocs. Deux nanas, ça va me changer et ça va être bien sympa.
Et Marie de détailler leurs profils, puisque lui aussi va partager les espaces désormais communs, cuisine, séjour et terrasse.
– J'avais peur que tu penses au mas. Tu sais, ce n'est pas de gaîté de cœur, cette vente, pour moi non plus. Même si la situation n'était pas ce qu'elle est, je pense qu'on serait obligé de vendre.
Main de Pierre qui se glisse sur la main de Marie.
– Ne t'en fais pas, tu sais, je finirai bien par rentrer dans le rang.
Dans le rang ? Est-ce cela qu'elle attend ? Qu'il rentre queue entre les jambes, pour rendosser ses habits d'homme qui s'ennuie ? Non, Marie, à force de regarder vers le ciel, a soudain envie que Pierre rentre en bandant ! Qu'est-ce qui la retient de lui dire ? Son désir pour lui dont elle n'est plus si sûre, qui peut-être flageole ? Alors elle se réfugie de nouveau dans leur silence.
Ce silence entre eux, désormais un baromètre ? Un jour, une fêlure viendra le troubler et la gêne s'installera ? De silence complice il deviendra silence de non-dits ? De non-voix au chapitre

concernant leur situation respective ? Peut-être. Peut-être pas. Et Marie se surprend soudain à les observer, comme un entomologiste deux insectes, face à face, élytres au repos.

Rapport de mission de Marita-Marie

Échange de mails du 3 juillet.

Il y a apparemment une nouvelle rupture en cours.
Elle fait suite à une discussion téléphonique de la veille au soir, quand Pierre a prétendu aller fumer une cigarette au fond du jardin.
L'Autre reproche à Pierre, dans un premier mail, l'enthousiasme avec lequel il lui a raconté son week-end passé avec Marie et leurs amis. Elle a ressassé ça toute la nuit et a très mal dormi à cause de lui. Pierre dans sa réponse s'avoue outré qu'elle ose lui reprocher d'être parfois heureux. L'Autre rétorque qu'elle est outrée, quant à elle, qu'il soit surtout heureux quand il est loin d'elle. Le ton monte, Pierre lui reproche en retour que la lingerie fine qu'il lui a offerte s'étiole désormais au fond d'un tiroir de commode et que plus jamais elle ne prenne l'initiative de leurs ébats. Réponse immédiate sur l'air de « tu as l'art de tout mélanger bravo ! » Et d'arguer qu'une baisse de désir au bout de neuf mois est tout à fait normale. Et que, de toute façon, elle a très bien compris que l'amour qu'elle lui porte ne pèse rien dans la balance face à ses petites habitudes avec Marie et qu'elle voudrait qu'il ait enfin l'honnêteté de reconnaître qu'il préférerait passer tout l'été avec Marie, dans leurs maisons, avec leurs amis. D'ailleurs, pour elle, la

messe est dite : « ça suffit, c'est fini, va te faire f… ça te va comme initiative ? ».
Pierre dans un ultime mail tente une réconciliation sur l'air bien connu également de « je n'aime que toi, tu es injuste, et cætera. »
L'échange s'arrête là.
Personnellement, si mon avis d'incarnation d'une espionne follement amoureuse du Líder Máximo vous intéresse, il me semble que neuf mois c'est un peu court pour un déclin de désir. Neuf ans, peut-être ? Et encore… Surtout neuf mois entrecoupés de nombreuses interruptions qui au contraire relancent la passion, j'en sais quelque chose, imaginez un peu la vie d'un guérillero ! Et le désir est d'autant plus exacerbé quand on craint de perdre l'aimé, non seulement sous le coup d'une balle mais aussi parce que d'anciennes maîtresses rôdent toujours dans les parages.

L'homme sous le pont

Chapitre 1

– Dois-je en conclure que tu continues d'espionner les mails de Pierre ?
– Mais enfin, ce n'est pas ça l'important. L'important c'est qu'il lui ait envoyé des petites annonces pour trois locations de vacances en Croatie pour la première semaine d'août ! Ils vont partir en Croatie !
Où je n'ai jamais mis les pieds et où j'avais très envie d'aller, a-t-elle envie d'ajouter. Son amertume est d'autant plus vive, qu'elle avait cru – mais vraiment cru – à l'irrévocable de leur dernière rupture.
– Mais enfin mon bébé, qu'est-ce que tu t'imagines ? Il est avec cette femme maintenant, que tu le veuilles ou non, il est donc logique qu'il parte en vacances avec elle. En Croatie ou ailleurs. Tu ne vois pas qu'il a tourné la page ?
Marie se désespère que son père se refuse à admettre que rien n'est joué, que Pierre peut encore revenir, que c'est une garde partagée avec échéance au 31 août, qu'elle a toutes ses chances.
– Parce que tu estimes que son retour est une chance ? Tu vas lui pardonner ? La vente du mas aussi, tu comptes le lui pardonner ? Qu'est-ce qu'il en pense ton psy ? Et ton espionnage des mails, il en dit quoi, ton psy ?
Et Marie de réexpliquer, pour la centième fois, que son psy ne dit rien qui relève du jugement de valeur, et de préciser cette fois, pour être plus claire, espère-t-elle, qu'il se contente de tendre des perches, de lui donner à voir des languettes de plastiques rouges

sur lesquelles tirer comme on décortique des portions de fromage, sauf que ce fromage c'est ce qu'elle a dans sa tête, sous des tapis.
– Des tapis de cervelle ?
– Si tu veux.
– Des trucs qui puent le vieux fromage moisi ?
– Parfois. Et bien sûr, plus ça pue, plus l'aérer fait du bien.
– Je comprends mieux. Et toi, pourquoi est-ce que tu ne pars pas en vacances avec cet homme que tu as rencontré, Luc ?
Marie voudrait une bonne fois pour toutes résumer Luc à un « plan cul », terme qu'au demeurant elle déteste, toutefois Luc ne peut pas être qualifié d'un plus entendable « sex friend » puisqu'il n'est pas son ami – et elle n'est pas sûre que ces concepts parlent à un homme de l'âge de son père. Il ne faudrait pas qu'elle le choque… Alors elle raconte que, la dernière fois qu'ils sont allés à la plage, elle a aperçu, au moment où il le rangeait dans le coffre de sa voiture, une boîte de pastilles de chlore qui dépassait de son sac de toile.
– Du chlore à la plage, pour quoi faire ?
– Je lui ai fait la remarque que s'il envisageait de désinfecter la Méditerranée, ça risquait de ne pas suffire.
– Il a ri ?
– Non, il n'a pas ri. Du tout. Il a haussé les épaules et m'a dit que c'était en cas de piqûre de vives.
– Il y a des vives en ce moment ?
– Non, pas que je sache. C'est « au cas où ». Ce mec, au cas où, se balade avec des pastilles de chlore et toi, tu me demandes pourquoi je ne pars pas en vacances avec lui ?
– Ah. Mais je ne comprends toujours pas le truc du chlore et des vives.
– Il paraît que ça soulage. J'ai eu toute l'explication, avec roulement de biceps mous face à l'ignorante crasse que je suis : tu marches sur une vive, tu cries, tu sors de l'eau à cloche-pied, tu attrapes le

premier seau d'enfant à portée – l'enfant beugle, tu n'en as cure, au pire s'il persiste tu écrases son pâté, bien fait pour lui – dans le seau tu mets de l'eau de mer, tu ajoutes une pastille, tu mets ton pied à tremper et là, miracle, plus de douleur.

– Un type qui fait pleurer les enfants ? Fuis !

– À ma façon, c'est ce que je fais, ne t'inquiète pas. Son rôle n'est que bassement fonctionnel.

Et que Jean ne s'inquiète pas non plus pour ce mois d'août devant elle, où Pierre sera massivement avec l'Autre, à peser des « pour » et des « contre ». Elle l'a toute à elle, en grande partie pour juillet. Ils seront avec plein d'amis dans le mas. Et en août, elle retournera dans le mas – en profiter, en profiter à fond – avec Lise, sa cadette et une autre ado, pour quelques jours, si Jean veut passer, il est le bienvenu. Ensuite elle ira plonger avec Pascale et Yannick à Villefranche-sur-Mer. Tout va bien.

Même si elle a envie de pleurer. Tout le temps ? Tout le temps. Mais ça reste sous un tapis de cervelle. Même à son journal, elle ne le dit pas.

Chapitre 2

– Tu vas dormir dans le même lit que Pierre ?

Bis repetita. Elle aurait vraiment dû faire un communiqué de presse le 1*er* juillet, elle pourrait ainsi le ressortir aujourd'hui, puisque tous, c'est sûr, vont poser la question maintenant qu'elle a attribué les lits. À défaut de communiquer, elle décide de tenir une conférence de presse au bord de la piscine. Pierre est parti téléphoner sur la route, vers le cimetière, où il y a plus de réseau – profitons de son absence.

– Oui, avec Pierre, on va dormir dans le même lit. D'autres questions ?

Peut-être bien que oui, peut-être bien que non, elle ne sait pas s'ils ont rompu, s'ils sont en train de rompre, s'ils sont en train de se rabibocher, mais c'est à l'Autre qu'il téléphone, oui, tout à fait, sinon il n'aurait pas besoin de se rapprocher du cimetière, le réseau est un prétexte pour fuir les oreilles indiscrètes.

Oui, ma foi, elle supporte cette alternance d'une semaine sur deux. Elle avait le choix, elle a choisi, personne ne lui a mis un fusil dans le dos. Non, l'Autre n'a pas choisi mais ils étaient deux contre une, c'est ça la démocratie.

Oui, elle veut encore de lui s'il revient. Non, non, elle n'est pas maso mais elle aime la vie avec lui – ça veut dire des journées comme celles qu'on va vivre là, beaucoup d'autres encore à l'avenir – et puis elle est un tantinet perdue sans lui. Et triste aussi. Oui,

le mas risque d'être vendu : ils galèrent un peu financièrement parce que professionnellement ce n'est pas une bonne période pour eux.
Vous êtes mes amis, vous avez le droit de le savoir : cette histoire me fait mal. Mais Pierre traverse une dépression de mi-vie, c'est comme ça qu'il l'explique, je ne maîtrise rien, moi qui adore tout maîtriser, et je suis contente que vous soyez là, à nos côtés, pour une semaine. Contente que le mas résonne de votre bonne humeur. Merci.
– D'autres questions ? Non ? Pascale, tu nous fais des mojitos ?
Ils vont en fourrer des activités dans cette semaine, comme on remplit à ras bord et en tassant un seau de sable pour que le château soit réussi ! Du canoë dans les gorges de l'Hérault, des randonnées avec pique-nique, des baignades dans les gardons, des ateliers mojitos et ratatouilles, des parties de pétanque, des déambulations sur des marchés paysans. Marie, au milieu de son petit monde chéri, s'hyperactive comme les cerisiers qui produisent plus de fruits que de raison quand ils sentent leur fin approcher.
Les nuits, huit consécutives, elle se pelotonne sur sa moitié de lit, soucieuse de ne pas effleurer Pierre. Toujours cette peur du rejet. Ne pas tenter le diable, surtout. Elle dort mal : trop d'excitation, trop d'alcool, trop de pression. La pression d'une signature notamment : Quand ils sont arrivés au mas, avant tous les autres, Pierre a trouvé dans la boîte aux lettres le projet du compromis de vente. Les six pages agrafées sont posées sur la table ronde de leur grande chambre fraîche. La nuit, les pages bruissent, elle les entend. Rendez-vous est pris avec l'agent immobilier pour le 23 juillet, une fois les amis partis.
Chaque matin, pour exorciser la présence de ses feuillets, elle attrape son vélo, s'en va chercher des baguettes croustillantes, cheveux au vent, tous ses sens exacerbés, et la fraîcheur du vallon suffit à la requinquer pour savourer pleinement la journée nouvelle. Encore une !

Chapitre 3

– Tu dors ?
– Non.
– Tu as regardé le compromis de vente ?
– Non.
Comme si ne pas le lire pouvait suffire à le résilier.
– Il propose exactement le prix le plus haut qu'on espérait.
– Ah.
– Tu t'en fiches ?
– Non, Pierre, je ne m'en fiche pas. Mais ne me demande pas de m'enthousiasmer pour un acte que je vais réaliser à reculons. Je vends à contrecœur.
– Moi aussi. Et tu le sais.
– Alors ne vendons pas !
– On n'y arrivera pas, financièrement.
– On pourrait le louer ? À la semaine ? Et en garder quelques-unes pour nous ?
– On pourrait. Peut-être.
Les pensées de Marie démarrent au quart de tour. Elle envisage déjà comment tout organiser : où mettre sous clés les objets fragiles, leurs petites affaires personnelles, qui solliciter dans le hameau pour s'occuper des clés, des draps, de la piscine, du ménage. Est-ce le brouhaha infernal de ses tergiversations qui les empêche tous deux de dormir ?
– Tu dors ?

– Non, je réfléchis.
– Je ne sais pas si je vais aller en Croatie.
– …
– Peut-être que ce n'est pas une bonne idée.
– …
– Tu ne dis rien ?
– Que veux-tu que je dise ?
– Des fois j'aimerais qu'on décide à ma place.
– Qui, on ?
– Toi. Elle.
– Tu voudrais que je dise : Pierre, ne pars pas en Croatie ?
– Par exemple.
– Ou encore : Pierre, reviens, je t'en supplie ?
– Aussi.
– Je ne peux pas. Je suis désolée.
– Pourquoi ?
– Parce que tôt ou tard tu me reprocherais de t'avoir forcé la main. De t'avoir obligé. De t'avoir empêché. De t'avoir coupé dans ton élan. Tu comprends ?
– Je crois.
– Toi seul dois décider de revenir ou pas. De ton plein gré, en libre arbitre. Avec une réelle envie aussi d'être AVEC moi. Sinon, ça ne vaut pas.
– Je comprends.
– Pire : si je te supplie de revenir, dès que je me plaindrai de quoi que ce soit te concernant, tu auras beau jeu de souligner que j'ai voulu à tout prix ton retour et que, par conséquent, je dois me taire. Je n'ai pas envie de me retrouver en situation de devoir tout accepter, *ad vitam aeternam*. Je trouve que j'accepte déjà beaucoup. Mais sache que c'est transitoire.
– Pour la Croatie, je vais réfléchir encore.

Chapitre 4

– Tu as vraiment cherché partout ?

Oui, elle a cherché partout. Et puis, elle n'a pas même besoin de chercher, elle se voit, distinctement, ne pas prendre les clés. Heureusement Lise est d'un naturel calme et posé et, étrangement, Marie lessivée par sa vie sens dessus dessous – sa vie de bohème – a gagné incroyablement en maîtrise de ses émotions. Elles se sont assises sur le banc accolé au mur ouest du mas, à l'ombre parce que l'air est torride, et, dans un regard échangé en coin, choisissent d'éclater de rire.

– C'est dingue. Depuis trente-cinq ans que je te connais, tu es toujours aussi tête en l'air !

Les deux jeunes, la fille de Lise et son amie, crapahutent autour du mas : ces clés restées à Montpellier ne sont visiblement pas leur problème.

– Deux solutions : soit je retourne les chercher, soit j'essaye d'appeler les deux agences qui avaient le mas en vente pour savoir si l'une des deux a une clé à disposition.

– Solution deux.

Marie appelle, personne n'est joignable, elle laisse deux messages désespérés. Le vallon bourdonne des explosions de joie des deux filles : elles ont trouvé des prunes sauvages, délicieuses. Que demander de plus ? Les cigales aussi s'en donnent à cœur joie : leurs stridulations vrillent les tympans d'une aiguë béatitude communicative. Dos calés contre le mur gorgé de soleil, Marie et

Lise savourent l'instant. Enfin, les agences rappellent, l'une, puis l'autre : aucune n'a de clé.
– Ce qui est fou, c'est qu'il y a plusieurs jeux de clés à l'intérieur. Accrochés sur la poutre de la cheminée.
– Il suffirait d'entrer, alors ?
– Oui. Mais on n'a pas de clé, je te rappelle.
– Par une fenêtre ?
Troisième solution, qui fait d'elles des aventurières aux yeux ébahis des filles : d'un coup de pied entortillé dans un vague chiffon trouvé sous le tas de bois, Marie casse la vitre du fenestron sans volet de la salle de bains du mas. Délicatement, les morceaux de verre sont retirés : un travail d'équipe enthousiaste. Comme Marie refuse que quelqu'un se blesse à cause de son étourderie chronique, c'est elle qui se faufile par la minuscule fenêtre. Moins d'une minute plus tard, elle ouvre le mas sous les acclamations.
À cause des courants d'air, la bâtisse n'en est pas à sa première vitre cassée. Aussi, Marie et Pierre ont aimanté sur le frigo la carte d'un vitrier qu'elle appelle aussitôt, pour s'assurer que la fenêtre sera réparée bien avant leur départ.
Au téléphone toutefois, le vitrier est intraitable.
– Pas le temps ! Je ferme ce soir pour quinze jours de congé. Je suis débordé.
– Mais enfin, si je viens avec les cotes exactes, couper un carreau ne vous prendra que quelques petites minutes. Ne me dites pas que vous n'avez même pas cinq petites minutes.
– Écoutez, jamais vu un client qui sache prendre les cotes exactes. Vous allez vous planter, c'est certain. C'est non, n'insistez pas.
Mais c'est mal connaître Marie, surtout quand Lise est là à chuchoter : fais-lui ta voix d'hôtesse de l'air, vas-y !
– Le problème, c'est que nous sommes deux femmes seules dans un mas isolé avec deux petites filles : nous ne sommes pas en sécurité avec cette vitre cassée, vous comprenez ?

L'argument touche la fibre protectrice, présente, paraît-il, en tout mâle qui se respecte.
– Bon. Je vous donne un quart d'heure pour arriver avec le châssis de votre fenêtre sous le bras, pas une minute de plus. Mais je vous préviens, il faudra vous débrouiller toute seule pour poser le nouveau carreau, on est bien d'accord ?
Bien d'accord, Marie débarque une bonne demi-heure plus tard. Même en roulant vite, le temps de déposer le fenestron aux charnières grippées, impossible de mieux faire. Sur le parking devant son atelier, le vitrier l'attend en piétinant d'impatience, visiblement mécontent. Mais quand Marie sort de la voiture, son attitude change du tout au tout.
– Je te jure Lise, il s'est précipité vers moi, m'a pris le fenestron des mains, m'a expliqué que mon retard n'était pas grave, qu'il s'était arrangé pour décaler une commande, qu'il avait un peu de temps. Et j'ai été invitée à visiter son atelier, si, je te jure ! Il a coupé le verre dépoli après m'avoir laissé le temps de choisir le motif, puis il m'a demandé si j'avais des outils pour retirer tous les petits bouts de verre encore accrochés au châssis. Évidemment non, je n'avais pas les bons outils, il s'en doutait, ni le savoir-faire. Alors il s'est occupé de tout jusqu'à la pose de la vitre. Et quand j'ai voulu payer, il ne m'a demandé que le montant du verre. J'ai insisté pour régler aussi la façon mais il a rétorqué que c'était cadeau, que tout le plaisir avait été pour lui.
– Le plaisir ?
– Le plaisir !
– Alors tu me crois maintenant quand je te soutiens mordicus que tu as beaucoup de charme et que tu peux très bien séduire d'autres hommes que Pierre ? Et des hommes à la hauteur de tes prétentions ?
Non, Marie ne la croit pas. Pas complètement. Sinon, est-ce que Pierre serait finalement parti en Croatie ?

Chapitre 5

Arnaud pleure. Le plus terrible pour Marie est de ne pas pouvoir le toucher : lui passer la main dans le dos, caresser ses cheveux. Elle ne peut qu'être spectatrice impuissante des larmes d'Arnaud, silencieuses, son fils-son fils, épaules qui tressautent, à plus de huit mille kilomètres de là, tout petit sur l'écran de son ordinateur : ils sont sur Skype, comme chaque vendredi à vingt-trois heures, heure française.

Arnaud pleure. Marie n'a pas pu s'empêcher de lui avouer qu'ils avaient signé un compromis pour vendre le mas, alors que Pierre le lui avait défendu – Mais enfin Marie, de quel droit te défend-il quoi que ce soit, tout de même, il ne faut pas exagérer, avait tempêté Lise.

Du coup Marie a fait comme bon lui semble : ne pas attendre son retour du Brésil fin août, lui dire le plus tôt possible, qu'il digère, plus facilement peut-être grâce à la distance et aux copains autour de lui. Marie n'aime pas cacher des choses à ses enfants, elle est comme ça, transparente.

– Maman, non, je ne veux pas, je ne veux pas. On ne peut pas annuler ?

– Non, mon chéri, on ne peut pas.

– Je le déteste, je le déteste, je le déteste !

– Arnaud, je t'ai déjà expliqué : ce n'est pas la faute de ton père. Professionnellement, on peine.

– Mais tu peines parce que tu es abattue, maman, enfin, tu le sais bien que cette horrible histoire bouffe toute ton énergie ! Et tu le sais bien que l'Autre bouffe toute l'énergie de papa, empêtré qu'il est sans cesse dans leurs ruptures à la con. Arrêtez d'être dans le déni ! Vous vendez à cause de l'Autre…
… qui soudain se fait traiter, en tout petit, sur l'écran, de tous les noms d'oiseau possibles. Quand enfin sa rage est sortie, Arnaud se calme : Est-ce qu'ils auront encore le mas en septembre ? Oui, ils l'auront jusqu'à début novembre. Alors Arnaud prend date : en septembre, il y viendra avec sa mère, ils monteront le col de l'Asclier à vélo, encore une fois, il est chouette celui-là, ils se baigneront dans le gardon, ils feront des grillades sous le vieux chêne, ils iront… Quand il raccroche, Arnaud ne pleure plus. Mais ni Marie ni Lise qui a tout entendu ne sont dupes : il suffit de feuilleter les albums photos de leur famille pour savoir ce que représente ce mas pour lui, où sont venus tous ses copains depuis plus de dix ans, crapahuter dans la garrigue, de jour comme de nuit, sauter depuis les rochers dans le gardon, draguer les filles du camping. Ses étés de sauvageon.
Lise adore Arnaud, ça la turlupine ces larmes à l'autre bout de la terre.
– J'ai peut-être une idée !
Marie la regarde comme le naufragé une île au loin. Voilà : Lise a un ami agent immobilier. Il faudrait lui montrer ce contrat, un peu bizarre tout même, pas de chez nous, que l'anglais leur a fait signer. On ne sait jamais.

Chapitre 6

Pierre ne répond pas. Et pour cause, se dit Marie : l'Autre est certainement dans ses bras, ils font une sieste coquine, forcément, c'est l'heure et les températures en Croatie sont pires qu'ici, il aperçoit sur son téléphone posé sur la table de nuit le nom de Marie s'afficher, clignoter, s'impatienter, s'énerver mais impossible de décrocher. Il écoutera le message plus tard. Au calme.

Marie laisse un message bref : Pierre, il y a un vice de forme dans le compromis de vente que nous avons signé. Nous pouvons le faire annuler. Ce n'est pas tout à fait évident, il faudra se battre un peu. Je suis prête à le faire. Et toi ?

Chapitre 7

Après la sieste, dégustée dans son hamac à rayures bayadère, entre deux chênes verts, seule – une solitude poisseuse – mais avec le secret espoir de pouvoir inverser le sort du mas, Marie propose une baignade dans le gardon, en contrebas.
Lise sort à peine une oreille de son polar captivant pour décréter qu'elle reste là, elle ne peut pas laisser le héros en si délicate posture, il a besoin d'elle, mais les filles sautent dans leurs tongs, elles n'attendaient que ça – yes, la rivière, trop cool !
La descente s'opère d'abord par la route que Marie emprunte chaque matin à vélo pour aller chercher le pain. Il faut ensuite suivre un sentier qui rejoint puis longe la voie ferrée du petit train touristique des Cévennes – parfois celui-ci passe en bringuebalant, il faut alors courir vers un refuge prévu à cet effet, le cœur s'accélère, ça fiche un peu la frousse, les touristes aux fenêtres ouvertes secouent leurs mains en guise de coucous heureux auxquels on répond à travers la poussière de charbon et les jets de vapeur. Le sentier quitte ensuite la voie ferrée, et, abrupte, se jette jusque sous un pont – le train ici enjambe le « mesclou », où gardon de Saint-Jean et gardon de Mialet s'enlacent – un pont en pierre, avec de larges arches ombragées, d'où l'on peut rejoindre facilement plusieurs petites plages. Marie à la sienne, décrétée comme telle, bordée d'arbustes qui jouent les parasols, elle vérifie toujours qu'elle est libre par-dessus le bastingage du pont avant d'attaquer la descente et râle si ce n'est pas le cas !

Aujourd'hui, tout va bien, sa minuscule plage de sable est déserte. Elle attaque la descente en tête, sautillante, les filles sur ses talons.
– Ce sont vos filles ? Qu'est-ce qu'elles sont belles ! Presque autant que leur mère !
Il est sorti de l'ombre intempestivement, Marie n'a pas eu le temps de l'éviter, elle atterrit dans ses bras, qu'il referme sur elle comme s'ils se connaissaient intimement. Elle se dégage promptement, s'excuse, les filles la dépassent et filent vers l'eau, avides de s'y ébattre. Mais l'homme retient Marie par le bras, sans serrer, en l'effleurant à peine. Enfin, elle daigne lever les yeux sur lui : plutôt bien bâti, bronzé, en short, cheveux mouillés, débardeur et belles épaules, quarantaine bien entamée.
– Vous n'étiez pas bien dans mes bras ?
Marie ne sait que dire ni faire. Est-ce qu'il l'indispose, l'agresse ? Non : le ton est suave, la tête penchée légèrement sur le côté, le sourire n'a rien de conquérant. Il s'enquiert, c'est tout.
– Parce que moi, j'ai trouvé agréable de vous avoir dans mes bras. Si vous avez envie, je veux bien que vous y reveniez.
Mais qui est-il ? Si la proposition est directe – au fond il drague, quoi d'autre – le phrasé est étonnamment délicat. Rien d'importun dans sa voix ni dans sa façon de se tenir debout, face à elle. Aucune trace d'arrogance ni de domination. Juste ce sourire offert, ouvert, tendre. Alors Marie, consentante, retourne dans les bras de l'homme qu'elle ne connaît pas. Il la serre contre lui et lui susurre au creux de l'oreille – Est-ce que je peux vous embrasser ?
Oui. Marie veut bien. Marie soudain a envie d'un baiser sous ce pont où se mélangent l'exhalaison musquée des plantes en décomposition et celle plus minérale de l'eau toute proche et des arches de pierres taillées. Alors l'homme, obéissant, l'embrasse, longuement, savamment, sans relâcher son étreinte. Et quand le baiser cesse, Marie s'entend dire « encore » comme si une autre qu'elle avait pris les rênes, une qui sait savourer et qu'elle regarde faire. Ce

second baiser, plus langoureux encore, à peine terminé, Marie est comme réveillée par des gloussements tout droits sortis du buisson de fougères entre ce couple improbable qu'elle forme avec l'inconnu et le miroir de l'eau que le vent, doucement, trouble. Les filles ! L'homme, dont les mains s'étaient glissées sous la robe courte de Marie, délicieuse caresse sur la peau frissonnante de son dos, la relâche alors sans empressement.
– Au revoir.
– Au revoir, bredouille Marie.
– Au revoir, font les filles en écho, en rigolant avec cette musicalité boutonneuse dont les ados ont le secret.
– Dis, Marie-Marie, tu le connais ? C'est qui ? Tu l'aimes ? C'est ton amoureux caché ?
Et Marie est bien obligée d'avouer que pas du tout. Qu'elle ne l'a jamais vu et ne le reverra sûrement jamais. Qu'elle a perdu la tête et que ce n'est pas la peine de narrer cette stupide anecdote à Lise. Sourdes à la requête, les filles non seulement raconteront par le menu cette affaire de baiser volé, mais elles en feront des choux gras jusqu'à la fin du séjour. Et Lise de réaffirmer que Marie peut séduire qui elle veut, il lui suffit de vouloir, non ?
De cet homme, Marie ne saura rien. Ni ne le reverra. Mais l'empreinte de ses mains entre ses omoplates ne s'effacera pas sous la douche, pas même en frottant. Elle réveille en Marie quelque chose d'oublié. D'ancien. De très ancien peut-être. Quelque chose d'encore informel comme ses fines tiges vert tendre, surmontées de minuscules feuilles symétriques, qui sortent de terre où on ne les attend pas.

Chapitre 8

« Présentement, ce n'est pas le sujet. »
– Qu'est-ce qu'il répond ?
– Présentement, ce n'est pas le sujet.
– Présentement ce n'est pas le sujet ? Juste ça ? Rien d'autre ?
– Non rien d'autre que ça, présentement, ce n'est pas le sujet.
Lise et Marie somnolaient au bord de la piscine, le bip du SMS les a tirées de leur torpeur. Un bip très attendu pour une réponse incroyablement décevante. Car Marie, au fond, si on n'y réfléchit bien, n'a pas demandé grand-chose. Comme son séjour en Croatie ne se passe pas très bien – beaucoup de disputes, semble-t-il – Pierre pense de plus en plus qu'il va rompre définitivement et revenir vivre à Montpellier auprès de Marie. Se battre pour garder le mas aurait donc tout son sens. De ça, ils ont beaucoup parlé au téléphone. Et voilà qu'à l'issue d'une conversation où Lise l'a poussée à réfléchir à ce qu'elle voulait, elle, à ce qu'elle attendait de ce retour, Marie s'est permis de faire un long SMS à Pierre, expliquant qu'elle avait beaucoup souffert cette année, qu'elle avait besoin de beaucoup de tendresse pour panser ses blessures – Pierre, te sens-tu d'être tendre à mon égard ?
« Présentement, ce n'est pas le sujet. »
Et toi, tu en penses quoi : C'est ou ce n'est pas le sujet ?
Si Marie est déçue, elle n'est pas surprise. Au fond, Pierre a toujours été parfaitement clair : pas de condition à son retour. À prendre ou

à laisser. Demander cette caution d'un peu de tendresse est sans doute une condition.
– Je ne sais pas.
– Merde, Marie, mais qui es-tu devenue ? C'est qui cette molasse qui subit sans broncher ? Où est passée la fille qui osait tout, parlait fort, sur les pieds desquels personne n'aurait osé marcher, personne, hein, qu'est-ce que tu en as fait ?
– Je pense que ce n'est pas ce que je veux. Je veux à mes côtés un homme qui s'occupe de moi, qui s'intéresse à moi, à mes états d'âme, et qui m'aide à sortir de ma bulle de chagrin. Voilà ce que je veux.
– Et donc ?
– Donc, Pierre ne répond pas à cette attente.
– Tu sais, dans son « à prendre ou à laisser », il y a aussi « à laisser ».
– Et je fais quoi du vide sidéral de ma vie sentimentale ?
– Tu le remplis.
– Avec le premier mec qui m'étreint sous un pont ?
– Non, avec quelqu'un que tu prends le temps de découvrir. Avec quelqu'un qui te plaît. Pierre lui-même te l'a écrit : « et si tu décidais que cette séparation est une opportunité pour vivre autre chose ? »
– Je l'ai pensé à Chypre. Mais depuis j'ai compris que j'aimais Pierre. Je ne peux pas vivre sans lui. J'ai trop mal de son absence, je coule…
– Stop ! Arrête ! Tu patauges dans le misérabilisme. Arrête de t'apitoyer sur toi-même jusqu'à la complaisance !
– …
– Ne pleure pas, s'il te plaît. Je suis désolée, je t'aime tellement… C'est mon rôle d'amie de te secouer, je ne veux que ton bien.
Marie le sait et aussi que Lise a mille fois raison. Ses conseils sont d'autant plus légitimes qu'elle a traversé de terribles épreuves lors de son divorce puis avec le suicide du père de ses filles. Mais

voilà, Marie est comme une piscine à débordement : ses larmes affleurent, au moindre remous, impossible de les retenir.
Il suffirait pourtant de si peu.
Que Pierre lui rouvre ses bras !

L'homme avec de grands bras

Chapitre 1

Allongée sur son lit, dans la chambre triple qu'elle partage avec ses amis Pascale et Yannick, fenêtre grande ouverte sur la Darse, Marie s'apprête à la sieste. Tout en jouissant du léger courant d'air qui court sur sa peau, elle feuillette sur son appareil photo celles prises depuis son arrivée à Villefranche-sur-Mer, trois jours plus tôt, en recadre certaines, en supprime d'autres. Et là, stupeur !
Quelqu'un – mais qui, puisque ses amis étaient alors à vingt mètres sous la surface ? – a réalisé, à son insu, une mini-série de clichés, comme un roman-photo désuet, la montrant, elle, en train de s'engoncer dans le néoprène, de se charger comme un baudet d'une bouteille d'oxygène, de se laisser basculer en arrière depuis le bastingage. Elle encore ajustant son détenteur au milieu du groupe des plongeurs, elle plus tard remontant l'échelle à l'arrière du pont, elle toujours, en gros plan, blafarde une fois son masque retiré, elle qui s'extirpe du néoprène, qui plonge, qui nage vers la baie de Villefranche – petite tête dépassant des vaguelettes argentées –, puis grimpe sur les premiers rochers stables qu'elle rencontre. Elle enfin, zoomée, assise de trois-quarts-dos sur son rocher, nymphe en maillot une pièce bariolé. Amusée par ces instantanés de sa plongée ratée, elle remercie muettement le photographe anonyme d'avoir pudiquement évité d'appuyer sur le déclencheur alors qu'elle vomissait tripes et boyaux par-dessus bord.
Si quelqu'un avait alors eu l'idée de grossir la dernière photo à l'extrême, peut-être aurait-il pu deviner, entre ses omoplates brunies, là

où s'étaient posées les mains de l'homme sous le pont, une esquisse, l'ombre s'affirmant d'une promesse.

En regardant les images, revient surtout à Marie le souvenir d'une sensation désagréable de perte d'équilibre, d'une suée intense et d'un cataclysmique haut-le-cœur. Depuis toujours, elle souffre de mal de mer mais s'échine à faire de la plongée sous-marine. La partie bateau de l'activité est, forcément, une torture dont on pourrait se demander pourquoi elle se l'inflige. C'est qu'une fois traversé le miroir de la surface, l'eau s'irise pour jouer les gammes du bleu et la sensation ressentie alors, jouissive, animale, efface tout malaise. D'habitude. Mais pas cette fois.

Cette fois, la nausée ne l'a pas quittée comme prise dans la fermeture éclair de la combinaison. Impossible de s'en défaire parce que sans doute incapable de s'abandonner à la profondeur, de s'improviser poisson parmi les poissons ?

C'est que… Juste avant de quitter Montpellier, elle avait enfin eu Pierre au téléphone, Pierre qui lui avait expliqué qu'il comptait bien rentrer mais qu'il ne fallait pas qu'elle exige trop de lui. Qu'il serait certainement défait.

Et elle, bon sang ?

Alors Marie était montée sur ses grands chevaux avec pour résultat que ni l'un ni l'autre ne voulait plus s'échiner à dénoncer le compromis de vente du mas. Qu'on vende et basta !

Dans sa nuit d'insomnie qui avait suivi, dans un très long mail circonstancié qui redisait sa peine passée et son envie de le retrouver, Marie avait fait une proposition étrange à Pierre – Pourquoi, avec l'argent qui nous restera de cette vente, une fois désendettés par ailleurs, ne pas investir dans un studio où tu pourrais recevoir qui tu veux et moi de même, puisque nous avons l'un et l'autre besoin d'un peu de nouveauté en matière de partenaires ?

Le mail de Marie exigeait aussi de Pierre qu'il explique les raisons de son retour et comment il voyait l'avenir entre eux.

Bref, au lieu de se laisser pousser des branchies pour épouser les gorgones rouges de la baie, elle ne cessait de gamberger, anxieuse du message à recevoir, coincée dans son statut d'être pensant – trop –, déconnecté de la nature. Son estomac, conjugué à son oreille interne, lui avait fait payer lourdement l'addition.
Sur son lit, dans son prélude à la sieste, photos courant sous ses doigts, elle réalise combien cette garde partagée de Pierre est éreintante et pèse sur elle comme une ceinture de plomb.
Et cette réponse qu'il n'a toujours pas envoyée ?
Est-ce qu'enfin ils vont sortir du tunnel ?

Chapitre 2

« Marie,
C'est à mon tour de t'écrire. J'ai pris le temps de réfléchir.
Je ne serai certainement pas aussi long que toi ni aussi littéraire. Mais je vais essayer d'être clair, sur ce qui peut l'être.
J'ai envie de commencer par régler le problème de mes SMS laconiques ou de mon absence de réponse. En relisant nos échanges des jours derniers, je me rends compte que je n'ai pas été très gentil mais aussi que tu t'es vite emballée pour me reprocher de te traiter comme un chien. La réalité est plus simple. J'avais besoin de calme pour te répondre et je n'en avais pas. D'où mon laconisme. Il était justifié mais idiot, donc pardon.
Il y a plusieurs choses dont je suis sûr aujourd'hui.
D'abord, je nous vois effectivement un avenir ensemble. Je n'imagine pas ne plus voyager avec toi, partager des moments avec les amis, aller au cinéma, et même le quotidien. Nous avons pris de bonnes habitudes en trente ans et je n'arrive pas à m'en passer. Je n'en ai pas envie d'ailleurs.
Après, il est certain que (l'Autre) n'est pas la nouvelle femme de ma vie. Il y a trop de tensions, de différences entre nous. Pour autant, je n'en ai pas fini avec elle. Les ruptures, nombreuses, de son fait ou du mien, ne sont pas définitives, tu le sais bien. La différence avec la situation d'il y a quelques

mois, c'est que je me suis fait à l'idée qu'il y en aura un jour une définitive. Quand, je ne sais pas. Et je ne le souhaite pas. Elle a encore failli avoir lieu à plusieurs reprises ces dernières semaines.
Ce qui a changé, ces dernières semaines, c'est aussi que j'ouvre la porte dans ma tête à un avenir avec toi. Lequel, je n'en sais rien précisément. Il y a déjà des acquis (enfants, maison, amis, souvenirs, etc.), aucune raison de vouloir tirer un trait là-dessus. Pour le reste, c'est plus difficile. Il va falloir réapprendre progressivement à partager un lit, avec des tiers dans la partie. (L'Autre) pour moi, d'autres hommes pour toi...
Je suis prêt à l'affronter mais cela va prendre du temps. Et cela ne veut pas dire que je vais rompre avec (l'Autre). Donc, il va y avoir une période transitoire, dont la durée est indéterminée, où il y aura deux femmes dans ma vie. Du moins si elles l'acceptent. Et cela, je n'en suis absolument pas maître. Je sais aussi qu'elles peuvent et qu'elles ont le droit, de m'envoyer paître. C'est d'ailleurs ce que fera (l'Autre) quand j'aurai le courage de lui expliquer ce que je t'explique aujourd'hui.
Concernant ton idée de studio, je ne me vois pas lui proposer de me voir dans un endroit que nous aurions aménagé, toi et moi, ensemble ! D'où mon souhait de disposer d'un endroit à moi. Au moins momentanément. Après, on verra. Mais cela ne veut pas dire non plus que je veuille quitter la maison de Montpellier.
Voilà. J'espère que tu entendras ce que j'essaye d'écrire. On peut en rediscuter quand tu veux. Je ne sais pas encore de quoi seront faits mes prochains jours de toute façon.
Je t'embrasse. Avec tendresse.
Pierre »

D'un clic sur la petite croix en haut à droite, Marie referme le mail de Pierre comme elle lui dirait de se taire. Elle referme aussi l'ordinateur de Yannick, qui ne va pas tarder à rentrer dans leur chambre d'hôtel. Elle dispose de, quoi ? cinq minutes, dix peut-être, pour courir à la salle de bains, effacer le sillon des larmes qui ont suivi son emballement aux premières lignes lues, se recomposer un visage. Ce n'est pas tant ce qui est dans ce mail – le fait que tout bien lu et relu et relu, Pierre se refuse à quitter l'Autre tout en restant dans leur maison, donc souhaite perpétuer cette alternance dont elle ne veut plus, avec en sus la perspective d'un pied-à-terre pour l'Autre dans SA ville et le risque de la croiser dans SON cinéma, sur SA place de la Comédie –, non, ce qui la blesse le plus, c'est ce qui n'y est pas. Rien sur elle, sur ce qu'elle représente pour Pierre, sur ce que sa personnalité apporte à leur duo. Rien sur son humour qu'il disait pourtant aimer, rien sur les montagnes qu'il affirmait pouvoir déplacer avec elle, rien sur les poèmes qu'elle lui écrivait et les lettres que depuis un an elle lui écrit. Rien.
Que dit ce mail au fond ? Que Pierre veut le beurre et l'agent du beurre et le c… de la laitière en prime ? Comment peut-il les imaginer repartager un lit avec le spectre de l'Autre suspendu au-dessus de leurs têtes ?
Seul point positif : son affirmation que l'Autre n'est pas la nouvelle femme de sa vie. Mais pourquoi, alors, ne peut-il la quitter ?
Et pourquoi lui faut-il du courage pour lui parler ? Le terrorise-t-elle à ce point ? Le père de ses enfants, terrorisé par cette femme ?
Et elle, Marie, si décidée de nature, pourquoi ne rue-t-elle pas dans les brancards ? Enfin !
Miroir de la salle de bains, saloperie de miroir mal éclairé, dis-moi qui est la plus stupide ?

Chapitre 3

Intérieur chambre – 23 heures
De la fenêtre grande ouverte sur la Darse parviennent, outre l'habituel petit vent frais, des bruits de circulation et les voix hautes et rieuses de passants.
Pascale et Yannick lisent gentiment sur leurs lits respectifs. Dans le troisième lit, perpendiculaire aux deux autres, Marie tape rageusement un SMS, avant d'éteindre son téléphone.
« Pierre, quand je rentrerai le 20 août, je veux que tu aies quitté la maison. »
Le contenu n'est pas un coup de tête. Il fait suite à une longue conversation téléphonique en forme de bras de fer – Pierre, si tu veux revenir, tu dois la quitter. Tu ne comprends donc rien ? Je peux envisager que tu aies des maîtresses mais pas elle, elle n'a pas su rester à cette place, sa place, elle veut ma perte, elle doit sortir du jeu.
Pierre ne veut pas la quitter ; il a cinq jours pour partir.

Chapitre 4

Intérieur TER – 16 heures
À travers les vitres du train, défile un paysage, indifférent, quelque part entre Marseille et Arles.
Marie, les larmes aux yeux, toute colère bue, tape un SMS à Pierre : « As-tu quitté la maison ? »
Réponse de Pierre : « Je n'ai pas pu : je suis malade, j'ai de la fièvre. Je ne sais pas ce que j'ai chopé. S'il te plaît, est-ce que tu veux bien me laisser encore quelques jours ? »

Chapitre 5

Intérieur TER – 6 heures du matin
– Et malade, il l'était vraiment ?
– J'en ai d'abord douté, mais quand je l'ai vu, j'ai bien été obligée de le croire. Il m'avait écrit qu'il serait « défait », je ne m'imaginais pas que ce serait à ce point. Ça me fait si mal de le voir comme ça !
– Et moi ça me fait mal aussi de te voir dans cet état ! C'est incroyable cette histoire…
…
– Bon, Marie, durant ce week-end, tu vas t'éclater et penser à autre chose. D'accord ?
Le paysage qui défile cette fois derrière la vitre est celui entre Montpellier et Nîmes. Là, Marie et son amie Claudine prendront un deuxième TER jusqu'à Alès, puis un autre encore – Le Cévenol – jusqu'à Chamborigaud. Elles ont avec elles leurs vélos de route, équipés pour deux jours de rando. Dans leurs sacoches : une brosse à dents, une paire de tongs, un pantalon de toile, un tee-shirt propre, un coupe-vent et un drap-sac. Objectif : atteindre pour y passer la nuit le gîte de l'Étoile à la Bastide-Puylaurent. Demain, elles franchiront le mont Lozère et reprendront le train depuis Sainte-Cécile-d'Andorge. Elles ne savent pas encore qu'au chalet du mont Lozère, avant de s'attaquer au col de Finiels, elles dégusteront, pour prendre des forces, une tarte aux myrtilles dont leurs papilles se souviendront durablement.

Randonner à vélo, Marie ne l'a encore jamais fait. C'est peu dire pourtant qu'elle en rêve depuis longtemps. Deux ans plus tôt, sur un coup de fil de Claudine qui les avait repérés en page de garde d'un catalogue promotionnel, Pierre avait filé acheter dans une enseigne discount deux paires de sacoches à un prix défiant toute concurrence. Depuis deux ans, les sacoches dormaient dans le débarras sous l'escalier. Parfois, Marie les caressait d'un revers de la main, songeuse. Pierre les avait achetées pour lui faire plaisir : à chaque fois que Marie évoquait la possibilité d'enfin s'en servir, il bottait gentiment en touche. Depuis son départ neuf mois plus tôt, il n'avait bien évidemment plus été question d'escapade à vélo avec sacoches et minima de survie. Jusqu'à ce coup de fil, encore, de Claudine – Dis donc, ça ne te dirait pas un petit week-end de rando vélo entre filles ?
Une perche tendue quand Marie affrontait dans le salon un Pierre à la tête de six pieds de long. Une perche de six pieds de long à saisir dare-dare pour ne pas sombrer. Même si elle voulait encore sombrer. Quoi que ! Car vouloir sombrer tout en rêvant, front contre la vitre d'un TER, d'enrichir sa collection de cols, n'est-ce pas finalement assez paradoxal ?

Chapitre 6

Intérieur gîte de l'Étoile – soir.
Il y a du feu dans l'âtre, ici la fin du mois d'août est fraîche. Altitude oblige.
Fourbus – ils ont marché pour la plupart, Claudine et Marie, roulé, toute la journée –, les hôtes mettent le couvert en un ballet gracieux parfaitement chorégraphié et orchestré : tintement des assiettes, cliquetis des couverts, la partition est d'une incroyable modernité.
Avant, certains ont aidé en cuisine, d'autres ont ouvert des livres dans le coin salon pour les vite refermer : il s'est fait, par-dessus les accoudoirs et à travers la fente des épluche-légumes, des confidences de vie, sur des drames traversés, des difficultés en cours, des départs, des abandons, des adieux. Tous sont un peu cabossés. Rustinés.
À cette tablée d'une petite vingtaine de personnes, Marie étonnée se demande comment elle a fait pour passer durant cinquante ans à travers les gouttes. Voilà, c'est fait, elle s'est pris l'orage, il gronde encore, rincée de la tête aux pieds, elle a rejoint une confrérie.
Elle en a chaud. La peau grâce au feu, les joues grâce au vin, le cœur grâce à cette découverte. Mais pas que.
À la table aussi, l'homme aux grands bras. L'homme qui les a accueillies deux heures plus tôt, une joie sincère en guise de bonjour – Claudine est une habituée – et un éblouissant sourire de publicité pour dentifrice. L'Étoile, c'est lui. Son idée, son projet, sa conversion, sa prouesse. Sa place dans le firmament.

Un belge perdu dans la « Cévennes » rude. Non, un belge qui s'est retrouvé lui-même dans les Cévennes. Avec lui, quelques confidences grignotées aussi, tout à l'heure, sur le pouce, quand il a fait visiter son jardin à Marie. Marie reviendra. Elle a envie de revenir.
– Il n'est pas libre, ne te fais pas de film.
– Je ne me fais pas de film, ment Marie avant de tirer une couverture sur son drap-sac, dans le dortoir où elle et Claudine, ventres pleins, têtes bruissant encore des conversations, viennent de rejoindre leurs lits.
Est-ce grave de se faire parfois des films ?

Chapitre 7

Chap Del Bosc – Alt. 1 169 m
Notre Dame des neiges – Alt. 1 139 m
Finiels – Alt. 1 541 m
Croix de Berthel – Alt. 1 088 m
Quatre nouveaux cols au cheptel de Marie. À chaque col son panneau de signalisation photographié et sur chaque photo, bras signant le V de la victoire, elle qui éclate de sourire. Depuis combien de temps n'a-t-elle pas souri aussi fort ?
Dire aussi la descente vertigineuse par le sud du mont Lozère, depuis le Finiels, toute en lacets au-dessus de Pont-de-Montvert. Cette griserie soudaine, viscérale, la sensation incroyable de ne plus toucher terre, de faire corps avec le vent, avec le bleu marin et sirupeux du ciel, avec le camaïeu de vert des pâturages, avec ce paysage qu'elle mange jusqu'à en avoir des crampes aux papilles, avec son vélo enfin dont les lettres se mélangent de vitesse : vélo, vole.
Marie n'a pas pris son journal. Dans le TER du retour, elle note, sur l'intérieur vierge de l'emballage d'une boîte de biscuits achetée à la hâte :
Il fait faim soudain. Mais faim de quoi ?

Séance du 3 septembre – 15 heures

– Il n'y a pas de fond ! Je fais fausse route.

– ?!?!?!?!

– Je parle de cette recherche d'un fond que j'opère depuis des mois, un fond stable où je puisse pousser avec les pieds pour remonter. Vous aviez bien noté ça, quand même, dans mon dossier ?

– Oui, oui, j'ai bien compris.

– J'avais des doutes à cause de votre suite de points d'exclamation et d'interrogation.

– ?!?!?!

– Laissez tomber.

– Pas de fond, donc. Comment en êtes-vous arrivée à cette conclusion ?

– En plongeant sous la mer et aussi en descendant un col. Pour remonter, quand on plonge, on ne pousse pas au fond.

– Je ne fais pas de plongée.

– Eh bien je vous le dis. Pour remonter, on se gonfle. On ajoute de l'air à son gilet. Et on se laisse aller. On n'opère aucune résistance.

– Ah, je vois. Et la descente du col ?

– Pareil. La descente à vélo, si on la savoure, est une piste d'envol. C'est l'air qui compte, là aussi. La portée. Ce n'est pas d'un terrain solide dont j'ai besoin mais d'air. D'oxygène.

– Et ?

Alors Marie vide son sac trop plein – sa dernière séance date d'il y a trois semaines déjà, veille du départ à Villefranche-sur-Mer –, à commencer par la décision de Pierre de rentrer et son dernier mail.
– Je vous l'ai apporté, tenez !
Aux plissements de nez du docteur Layer, qui font remonter très légèrement ses lunettes rondes, Marie comprend qu'il va partager l'avis tranché de son père et de Lise, auxquels cette même prose a été soumise.
– Il se fiche de vous ?!
– Voilà ! Tout à fait. Je suis d'accord : c'est à la fois une question et un constat.
Marie raconte alors l'épisode du SMS où elle lui demande de quitter la maison. Son impossibilité de le faire parce qu'il était malade – vraiment malade, oui, oui. Son escapade à vélo qui lui a fait tant de bien. Et en rentrant, cette ultime requête – Pierre, si tu veux rester alors tu dois rompre définitivement avec l'Autre.
– Il a rompu ?
– Disons pour être plus exacte qu'il lui a écrit un mail de rupture. En gage de sa bonne foi, il me l'a fait lire avant de l'envoyer. Je ne voulais pas, j'avais envie de lui faire confiance. Mais j'ai accepté.
Ce mail de rupture, Marie qui pourtant ne l'a lu qu'une fois – allez, deux, soyons honnêtes – elle pourrait le réciter par cœur. Et pour cause, il reprend pratiquement mot pour mot les raisons du retour de Pierre évoquées dans celui qu'il lui avait écrit à elle. À ceci près que le mail de l'Autre se termine par : je t'embrasse avec « dépit et tristesse » au lieu de « tendresse ».
– C'est bien !
– Sauf que, quand par hasard j'ai relu ce mail sur l'ordinateur de Pierre,
– Vous avez fait ça ???
Aïe. Non, pas elle, Marita-Marie, mais ce n'est pas le moment d'en parler… plus tard peut-être… un jour…

– Vraiment par hasard. Il s'est absenté pour je ne sais quoi, c'était vraiment trop tentant. Et vous allez voir, heureusement que j'ai « fait ça » comme vous dites, parce que la fin du mail n'était plus la même. S'était glissée une petite ligne de plus : Je t'aime.
– Je t'aime ?
– Je t'aime.
– Il rompt avec un je t'aime.
– Voilà.
Cette fois, il se caresse pensivement le menton de la main droite, entre le pouce et l'index. Aucune incidence sur ses lunettes.
– Et vous en concluez quoi, Marie-Anne ?
– Que ce n'est qu'une rupture passagère, une de plus.
– Je pense que vous concluez bien.
– De toute façon, ce que je voulais surtout vous dire aujourd'hui, c'est qu'après tout ça, ses descentes, ses montées, ma vie en yoyo, il m'est venu une démangeaison.
– Une démangeaison ?!
Comment décrire mieux ce qui se trame entre ses omoplates ? Comme un eczéma sous-cutané. Cette sensation de quelque chose qui gratte, qui pousse. Qui LA pousse ?
– Disons plutôt une envie très forte.
– Ça me parle mieux. Laquelle ?
– Vivre autre chose, moi aussi. Notre couple ballotte ? Il veut vivre son histoire avec l'Autre jusqu'au bout ? Jusqu'à l'ultime rupture ?
– Si tant est qu'il y en ait une.
– Raison de plus : moi aussi, je vais vivre une histoire. Une vraie. Une belle. Je vais le faire pour prendre l'air. Cet air dont je vous parlais au début, de l'air pour remonter. Un courant ascendant, vous voyez ?
– Très bien. Quelle bonne idée !

– Mais est-ce que je ne risque pas de mettre mon couple en péril définitif, si je fais ça ? J'ai tout de même des craintes. Ce serait terrible.
– Ce risque existe. Il y a aussi le risque qu'il comprenne qu'il n'a pas envie de vous perdre. Et il y a enfin le risque que, vous, vous ayez envie qu'il vous perde.
– Je prends !

L'homme idéal

Chapitre 1

– C'est tout de même incroyable, ton homme idéal, si je comprends bien, c'est papa ?
– Pas du tout !
– Enfin ma Minou, Lucie à raison, ton homme idéal, c'est Pierre !
Marie aurait peut-être dû se débrouiller seule. Pourtant, au départ, l'idée semblait amusante de convier sa fille et son père à peaufiner avec elle, tous les trois en brochette devant l'ordinateur, sa fiche puis les critères de recherche de l'homme idéal, sur le site de rencontres où elle avait réactivé son inscription. Sur sa fiche descriptive, retrouvée intacte comme si les gestionnaires du site savaient par avance qu'elle allait repasser par cette case, dans ce jeu de l'oie – sans tête – qu'était devenue son existence, elle avait ajouté une photo, à la suite de celles postées en avril : celle prise à son insu à Villefranche-sur-Mer, qui la montre assise de trois-quarts-dos, fine, dorée et dénudée, telle une sirène sur son rocher.
– Cette photo de toi en maillot n'est-elle pas un peu trop… enfin, tu vois…, avait commencé par objecter Jean.
– C'est le principe, pépé, maman doit montrer qu'elle n'est pas seulement une intello sportive mais aussi une minette sexy.
– Tout de même !
À voir son air dubitatif Marie s'était demandé s'il n'allait pas lui resservir le même discours de mise en garde que lorsqu'elle avait quinze ans, concernant l'unique objectif des garçons – de jeunes chiots qui ne pense qu'à… enfin tu vois ma Minou !

Ils en sont maintenant à le décrire, cet homme idéal, vieux clébard quadra-quinqua – sans doute moins dangereux puisqu'aucune mise en garde n'a été érigée – en cochant moult critères proposés par le site.
– Franchement, maman, si tu ajoutes encore ingénieur comme métier, tu as la description de papa !
– Bonne idée, je vais ajouter ingénieur.
– Mais non, enfin, je disais justement ça pour que tu ne le fasses pas !
– Bon, il est pour moi cet homme ou pour vous ? Il faut qu'il me plaise, non ? Donc il est logique, en quelque sorte, qu'il ressemble un peu à Pierre. Ça prouve que j'ai de la suite dans les idées concernant mon type d'hommes.
– Bien, si tu penses avoir saisi tous les critères, il te faut enregistrer ta recherche sous un nom.
– Homme idéal.
– Oui, on a compris. Comme ça, non seulement tu peux la lancer quand tu veux mais en plus, si le site trouve quelqu'un qui correspond, tu recevras un mail pour t'en informer, merveille de la technologie. Et maintenant, on lance la recherche pour voir combien d'hommes idéaux sont inscrits à ce jour.
Trois regards pressants convergent sur l'écran. Mais… zéro. Rien. Niet. À l'horizon, nul athée, cycliste, nageur, coureur, doté d'un bac plus cinq, d'yeux verts ou bleus, d'une taille moyenne et d'une silhouette de rêve, cinéphile, lecteur et voyageur. Et ingénieur. Et ce, dans un rayon de moins de vingt kilomètres. Le site, peut-être pour adoucir la déception, agrémente son « Aucun résultat correspondant à votre recherche » d'un « Peut-être devriez-vous retirer quelques critères. »
– Je vais étendre le critère kilométrique à cinquante. Cinquante kilomètres, ce n'est pas si loin ?
– Franchement, maman, je doute que le problème vienne des kilomètres !

Chapitre 2

« Aucun résultat correspondant à votre recherche »
« Peut-être devriez-vous retirer quelques critères »
« Aucun résultat correspondant à votre recherche »
« Peut-être devriez-vous retirer quelques critères »
« Aucun résultat correspondant à votre recherche »
« Peut-être devriez-vous retirer quelques critères »
« Aucun résultat correspondant à votre recherche »
« Peut-être devriez-vous retirer quelques critères »
« Aucun résultat correspondant à votre recherche »
« Peut-être devriez-vous retirer quelques critères »
…

Non, Marie ne retirera aucun critère. Inutile d'insister, voudrait-elle pouvoir notifier quelque part, ce que le site, malheureusement, ne permet pas. Les jours passent. Qui se ressemblent.

Avec Pierre, ils font semblant d'être de nouveau un couple : courses au supermarché, ciné, invitation à dîner de quelques amis, plateaux télé avec Arnaud, rentré du Brésil – et Marie l'a serré-serré dans ses bras, mon fils-mon fils, à l'étouffer.

Pierre fait de gros efforts. Mais Marie n'est pas dupe : il se perd trop souvent dans ses pensées, dédale sans fil d'Ariane, ce qui ne lui ressemble pas, autant qu'elle s'en souvienne ; ses sourires ne sont que maigres esquisses, son humour pendouille en berne et sa consommation d'alcool atteint un seuil alarmant. Les chambres sont, quant à elles, restées à part. Marie a donc suspendu momentanément son activité d'accueil, pour laisser à chacun la sienne, Pierre occupant celles réservées aux amis.

Le 11 septembre – qui pour elle marque à tout jamais l'anniversaire du suicide forcé d'Allende et de l'assassinat, par ses soi-disant défenseurs, de la démocratie et de l'espoir de tout un peuple à disposer de lui-même – Marie, pour s'extraire de la chape de plomb ambiante, avait embarqué Arnaud et leurs vélos jusqu'au mas. Une parenthèse doucereuse. Douce heureuse ? Comme promis à Arnaud deux mois plus tôt, ils avaient nagé dans leur gardon, grimpé le Mercou et l'Asclier, grillé des côtelettes sous le grand chêne, caressé la chaux des murs, la larme à l'œil, nettoyé la piscine parce qu'ils reviendront, bientôt. La vente est planifiée pour le 8 novembre. Une éternité.

Au retour seulement, dans la voiture, Arnaud s'était enquis de la situation – Maman, tu n'as pas l'air heureuse, est-ce que tu ne devrais pas quitter papa ? – Quitte-t-on quelqu'un aux abonnés absents ?

Il s'était aussi préoccupé de la santé de sa sœur et Marie soudain avait constaté avec effroi le peu de temps accordé à sa fille durant l'été, sa fille comme une anguille qui avait glissé jusqu'à son studio parisien le plus souvent possible, officiellement pour travailler en centre de loisirs, mais officieusement pour éviter quoi ? La vue d'une mère accablée ? Le constat d'un père à l'air de chien battu ? Ou les questions concernant sa maladie ? – Maman, tu as bien compris qu'elle faisait toujours des crises de boulimie ? Qu'elle se faisait toujours vomir ? Je ne t'apprends rien ?

Non, Arnaud ne lui apprend rien. Bien sûr, Lucie n'est pas encore tirée d'affaire mais elle a pris conscience de la gravité de sa maladie et c'est un pas énorme. Aujourd'hui, elle gère ses crises, même si l'idée d'une gestion dans cette pathologie peut paraître curieuse, et Marie lui fait confiance – Ne t'inquiète pas, Arnaud, mine de rien, je veille. La harceler ne servirait à rien, ce serait même contre-productif. Et elle sait qu'elle peut compter sur moi.

Et moi aussi, je dois pouvoir aussi compter un peu sur moi.

« Aucun résultat correspondant à votre recherche »

« Peut-être devriez-vous retirer quelques critères »

Chapitre 3

« Aucun résultat correspondant à votre recherche »
« Peut-être devriez-vous retirer quelques critères »
« Aucun résultat correspondant à votre recherche »
« Peut-être devriez-vous retirer quelques critères »
« Aucun résultat correspondant à votre recherche »
« Peut-être devriez-vous retirer quelques critères »
« Aucun résultat correspondant à votre recherche »
« Peut-être devriez-vous retirer quelques critères »
« Aucun résultat correspondant à votre recherche »
« Peut-être devriez-vous retirer quelques critères »

– Qu'est-ce que tu fais, là ? C'est pénible ce tip-tip-tip énervé ! Tu joues à un jeu ?

Marie et Pierre ont repris le travail dans leur local au fond du jardin. Marie a tourné son bureau différemment, de sorte que Pierre ne puisse plus voir son écran, mais l'appui énervé – il a raison – sur la touche de lancement de la recherche de l'homme idéal l'a trahie.

– Oui, on peut appeler ça un jeu ! Et toi, à quoi tu joues ? Tu t'imagines que je ne sais pas que tu as repris contact avec…

– Oui, j'ai repris contact. Marie, enfin, soit lucide, tu vois bien que notre couple s'est défait au fil du temps, de façon naturelle, on est à bout de souffle, non ?

– Comment peux-tu affirmer une chose pareille ? Non, il ne s'est pas défait naturellement au fil du temps, Pierre : tu l'as saboté notre couple, voilà ce qui se passe ! Du sabotage ! Et bien sûr que je suis à bout de souffle, je me noie bordel, comment est-ce que ça peut t'échapper, je me noie, alors oui, effectivement, on peut dire qu'on est à bout de souffle quand on a plus d'oxygène dans les poumons mais seulement l'eau salée des larmes.

– Oh là-là, tout de suite les grands mots pathétiques. Est-ce qu'on ne pourrait pas, pour une fois, essayer de discuter sans larmoiement ?

– Discuter de quoi ?

– Je pense que je vais remonter à Paris pour lui parler en face-à-face. C'est important, pour moi. Et puis regarde-nous ? On y n'arrive pas.

Pierre a raison. Ils n'y arrivent pas. Est-ce la voie d'eau qui est trop grande ? Et trop faible la voix de la raison ?

Trop grand l'orgueil de Pierre qui l'empêche de dire qu'il a eu tort, fait fausse route, et de lui demander pardon ?

Trop grand aussi l'orgueil de Marie qui n'arrive pas à faire ce qu'elle s'était promis de faire : ouvrir ses bras, ouvrir son lit ? Trop grand son orgueil ou sa blessure d'orgueil ? Mais n'est-ce pas pareil tant ils sont proportionnés ?

Ou trop grand ce qui pousse tranquillement mais sûrement entre ses omoplates, à son corps défendant ?

Tip

« Aucun résultat correspondant à votre recherche »

« Peut-être devriez-vous retirer quelques critères »

Chapitre 4

« De toute façon Elles finissent toujours par gagner ».
Depuis que Marita-Marie lui a livré la réponse que l'Autre a faite au mail de rupture de Pierre, rupture conclue sur un « je t'aime », n'oublions pas, Marie tourne et retourne cette phrase dans sa tête : « De toute façon Elles finissent toujours par gagner. »
Plus que la phrase en elle-même, perdue au milieu d'une soupe d'invectives qui souligne l'inconséquence et la lâcheté de Pierre, c'est ce E majuscule du mot Elles qui perturbe Marie.
Ce Elles avec majuscule et pluriel ne définirait-il pas une catégorie à laquelle Marie appartient ? Le groupe des femmes ayant compagnon et enfants et la chance de partager avec eux la délicieuse haleine d'abricot en confiture d'une petite maison sur la colline ? Ce dont l'Autre a été privée – combien de fois Pierre, pour justifier son acte, lui a-t-il rabâché cette fatalité dont il veut l'extirper ? Mais alors, ces Elles, de fait, constitueraient depuis toujours un affront ? Une population à abattre ? Carrément. Bien sûr !
Ce n'est pas Pierre qui intéresse l'Autre, réfléchit Marie tout en mastiquant la petite phrase au Elles comme une feuille de coca, jusqu'à l'éblouissement, c'est ce Elles majuscule que j'incarne ; ce qui l'intéresse c'est de m'atteindre et de me blesser. Voilà pourquoi elle s'obstine dans sa relation avec Pierre : parce que je ne suis pas suffisamment au tapis. Sa cible n'est pas de conquérir le cœur de Pierre – dont elle fait ce qu'elle veut, où est le défi ? – mais bien d'anéantir le mien, de le pulvériser.

Ce qui pourrait expliquer pourquoi, régulièrement dans leurs échanges, elle s'enquiert de mon état, de mes réactions, de mes reparties, sans aucune empathie pour ma peine, jamais, bien au contraire.

Voilà pourquoi elle revient sans cesse à l'attaque, car c'est bien d'attaques qu'il s'agit : l'enjeu est celui d'une guerre. Sa phrase ne se termine-t-elle pas par le mot gagner ?

Ai-je besoin d'une seconde guerre à mener quand je suis déjà en ordre de bataille depuis de longs mois, engagée dans celle contre l'anorexie de Lucie ? Pourquoi Pierre m'oblige-t-il à ouvrir cet autre front ? Mesure-t-il combien ce pourrait être dommageable à notre fille ?

Pierre est sur la terrasse, un cocktail alcoolisé à la main, quand une Marie en colère surgit de la cuisine.

– Te rends-tu compte du mal que tu nous fais à tous ? Pas seulement à moi mais aux enfants et à mon père aussi, venu trouver ici du réconfort, tu es un monstre d'égoïsme !

Son entrée en matière est tellement belliqueuse que Pierre se rétracte sur sa chaise et rentre les épaules.

– Vas-y, frappe-moi ! Frappe-moi ! Je vois bien que tu en meurs d'envie !

Et c'est vrai que Marie a le bras levé comme brandissant une épée, échaudée par cette guerre que l'Autre forcément mène.

– Frappe-moi, allez. J'ai l'habitude !

– Comment ça l'habitude, mais je ne t'ai jamais frappé.

– Toi non !

– Tu veux dire qu'elle te frappe ?

– Quand je lui ai annoncé que j'allais revenir vivre à Montpellier, que j'avais choisi Montpellier, oui, elle m'a frappé.

C'est au tour de Marie de se recroqueviller sur la première chaise venue et de rentrer les épaules.

– Hé, ça va ? Ce n'est pas si grave ! Je me suis pris quelques coups de poing pas bien forts et certainement bien mérités.
Mais si, c'est grave, comment dire ? Que l'Autre lève la main sur lui, c'est grave en un sens, mais ce qui anéantit davantage encore Marie, ce sont les termes employés : il n'a pas choisi « Marie », il a choisi « Montpellier » ! Ne sachant comment exprimer ce qui se bouscule en elle – ne plus être une femme mais une ville, littéralement fondue dans le paysage : ses bras des avenues, sa peau du béton, son sang du bitume –, elle attrape le verre que Pierre a reposé sur la table et s'envoie une grande rasade de… berk, quelle horreur !
– Hé, mon negroni ! Ah, au fait, je pars à Paris demain. Je ne sais pas encore pour combien de temps.
Alors Marie se lève et frappe Pierre, de ses deux poings fermés. Elle le frappe à la poitrine comme si elle tambourinait à la porte de son cœur qu'il refuse – car il refuse – de lui ouvrir. Elle le frappe avec désespoir. Avec rancœur. Avec dégoût enfin : pour lui, pour l'Autre et soudain, violemment, pour elle-même.

Chapitre 5

Pour se recentrer sur la pure recherche de son homme idéal – parce que la situation ne peut pas durer et qu'elle doit retrouver, outre des forces, un peu d'estime d'elle-même, espère-t-elle – Marie a rompu avec Luc et avec Steph.
« Toi au moins quand tu romps c'est de l'expéditif ! » avait opposé Luc face à une Marie dont l'air déterminé ne laissait aucun espoir d'atermoiement.
Steph avait fait du Steph. Au SMS expliquant qu'elle voulait cesser leur relation extraprofessionnelle pour mieux s'investir dans du sérieux avec un homme libre, il avait rétorqué : « Pas de souci ma chérie, fais comme bon te semble, je reste à ta disposition si des fois tu changes d'avis ou si tu as envie d'une petite récréation. »
Elle a fait le ménage, c'est du moins l'expression qu'elle a utilisée avec le docteur Layer.
Lucie et Arnaud sont repartis à Paris, Pierre aussi depuis ce matin – qu'a donc cette capitale sale et bruyante pour lui prendre ceux qu'elle aime ? Mais Marie n'est pas seule. Cette semaine, et pour une petite semaine seulement, elle héberge à l'étage, Lorenzo. Un Italien de son âge. Divorcé. Mais qui a la chance – et Marie plusieurs fois lui avoue l'envier – de s'être tout récemment trouvé une nouvelle compagne, merveilleuse. Et là, dans un français encore approximatif, voilà qu'il lui demande une guitare.
– Une guitare, tu es sûr que c'est le bon mot ?
– Oui, le dictionnaire de traduction écrit guitare. Ou guitaré ?

– Non, non, c'est bien guitare. Et oui, ma foi, j'ai une guitare, au grenier – et de pointer le toit du doigt et bien détacher chaque syllabe pour être comprise – mais je ne l'ai pas touchée depuis… depuis que je travaille, en fait. Depuis que j'ai quitté mon école d'ingénieur pour bosser. Mais je l'ai gardée. Elle me suit dans mes déménagements. Je vais la chercher.

La guitare dort dans une housse écossaise. Délicatement, elle la sort, caresse son bois tendre et verni. Un flash soudain : elle à la guitare, Pierre au clavier – lui aussi abandonné au grenier – jouant ensemble de petits airs dans leurs chambres de la cité universitaire. Et voilà qu'une vague monte qui déferle à ses paupières. Lorenzo, après la délicatesse d'une caresse sur son bras, lui prend doucement la guitare des mains, l'accorde – *Bene bene, è tutto perfetto* – et commence à jouer. Ce 1er octobre a un goût d'été, sur la terrasse et dans le jardin, soudain, les dernières cigales de la saison se taisent. Et les larmes aussi. Et Marie reconnaît les accords de « senza una donna » de Zucchero.

– Quand j'ai rencontré Pierre, cette chanson était un tube. Tu comprends ce que je dis ?

– Oui. Je te chante « senza una donna », pour toi c'est « senza un uomo che t'ha fatto morir ». Tu comprends ?

Marie ne parle pas un mot d'italien mais connaît la chanson. Incroyable Lorenzo : après seulement deux jours passés entre Pierre et elle, que lui souhaite-t-il ? De vivre sans l'homme qui l'a fait mourir. De le chasser même. Rien que ça !

– Marie, je crois, tu as reçu un SMS.

Oui, Marie a reçu un SMS. De Pierre. Il rentrera vers 23 heures. L'Autre n'a rien voulu entendre.

– SMS de Pierre. Il rentre. Je vais mourir encore un peu je crois.

Sans commentaire, Lorenzo se repenche sur la guitare et ajoute des chansons d'amour aux chansons d'amour, qui adoucissent le chagrin de Marie et réveillent en elle l'espoir de jours meilleurs.

Chapitre 6

Le mail que Marie a sous les yeux est formel : le site de rencontres a identifié – sans doute dans les nouveaux inscrits – un profil qui correspond à son homme idéal. Pseudo : Bleu. Elle n'a qu'à cliquer sur le lien pour le découvrir. Et Marie, d'un doigt tremblant, clique. Bleu a les yeux verts, un joli sourire, des poils qui dépassent en bataille d'une chemise noire entre-ouverte, il mesure un mètre quatre-vingt-trois. Âge : 43 ans. Pas d'usurpation du site, il coche bel et bien toutes les cases, jusqu'à aimer le cinéma d'auteur et les chats. En plus grand, plus jeune et plus mince, Bleu est l'ersatz de Pierre. Il a un enfant et n'a jamais été marié. Les photos de ses voyages donnent des démangeaisons à Marie, elle se voit déjà seins collés à son dos et bras autour de sa taille, au sommet d'un dromadaire. Même sa sueur sent bon.

Son petit mot d'accroche – Appréciant les choses simples, je suis posé, aventureux, direct ; Recherche une personne de qualité, féminine, courageuse, attentionnée, pour vivre de vrais moments de vie… avec humour – trouve pleinement écho chez Marie : ça lui ressemble. Non seulement ce qu'il est mais aussi celle qu'il cherche. Bien sûr, le plus dur reste à faire : prendre Bleu dans ses filets. Elle sait son handicap : elle a huit ans de plus que lui. Mais dans ses critères, la femme cherchée doit avoir entre 35 et 54 ans : Marie est dans le haut de l'intervalle, certes, mais bien dedans. Elle envoie donc un petit message sur le thème du Bleu – Êtes-vous bleu Klein ou lavande, bleu Schtroumpf, marine ou des mers du sud ? Rien

d'autre. Un clin d'œil succinct, petit ver qui frétille en s'espérant sortir du lot.
La réponse arrive, presque immédiate : « Je suis du bleu de cette eau qui entoure votre rocher (petit smiley). Pour être honnête, j'ai choisi ce pseudo par manque d'imagination. Il se trouve que c'est ma couleur préférée ».
À moi aussi, à moi aussi, à moi aussi, se retient de répondre Marie.
S'engage alors une conversation écrite, drôle, décalée et on ne peut plus stimulante.

Chapitre 7

– Vas-y, montre-nous !
– Ah, il y a même des photos ? Il est plaisant, dis donc !
Marie vient d'étaler sur la table la fiche de Bleu qu'elle a imprimée tout spécialement. La tête lui tourne un peu – un début de mal de mer ? – alors elle laisse Françoise et Lorenzo regarder les photos, lire les informations qu'elle leur a certainement déjà données et se concentre quant à elle sur la ligne d'horizon, la mer maintenant, les étangs et Montpellier tout au loin d'ici quelques minutes. Le restaurant, perché au dernier étage d'un ancien château d'eau à Palavas, tourne sur lui-même, certes doucement, mais tout de même, il tourne !
– Ça va, tu es bien pâlotte ?
Ce soir, Lorenzo a invité ses deux hôtesses pour les remercier de leur accueil. Il a choisi ce lieu parce qu'intrigué par ce concept de restaurant panoramique tournant qui offre à ses convives d'embrasser doucement tout le littoral.
– Ça va aller !
– Et tu l'as vu en vrai ?
Non, Marie ne l'a pas vu « en vrai ». Pas même entendu. Elle relate leurs échanges écrits, légers et malgré tout profonds, intelligents a-t-elle envie de dire, sur la vie et ce qu'ils aiment. Mais demain…
– … on se téléphone. On va passer à la voix. C'est important la voix.
– Bon plan pour toi !

– Pourquoi ?
– Tu as une voix comme les hôtesses dans les avions. D'ailleurs, Françoise, est-ce que tu sais comment Marie chante bien ? Est-ce que vous voulez du champagne pour fêter nous ? Et ce nouvel amour qui arrive, j'espère pour toi, Marie, tu mérites !

Séance du 10 octobre – 9 heures

Pour la première fois de sa vie, Marie parle à un ascenseur. Elle ne se contente pas de parler dedans, à haute voix, c'est bel et bien à lui qu'elle s'adresse, lui qu'elle fréquente chaque semaine ou presque depuis décembre, en arrivant puis en sortant de chez son psy. Une intimité, forcément, s'est tissée, dans ce tête-à-tête confiné.

– Je ne veux pas prendre rendez-vous pour une thérapie de couple parce que j'ai peur, voilà pourquoi ! Peur qu'elle nous pousse à constater que c'est fini, qu'on doit vraiment se séparer. Je ne veux pas entendre ça. Je veux encore y croire : à nous, à notre capacité à reconstruire notre formidable binôme, sans intermédiaire. Mais cela ne m'empêche pas, en attendant, de vouloir vivre une belle histoire, non, ce n'est pas incompatible.

L'avantage de l'ascenseur sur le docteur Layer c'est qu'il ne produit pas de ponctuation, ni ne fronce les sourcils, ni ne remonte ses lunettes d'un petit troussement de nez intempestif. L'ascenseur à la gentillesse de lui laisser croire qu'elle a raison. Depuis le retour – mais peut-on appeler ça un retour ? – de Pierre, chaque séance contient, à un moment ou à un autre, cette suggestion que peut-être ils pourraient consulter ensemble pour se faire aider. Elle a du mal à suivre son thérapeute qui pourtant l'encourageait à rencontrer quelqu'un d'autre, mais l'évocation même de ce paradoxe lui avait valu moult points d'exclamation. N'est-ce pas son paradoxe à

elle aussi ? À la proposition réitérée, elle oppose systématiquement les réticences de Pierre vis-à-vis des thérapeutes en général et de la psychologie en particulier. Sa peur à elle est une vérité qu'elle lui soustrait. Mais est-il dupe ?
Pour noyer ce dérangeant poisson – poison, aurait-il souligné ? – à la séance d'aujourd'hui, elle a raconté Bleu. Leurs échanges téléphoniques. Sa voix douce, assurée. Peut-être est-il un peu trop bavard ? Mais Pierre l'est aussi. Et elle, alors ? Ils sont pareils. Et voilà que les sourcils s'étaient rapprochés avec quatre points d'interrogation.
Oui, pareil. Bleu est, comme elle, fils unique de parents enseignants et communistes. Ils ont donc les mêmes valeurs. Il a une petite fille de six ans, qu'il voit un week-end sur deux : la maman « s'est barrée » – c'est comme ça qu'il a présenté les faits – à Brest. C'est donc un peu compliqué pour lui. Mais il est cadre, il gère son emploi du temps à sa guise.
– Et vous l'avez rencontré ?
– Non, pas encore. Ce week-end est réservé à sa fille. On va se rencontrer mardi prochain.
– C'est bien. Réfléchissez toutefois à une thérapie de couple… Ce serait dommage de précipiter des événements contraires à ce que vous souhaitez vraiment.
C'est tout réfléchi. Voyez avec votre ascenseur.

Le prince Charmant

Chapitre 1

– Ça tombe bien : justement, il m'en faut un ! Poussez-vous, les filles !

Et Marie joint le geste à la parole, ample mouvement de brasse dans l'air comme elle ferait dans l'eau. Et comme la mer devant Moïse, le groupe de filles s'ouvre miraculeusement. Dans l'hilarité générale – Marie adore ça, depuis qu'elle est haute comme trois pommes, être la risée volontaire – elle s'avance vers…

… le prince charmant !

Car c'est lui, aucun doute possible. Il illustrait ses livres d'enfant turbulente et rêveuse à la fois, elle l'a colorié à maintes reprises sans dépasser, appelé de tous ses pores acnéiques à l'adolescence et elle a révisé, il y a peu, les classiques de Disney avec Arnaud et Lucie. Elle est donc formelle : c'est lui, là, devant elle, de plus en plus grand alors qu'elle s'approche, beau, bronzé, des cheveux bruns, brillants, épais et ondulés, des épaules puissantes, des bras de géants, le corps avantageusement moulé dans sa tenue de cycliste comme les princes de Disney en pourpoints et collants. Ne lui manque que l'ample cape, cet étendard des conquérants de dragons en furie, ronces gigantesques et marâtres haineuses, mais Marie ne s'y trompe pas : c'est lui, c'est lui !

Profitons de ce moment où elle s'achemine avec allant, quoique sidérée, toute pitrerie bue, pour expliquer ce qu'elle fait là.

Chaque année, les différents clubs de triathlon sont convoqués par leur ligue régionale de la Fédération française, couramment appelée FFTRI, lors d'une journée d'assemblée générale. Y sont débattus des points de règlement des compétitions, les tarifs des licences et autres joyeusetés. Marie, qui occupe le poste de secrétaire parmi les membres du comité de son propre club, a été désignée pour le représenter, cette année. Elle va y passer (perdre) une bonne partie de son samedi mais, rien à dire, c'est son tour de s'y coller.

Elle vient de quitter un Pierre morose malgré la promesse d'une plage en fin d'après-midi ; alors que nous sommes déjà le 13 octobre, l'été, buté, s'accroche encore de tous ses rayons dorés aux branches des pins parasols.

Quand Marie est sortie de sa voiture, sur le parking de la toute nouvelle Maison des sports de Montpellier dont le crépi rouge surprend comme un minestrone excessivement salé, un petit groupe de filles – vu comme elles gloussent Marie a dû mal à penser « femmes » malgré leur âge – trépigne d'excitation, dont l'objet n'est autre que… ce qu'elle entend en s'approchant.

– Tu les as vus, non mais tu les as vus, toi ?

– Mais qui ?

– Les deux représentants du club d'Alès ? Ils sont venus à vélo !

– Ils sont super beaux dans leurs maillots !

– Qu'est-ce qu'ils sont affûtés !

– Où ça ?

– Mais là, là, derrière moi, vous ne voyez pas ?

Marie, sur la pointe des pieds, n'aperçoit par-dessus les têtes que de respectables notables, dont beaucoup encravatés pour l'occasion, un peu bedonnants d'avoir abandonné le triathlon il y a un moment, si tant est qu'ils l'aient pratiqué un jour. Autour d'elle, ça babille, ça pouffe, ça commente… Jusqu'à :

– Moi, je les connais un peu. Figurez-vous, qu'en plus, ils sont célibataires !

D'où l'exclamation de Marie : « Ça tombe bien, justement, il m'en faut un ! Poussez-vous, les filles ! »
Certes, ils sont deux mais même en s'approchant, elle ne voit que lui, le prince Charmant, l'autre, le second n'atteint pas ses prunelles, il reste une silhouette floue qu'elle range au rang d'écuyer.
Quand elle est toute proche des deux cyclistes qui provoquent tant d'émoi au sein de la gent féminine, elle se présente – Marie, secrétaire de…, et de décliner le nom de son club.
– Bonjour Marie, moi c'est Bernard, répond l'écuyer en écho.
– Et moi, je suis le prince Charmant.
Véridique, c'est comme ça que cela se passe, vraiment, Marie plus tard en le racontant, mille et une fois, ne mentira pas, n'inventera rien, c'est bel et bien en ces termes qu'il se désigne : je suis le prince Charmant. Un statut assumé. Pleinement. Plus qu'un rôle : une incarnation.
Et ces deux-là, Marie et le Prince – l'écuyer délicat s'éloigne, qui sent que quelque chose se joue et se noue – entament aussi sec une conversation d'un intime indécent alors qu'ils ne se connaissaient pas cinq minutes plus tôt.
Ah, le prince n'est pas d'accord : il paraît que ce n'est pas tout à fait le cas.
– Vous ne me reconnaissez pas ? Le premier juillet, triathlon du gardon à Alès, vous étiez avec une blonde, une belle femme d'ailleurs elle aussi, je vous ai guidées vers vos emplacements dans le parc à vélo ? Je vous ai un peu draguée mais c'est vrai que vous ne m'avez pas calculé…
« Pas calculé » : l'anachronisme de l'expression avec les coloriages et dessins animés de son enfance choque Marie mais il a raison. Elle ne l'avait alors pas remarqué. C'est que… et la voilà qui avoue, sans pudeur, cette tristesse qui la ronge jusqu'à l'aveuglement. La réunion doit commencer. Ils se retrouveront à la pause déjeuner. Se mettront à l'écart du buffet. Échangeront leurs numéros de

téléphone. Et décideront d'un premier rendez-vous : Marie doit démarrer la mise en carton des affaires qui encombrent leur mas, le jeudi de la semaine qui vient, elle y passera la nuit – ce n'était pas prévu, certes, mais ainsi elle disposera de sa soirée pour dîner avec lui dans un restaurant d'Alès.

Parce qu'ils ont de la route à faire, à la pause de l'après-midi, les deux cyclistes d'Alès annoncent qu'ils quittent la réunion. Quand ils s'éloignent, Marie ne peut s'empêcher de courir derrière eux – À jeudi, à jeudi ! Le Prince alors se retourne, confie le guidon de sa monture à l'écuyer, referme ses grands bras autour de Marie et pose sur ses lèvres les siennes, pulpeuses, qu'elle a dévorées des yeux dès les premiers instants.

– Non – Marie se dégage brusquement – pas devant tout le monde, des gens ici connaissent mon mari, pas ici, pas maintenant.

Une promesse. Pas un refus. C'est comme ça que le prince Charmant doit l'entendre. Et l'entend.

Chapitre 2

Mon mari, mon mari, est-il possible que j'aie dit mon mari, moi qui n'utilise jamais ce possessif, qu'est-ce qui m'a pris, se demande Marie alors qu'elle rentre chez elle où Pierre l'attend. Pierre certainement résigné quand elle l'espère impatient ? Il a préparé les sacs de plage – impatient, peut-être – ils peuvent partir pour celle de Carnon immédiatement. Pas de temps à perdre : en octobre, le soir tombe vite.

Mon mari ?

Alors Marie décide de cette implication toute mathématique : sur la plage ou dans l'eau lorsqu'ils iront ensemble se baigner, si, et seulement si, Pierre a, voire esquisse, un geste tendre, une tentative de rapprochement chaleureuse, une attention affectueuse, alors elle annulera son rendez-vous de jeudi avec le prince Charmant. Elle annulera aussi son rendez-vous de mardi soir avec Bleu. L'homme idéal. Qui vient de lui envoyer par SMS la photo d'une rade grise, prise depuis la chambre de son hôtel brestois où il pense à elle.

Chapitre 3

– Où tu vas, déjà ?
Pas un regard. Marie pourrait sortir nue qu'il ne s'en apercevrait même pas. Elle arbore d'ailleurs un pantalon de satin près du corps et une chemise cintrée au décolleté plongeant, inadaptés à ce qu'elle est censée faire, sûre qu'elle est de sa transparence.
– À l'expo Caravage, au musée Fabre, avec Lise. C'est le dernier jour. Au fait, Lise a rencontré quelqu'un.
– Ah.
– Ça ne t'intéresse pas ?
– Si, si. Tu rentres pour manger ?
Non, évidemment, ça ne l'intéresse pas. Et oui, en principe, elle rentre pour manger. Une soupe à la grimace certainement. Pierre est fidèle à lui-même, on peut lui reconnaître ça : assis sur le canapé, avachi serait plus exact, télécommande à la main, bras appuyé sur une bedaine qui a atteint des dimensions d'accoudoir, il zappe de chaîne en chaîne et dès qu'elle aura le dos tourné, une bouteille apparaîtra sur la table basse. Avant-hier, elle en aurait eu les larmes aux yeux, la rage au ventre, l'impuissance en travers de la gorge. Mais pas aujourd'hui.
Aujourd'hui, elle a rendez-vous avec le prince Charmant. Mais attention, Marie n'a pas menti à Pierre, pas vraiment : elle devait, c'était convenu, visiter l'expo Caravage avec Lise. Mais en tout début d'après-midi de ce dimanche où le soleil s'obstine dans ses pieds de nez à l'automne, elle a reçu un message du prince : il

dépose sa fille à quinze heures chez son ex-femme, puisque lui aussi est père, serait-elle d'accord pour prendre un verre à seize heures place de la Comédie ? À moto, il ne faut pas plus d'une heure pour arriver. Sans hésiter, au cuisant souvenir de la froideur de Pierre la veille sur la plage et avec la complicité de Lise, Marie a accepté.
Sur son vélo de ville, à présent Marie « va, court, vole et (se) venge » de l'affront qui lui est fait depuis très exactement 358 jours. Elle a rendez-vous dans un conte, elle y a décroché le rôle principal, enfin !
Avant même d'attacher son vélo, elle le cherche des yeux, se désespère de ne pas le voir, tourne à présent sur elle-même. Elle a bien écrit « devant la fontaine des Trois-Grâces » ?
Une moto jaune, là-bas, vers le kiosque aux fleurs, se gare. L'homme qui en descend est grand, mince et quand il retire son casque, c'est lui, c'est lui. Marie se précipite, se jette dans ses bras, ses bras de géant, écrase sa bouche sur la sienne, gorgée du vent métallique de la route parcourue en trombe, introduit goulûment sa langue et le dévore, et avec lui la lumière, et le boit comme après une traversée du désert, et avec lui la vie.

Chapitre 4

– Où tu vas, déjà ?
– Je vais te le redire mais s'il te plaît ouvre tes oreilles, cette fois : je vais au restaurant avec un ingénieur de chez IBM que j'ai rencontré sur un site et n'ai encore jamais vu en vrai.
– Ah.
– Ça ne t'intéresse pas !
– Euh. Si, si. Tu ne rentres pas pour manger, du coup ?
Pierre. Canapé. Zapette. Bedaine. Humeur morose. Cernes sous les yeux. Regard perdu. Regard froid quand il se pose sur elle. Distant. Mais franchement, qui aurait envie de rentrer pour manger ?
– Non, évidemment.
– Tu rentres à quelle heure ?
– Je ne sais pas. Mais je rentre pour dormir, c'est sûr.
– D'accord. Je te laisserai la lumière sur la terrasse.
Pourquoi Marie, qui de toute évidence a été victime d'un coup de foudre pour le prince Charmant, n'a-t-elle pas annulé son rendez-vous avec Bleu ?
Oui, c'est vrai ça, pourquoi, demande à raison une petite voix dans l'oreille de Marie qui depuis peu à l'impression d'être suivie, talonnée même, par un double diaphane d'elle-même qui la regarde faire et être avec une bonhomie et une tendresse non dénuées d'esprit critique – Pourquoi n'as-tu pas annulé ce rendez-vous ? Par curiosité ? Pour voir de tes yeux vu l'homme idéal ? Parce que

ça va trop vite, que ça te fait peur, toutes ces émotions provoquées par le prince Charmant ?
Ah, le prince Charmant… ces échanges passionnés depuis dimanche après-midi ! Et de se souvenir avec délectation de ces quatre heures de temps suspendu qu'elle n'avait pas vu passer, à déambuler main dans la main dans les rues étroites de l'Écusson, à boire quelques verres ici et là et surtout à parler, parler, intarissables l'un comme l'autre sur leurs vies et leurs envies. À rire aussi. À se toucher. Du bout des doigts. À s'embrasser. Devant tout le monde. Comme seuls au monde.
Marie sort de sa romantique réminiscence, bulle qui éclate, savon aux essences d'adolescence retrouvée, pour attacher son vélo à l'endroit habituel. Toujours le même. Sûr moyen de le retrouver. Elle est en avance. Elle préfère être en avance, toujours, appréhender le terrain comme si chaque rencontre, quelle qu'elle soit, était pour elle un défi. C'est que Marie, sous ses dehors de petite brunette extravertie jusqu'à l'exubérance parfois, n'est pas très à l'aise avec autrui. Mais très vite, dès la petite enfance, des artifices et des murailles. Et un bélier pour foncer. Aujourd'hui, le tout, bien rodé. Les plus timides d'entre nous ne seraient-ils pas, au final, ceux qui savamment le cachent ? Et si tous ses murs étaient tombés dimanche, elle n'était pas certaine de répéter le miracle ce soir.
Bleu doit la retrouver devant les Trois-Grâces. Elle a le temps de déguster un verre sur le parvis de l'Opéra, où un cafetier voisin a autorisation préfectorale de disposer ses tables : ainsi, elle le verra arriver de loin et de haut. Mais, en s'approchant, déception : toutes les tables sont occupées. Déception qui certainement se voit, car un homme, canotier sur la tête, la hèle. À moins que ce ne soit…
– Excusez-moi, vous êtes Bleu ? Avec qui j'ai rendez-vous ?
– Non, pas du tout et croyez bien que je le regrette. Mais si vous voulez, vous pouvez l'attendre à ma table.

Et de pousser en arrière la chaise à côté de lui. Chaise où Marie, sans plus de manière, s'installe.
– Je vous offre un verre ?
Un viognier, oui, Marie dans ce que propose le garçon comme blanc au verre, prendra un viognier. L'homme au canotier parle avec un léger accent qui l'intrigue. Et d'expliquer qu'il est d'origine allemande. Et de mener avec Marie, de main de maître, une conversation amicale et légère, sur le temps, celui qu'il fait et celui qui passe, la ville et ses cafés. Et soudain, Marie, au milieu de l'anodin, chaleur du viognier aidant peut-être, raconte Pierre, Bleu et le prince en quelques phrases lapidaires qui résument si bien la situation, qu'elle en reste perplexe. Mais pas l'homme au chapeau.
– Je pense que vous avez raison de ne pas avoir annulé votre rendez-vous avec Bleu. Car au fond, si je comprends bien, le prince n'a rien d'un intellectuel. Or dans ce qui vous détermine, ce terme d'intellectuel ne peut pas être omis. Bleu possède visiblement cette composante importante chez vous et pour vous, dans cette boule à facettes unique qui caractérise chacun d'entre nous.
Plus perplexe encore, Marie voudrait applaudir.
– Mais n'est-ce pas Bleu cet homme qui s'avance vers la fontaine, une rose à la main ?
Oui, c'est Bleu. Marie reconnaît immédiatement l'allure que laissaient présager ses photos sur le site. Et l'écharpe bleue qu'il avait promis de porter.
– J'y vais. Merci. Et pas seulement pour le verre. Mille fois merci. Je vous grave là – et de porter son index à son front – je ne vous oublierai jamais, si brève ait été notre rencontre.
– Ah, mais moi j'allais oublier : Amusez-vous bien, Marie ! C'est le plus important. L'essentiel, même.
Et la petite voix dans l'oreille de Marie de s'enchanter de cette perspective !

Séance du 17 octobre – 9 h ~~30~~ 42

– J'accepte vos excuses mais à mon tour d'être désolé : je ne fais pas de consultation par téléphone.
– Exceptionnellement. S'il vous plaît.
– C'est totalement contraire à mes principes.
– Ce qui m'arrive est aussi complètement contraire à mes principes et pourtant ça m'arrive et j'ai besoin de vous et si j'ai oublié de venir ce n'est pas par caprice, c'est la première fois et je n'ai jamais, jamais, été en retard à aucun de nos rendez-vous, vous ne pouvez pas me laisser en plan comme ça, si je ne suis pas là, si j'ai raté l'heure et même oublié, c'est que je vais mal, très mal, alors vous servez à quoi, hein, si quand je suis dans le trou vous vous drapez dans vos principes ?
– …
Évidemment, au téléphone, comment savoir s'il s'interroge ou s'exclame ou les deux et dans quelle farfelue combinaison ?
– En quoi ce qui vous arrive est-il complètement contraire à vos principes ? Et que faites-vous dans un trou alors que vous cherchiez l'air ?
Ouf. Soulagement. Déjà le trou perd en profondeur, se déploie en profond-air, ses poumons reprennent une taille normale. Elle se sent moins fébrile mais par où commencer ?
– Je ne sais par où commencer.

– Commencez par respirer un bon coup, le reste suivra.
Et ça marche.
– Par principe, j'évite tout dilemme. J'ai toujours eu suffisamment foi en mes valeurs morales et confiance en mes intuitions pour trancher et choisir. Certes, quand le choix est difficile mais les options compatibles, je ne tranche pas, mais dans ce contexte précis, ce n'est tout simplement pas possible.
– ….
– Par exemple, j'ai dans mes placards énormément de paires de chaussures, de pulls, robes ou pantalons en double, voir triple, même modèle, même coupe, mais dans plusieurs coloris ou imprimés différents.
– Je vois.
– Or là, il ne s'agit pas de chaussures mais d'hommes. D'humains. Moralement, je dois choisir. Certes, je pourrais prendre le temps de ce choix, mener de front deux histoires, mais mes principes s'opposent à ce que je fasse souffrir inutilement un être. Je n'écrase même pas les araignées et là, on parle d'hommes.
– Au fond, vous refusez de ressembler à Pierre, qui, si j'entends bien, vit en ce moment en piétinant vos principes moraux dans ce domaine que nous appellerons la délicatesse (Marie ne peut s'empêcher de noter au passage l'antipathie discrète quoique niée de Layer envers… son mari). Indélicate avec les chaussures, vous ne pouvez l'être avec les êtres.
– Exactement : pourquoi ferais-je aux autres ce que je souffre qu'on me fasse ? L'idée même d'être déloyale, de faire de la peine, me rend malade. C'est que ces deux hommes déjà s'attachent, je le sens, je le sais. J'ai de nouveau perdu l'appétit et le sommeil. Je tourne et retourne des arguments et des ressentis, je ne cesse d'être bousculée par des vents contraires.
– Et pour les coloris ?
– Pardon ?

– Nous avons Bleu, je suppose, dans ce dilemme. Et l'autre ?
– .... Multicolore. Rien que d'y penser, mes papilles s'affolent. Il a le goût du vent. Ses baisers. Le goût de la terre aussi. Ses doigts sur mes lèvres.
– Il semble que, contrairement aux chaussures, beaucoup de critères les distinguent, non ?
Bien sûr.
Marie a posé sa montre à côté d'elle. Elle a obtenu son oreille, mais il ne peut déborder sur le rendez-vous suivant. Layer est un ponctuel. Heureusement Marie maîtrise la concision : cinq minutes pour raconter sa rencontre avec le prince, cinq pour le déjeuner avec Bleu, préambule au viognier inclus.
– J'ai été un peu déçue toutefois qu'il ait menti sur son âge. Il n'a pas huit ans de moins mais le même âge que moi. Je l'ai su à son cou : les cous sont éloquents en matière d'âge. Il a avoué. Luc aussi avait menti sur son âge. Pas moi.
Sinon, rien à redire, Bleu est idéal. Mais le prince est... charmant. Les deux sont élancés, beaux. Les deux ont de grands bras. Ce qui les différencie ? Bleu est prévisible quand le prince Charmant l'enchante. Mais Bleu la captive quand le prince Charmant boit ses paroles comme si le monde s'ouvrait à lui avec la bouche de Marie. L'un est posé, l'autre fantasque. Elle partage avec le prince Charmant sa passion du triathlon et il rêve tout comme elle de parcourir les petites routes avec vélo et brosse à dents quand Bleu n'est pas un forcené de sport. Mais Bleu adore et surtout a les moyens financiers de voyager au bout de monde quand la monture du prince Charmant ne l'a jamais porté plus loin qu'en Irlande, une fois, une seule.
– Bref, ma tête tire d'un côté et mon cœur de l'autre. Raison contre... émotion ? Non, tous deux m'émeuvent, à leur façon. Raison contre...
– Fantaisie ? Inconnu ?

– Peut-être. À bien y réfléchir, je n'ai jamais aimé, disons plus exactement choisit d'aimer, que des hommes de ma classe sociale et de mon niveau intellectuel. J'ai toujours péché par excès d'homogamie. Du coup…
– Du coup ?
– Zone de confort contre aventure ?
– Et que dit votre corps, Marie ?
Marie réfléchit. Dans quelle direction l'aiguille de son corps pointe-t-elle, vers quel cardinal ?
– Il me semble que mon corps désire davantage celui du prince Charmant. Mais je suis bien placée pour savoir que le désir s'émousse avec le temps.
– Euh, pourriez-vous me rappeler ce que vous a conseillé le sage au canotier et au viognier ?

Chapitre 5

– Entre ! crie l'antre de la maison.
Alors Marie ouvre cette porte qu'elle a résolument choisi de pousser à fond. Un escalier sur sa droite.
– Viens, monte ! J'ai les mains occupées !
Marie obéit. En haut, la lumière, des flammes qui dansent ? Et cette odeur ? Marie, en arrêt sur une marche de l'escalier, ferme les yeux : effluve sirupeux de la pomme caramélisée et autre chose de plus minéral… métallique… Sanguin !
– Je suis en train de faire du boudin aux pommes, j'espère que tu aimes ça ?
– Noir, le boudin ?
– Oui. Comment voudrais-tu qu'il soit ?
Marie déteste. Pourtant, quelle odeur merveilleuse !
– Oui, oui, j'aime ça.
À la dernière minute, le prince Charmant a changé le programme : plutôt que de se retrouver au restaurant, il l'a invitée chez lui, à Vézénobres, où il loue une vieille maison de village, étroite et coincée entre deux autres. Envie de cuisiner pour elle. C'est gentil, a-t-elle alors pensé. Cet homme est gentil. Beau, fantasque et gentil. La boule brillante à facettes poursuit sa construction.
La voici enfin sur le palier du premier étage. En bas, une fois la porte refermée, elle a aperçu dans la pénombre la moto et le vélo garés. La bâtisse est très ancienne : des pierres partout, façade, escalier, murs et cheminée, dans l'angle, au fond de la vaste pièce

– coup d'œil circulaire – cuisine, séjour et salon, tout à la fois. Et dans la lueur orangée du foyer, lui, debout devant la cuisinière, cuillère en bois à la main, appliqué. Juste un petit regard jeté dans sa direction et un sourire de bienvenue.
– Ça sent drôlement bon !
– Je sors de la douche.
Elle remarque alors les cheveux mouillés, si denses que l'humidité ne les plaque pas, et les gouttelettes qui s'en échappent, roulent à la base du cou, disparaissent dans le grand sweat-shirt rouge qu'il porte, sur un pantalon de jogging noir. À des années-lumière des costumes de Steph. Des habits moelleux comme une invite. Marie a quitté ses chaussures. Elle s'approche sur ses collants : le sol en pierre est chaud, lisse. Elle se plaque au dos du prince, glisse ses mains sous le sweat en polaire, il est nu dessous et sa peau d'une étonnante douceur. Il est nu aussi sous le jogging.
– Hé, qu'est-ce que tu fais ? Coquine ! Je n'ai pas fini mon plat !
– Ne t'occupe pas de moi, décrète Marie, continue de cuisiner.
Dans sa main à présent un oiseau qui se déploie, d'une incroyable douceur aussi. Un oiseau qu'elle se contente de tenir, avec légèreté et indifférence, sans un mouvement, sa main comme un nid.
Le prince Charmant éteint le gaz sous la poêle en fonte. Pose un couvercle. Et se retourne. L'oiseau quitte le nid, Marie a désormais sous sa paume une fesse ronde et ferme, douce aussi. Sa jupe est soulevée, son collant glisse sur ses jambes, sa main a perdu la fesse, parcouru un dos, s'est échappée du sweat, s'emmêle avec délice dans les cheveux douillets.
Marie est à son tour soulevée, assise sur la table, de la dentelle glisse sur ses jambes, puis une main, douce, puis des lèvres, plus douces encore et si chaudes. Marie est humée, léchée, pénétrée, dans un ballet lent, sans à-coup, de la table au fauteuil, elle ne touche jamais le sol, elle vole, les grands bras sont des ailes.

Ils ont soudain une autre faim. Débraillés, ils mettent la table à deux, au plus près de la cheminée et Marie découvre stupéfaite qu'elle aime bien, beaucoup même, le boudin noir aux pommes, qui pour la première fois à cette texture de velours.
– Mon secret ? Je retire la peau. Et j'ajoute du miel, en fin de cuisson. La prochaine fois, je te ferai mes lasagnes.
La prochaine fois. Voilà donc Marie adoptée qui s'abandonne à la chaleur ambiante, nue de corps et d'esprit.
– Oh non, s'écrie soudain le Prince, au moment où son portable sonne, impérieux. C'est mon ex, je suis désolé, je dois vraiment répondre, à cause de ma princesse !
Le Prince Charmant sur sa fille de douze ans a été clair : c'est sa princesse, intouchable, adulée, elle occupe une place imprenable que d'ailleurs Marie ne brigue pas. Elle-même est la princesse de Jean. Un Jean qui sait qu'elle est là, qui est content pour elle, qui garde son portable lui aussi à portée de main – Appelle-moi ma Minou si ça se passe mal, je viendrai te chercher s'il le faut.
– Ma fille pleure, explique le prince en raccrochant. Elle refuse de s'endormir sans un câlin de ma part. J'en ai pour une petite demi-heure, pas plus. Ça ne te dérange pas ?
Non, ça ne dérange pas Marie qui d'avance apprécie ce temps mort, ce moment de solitude où elle va pouvoir faire le point, un petit point de bourdon intime pour souligner l'instant, le mettre en relief, le sacraliser.
Dans cette demi-heure qui lui échoit, Marie nue, sweat rouge jeté sur ses épaules, déambule dans la caverne du prince, monte à l'étage de cette demeure toute en hauteur – un étage, une pièce – et effectue ses repérages de la chambre et de son étroite salle d'eau attenante. La chambre baigne dans la chaleur du poêle, elle aussi. Un lit en bois ciré trône au centre, très bas, très vaste, accueillant, qu'on dirait d'herbes couchées. Deux chaises. Une minuscule commode. Un petit tas de six préservatifs.

Quand le Prince rentre de sa tâche d'endormeur câlin, il la trouve en sous-vêtements, dans la grande pièce cuisine, alanguie dans l'unique fauteuil près de la fenêtre, écoutant le tout premier album de Tracy Chapman. Posé sur ses genoux, « the Best of » de Laura Pausini.
– Viens, dit le prince, en la prenant par la main.
– Attends !
Marie, avant de le suivre à l'étage, installe dans la platine CD celui de Pausini. Ce sera leurs musiques, au pluriel, tous les titres de l'album ; ainsi en décide-t-elle. Et de ne coller son âme sur aucun chambranle aussi.
Deux ou trois préservatifs plus tard, Marie, blottie dans le cocon que le prince, de ses grands bras, a tressé autour d'elle, sent son corps s'abandonner au sommeil, gavé qu'il est d'hormones bienfaisantes. Soudain, le prince ajoute à la longue ribambelle de ses mots doux, encore accrochés aux plis de l'oreiller, un ultime je t'aime susurré.
Auquel Marie voudrait répondre. Auquel elle s'exhorte de répondre. Mais Marie ne peut pas, qui se fait tirer l'oreille, fermement, par la petite voix : amoureuse, elle l'est sans aucun doute possible, mais un je t'aime l'implique au-delà, qu'elle ne dit – et n'a jamais dit – que lorsqu'elle est sûre, vraiment sûre, que plus encore qu'amoureuse, elle est convaincue. Palier au-dessus.
Le prince à présent dort, que son je t'aime a jeté dans les limbes. Sur la joue de Marie, une larme coule : depuis quand Pierre ne lui a-t-il pas fait l'amour comme ça ? Car dans les premiers mois, dans les premières années même et même encore il n'y a pas si longtemps, il y a quoi, quatre, cinq ans, leurs étreintes n'avaient-elles pas ce goût de bonbon à la menthe au cœur de chocolat fondant, passion et tendresse mélangées, en totale harmonie ?

Ce n'est pas la nostalgie du passé qui tire cette larme démesurée à Marie, non, c'est la nostalgie de ce qui devrait être, en ce moment même, s'ils avaient été plus attentifs à préserver leur trésor, leur vie dorée d'avant l'Autre, leur bulle-monde sans l'Autre.

Chapitre 6

Leurs deux prénoms. Côte à côte. Pierre et Marie. Écrits, encore et encore, au gros marqueur noir et les voilà un peu grisés par l'émanation prégnante de son solvant chimique : l'odeur de préparation des déménagements.
Leurs deux prénoms côte à côte mais sur des cartons différents ; pincement au cœur.
Ils sont dans le mas. Ils partagent les affaires : vaisselles, draps, objets de décoration. L'anglais veut racheter les meubles. Pas tous : Pierre aura besoin de ce petit canapé en pin, du lit de leur chambre aussi, des tables de nuit peintes par Marie.
– Et ces assiettes ?
– Oui, oui, prends, prends, moi j'ai déjà toutes celles de Montpellier !
Marie caresse la table longue de monastère du séjour que Jean lui a offerte, pour un anniversaire, table qu'ils avaient dégotée tous les trois chez un brocanteur. Y stagnent les souvenirs en miasmes de tous ceux qui s'y sont tenus, parfois au coude à coude, croulants sous le nombre, toujours gais, été après été. Miasmes des rires éteints, des coups de poing figés de ceux qui perdaient au tarot, de l'entrechoc muet des verres.
Pierre aura besoin de tout ce qu'il enrobe de papier bulle et range en quinconce dans des cartons à son effigie. Besoin pour sa vie d'après. Celle qui commence là, maintenant, peut-être à Paris, peut-être à Montpellier, il ne sait pas encore où fixer son chez lui. Il

réfléchit. Sur la table, miasmes nouveaux de cette réflexion stérile, qui n'accouche pas.
Marita-Marie est formelle, qui le répète : il écrit à l'Autre. Régulièrement. Messages de repentir comme bouteilles à la mer. Mais Marie ne veut pas lire. Pas savoir. Que pourrait-elle apprendre qu'elle ne sait déjà de cette relation dans la répétition entre Pierre et l'Autre, qui tourne en boucle sur elle-même, jusqu'à la nausée ?
– Ne fais pas cette tête. Tu as quelqu'un à présent. Je n'ai pas d'autre choix que de retourner vers elle ; tu ne me laisses pas d'autre choix ; la solitude me fait beaucoup trop peur.
Si peur, qu'il n'a pas hésité pourtant à l'imposer à Marie des mois durant ? Et quelle tête fait-elle donc en caressant le bois de cette table qui lui parle du bonheur comme d'un sable impossible à retenir entre les doigts ?
Marie, pour ne pas s'effondrer, pour effacer sa tête de bord des larmes, pense au prince Charmant. Aux clés du prince Charmant, là, dans la poche arrière de son jeans, qu'elle a trouvées ce matin en se réveillant seule au mitan de l'immense lit – à l'aube, Charmant était parti sans bruit travailler sur un chantier, elle ne sait où – avec ce petit mot : « pour toi, revient qu'en tu veut. Vite ».

Chapitre 7

Marie glisse la clé, SA clé, dans la serrure. Elle est revenue vite, la voilà déjà, ils n'ont pas tenu trois jours sans se voir. Son sac en bandoulière et le bouquet de roses rouges dans sa main entravent un peu son geste qu'elle veut le plus silencieux possible. Le prince en son antre dort, sieste habituelle de ses dimanches après-midi : Marie a prévu de se glisser à ses côtés dans le grand lit au centre de la grande chambre du deuxième étage.
Elle a quitté la maison de Montpellier en même temps que Pierre, elle en voiture direction Vézénobres, lui en valise à roulettes, direction Paris. Une grâce présidentielle (puisque de toute évidence l'Autre préside leur relation) lui a été accordée ; il va refaire surface dans la capitale – je ne sais pas encore ce que cela va donner, a-t-il jeté en pâture à Marie qui rumine ce nouveau départ au grand dam de son double diaphane. Déjà, il a refait surface en termes d'humeur : énergie retrouvée, petit sourire victorieux – arrête d'y penser, arrête ! souffle la petite voix à l'oreille de Marie. D'accord, les ruminations resteront dans la voiture, portières verrouillées, c'est décidé, hors de question qu'elles s'invitent chez Charmant.
Happée par la maison du prince, qui avec lui sommeille, Marie succombe : à la fraîcheur des murs, à la pénombre ambrée, au relent de cire des terres cuites, à ce silence qui frémit d'impatience. Le prince est lové sous sa couette, couché sur le côté, genoux relevés vers la poitrine, comme s'il voulait occuper dans ses rêves le moins de place possible. Pour lui laisser à elle l'espace de s'y déployer ?

Marie se dévêt, délicatement se glisse sous l'édredon et de son ventre et ses cuisses épouse ce grand dos brun et ces fesses musclées, à la peau si douce qu'à chaque fois elle s'étonne qu'elle ne laisse sur ses doigts une poudre, comme font les ailes des papillons.
Sous sa main, l'oiseau se réveille, puis le prince qui l'emporte loin, loin, et haut, haut.
– Tu n'as pas une petite faim ?
Oui, Marie a une petite faim.
– J'ai du chocolat noir, ça te va ?
Oui, Marie a exactement envie de chocolat noir, c'est fou quand on y pense ? Et de là où s'empilent les préservatifs s'éjecte une tablette d'une de ses marques préférées, à laquelle ils vont faire un sort. Avant de repartir loin, loin, et haut, haut.
– Oh, des fleurs ! On ne m'a jamais offert de fleurs. C'est la première fois. Je n'ai pas de vase.
Pas besoin de vase : les fleurs sont dans une structure en carton qui fait office de. Il faudra juste leur donner de l'eau, régulièrement. Il saura faire ? Oui, il saura.
– Des roses rouges ? Est-ce que ça ne veut pas dire je t'aime ?
Oui, voilà, ça veut dire. Ça parle à la place de Marie qui ne peut pas.
– Tu ne voudrais pas qu'on aille prendre l'air, un peu ? Après, on refera l'amour et on mangera : mes lasagnes sont dans le four. Et on refera l'amour. Et on dormira.
Voilà, c'est simple. Faisons comme ça.
Et les voilà partis chaussures de course aux pieds, en tenue de sport, à travers les ruelles piétonnes et pavées de Vézénobres, ce village merveilleux de conte de fées, pas moins, avec ses passages couverts, ses escaliers dérobés, ses maisons hautes qui s'échangent des secrets chuchotés par-dessus leurs têtes. Et là, dans ce passage étroit, sous le regard bienveillant de hautes fenêtres en ogive, le

prince Charmant attrape Marie à bras-le-corps et l'embrasse avec une fougue débordante.
– Vous êtes amoureux ?
Deux petits mômes, des garçons, sortis de nulle part, sont là soudain, qui les regardent avec curiosité, visiblement interrompus dans leurs jeux par ce baiser intempestif.
– Oui, bien sûr. Elle, c'est ma reine, moi je suis le prince Charmant et je l'ai délivrée d'un méchant dragon qui la gardait prisonnière.
– Si tu es le prince charmant, alors tu as un cheval ?
– J'en ai même deux. Un vert et blanc très léger, qui s'appelle Cannondale Synapse, et un autre, jaune, très puissant et très rapide, qui s'appelle BMW Touratech.
Marie alors se rappelle le vélo et la moto entrevus dans la pénombre de l'étage zéro de l'antre de son prince. Allez savoir ce qu'entrevoient les minots qui les laissent ainsi bouche bée ?
– Waouh ! Et tu as une épée aussi ?
– Oui, il a une belle épée, s'empresse de rétorquer Marie, mais il ne peut pas la montrer comme ça, en pleine rue.
Et d'éclater d'un rire complice, synchronisé, éclaboussant. Et de repartir en courant alors que les petits gars, doigts vissés sur leur tempe, leur signalent vertement qu'ils sont fous. Et folle Marie veut bien l'être puisque c'est à ce prix qu'elle s'oublie et oublie. Ce que sa petite voix, son double, ce léger recul d'elle-même, approuve amplement.

Chapitre 8

Leurs deux prénoms. Pierre et Marie. Côte à côte. Écrits au gros marqueur noir sur des cartons que des mains fermes, empressées, efficaces, soulèvent et emportent. Leurs deux prénoms soudain séparés, qui passent la porte du mas, descendent l'escalier de pierre et se retrouvent à nouveau – pour combien de temps ? – empilés et sanglés, dans le camion que Pierre a loué pour l'occasion.
Les mains sont celles de Pierre, de Marie pour les cartons les moins lourds, d'Arnaud et Yannick, venus en renfort.
Aujourd'hui, c'est le jour tant craint : le mas se vide de sa substance, les meubles les moins fonctionnels, que l'anglais ne veut pas garder, chinés avec une passion partagée, les objets empaquetés et ceux trop volumineux pour l'être, et Marie se demande si l'odeur tenace du lieu – fruits mûrs et terre oxydée – qui s'est au cours de plus de dix années mélangée à la leur, celle unique de leur famille, va partir aussi sur leurs talons une fois la porte refermée.
Sur la mezzanine du séjour, en position dominante, elle pousse sur leurs roulettes les bacs des disques vinyle qui les ont fait danser lors de soirées mémorables. Juché sur l'escalier raide et étroit, Arnaud prend le relais, pour les descendre un par un. Et soudain, ça échappe à Marie.
– J'aurais préféré qu'il soit mort, au moins j'aurais pu sauver le mas !

Et bien sûr, comme toujours dans ces cas-là, c'est ce moment précis que choisit la personne visée – Pierre en l'occurrence – pour entrer dans la pièce.
– Sympa, merci !
Et de lancer vers elle un regard mauvais à faire frémir. Mais Marie l'a bien cherché, comme le souligne alors Arnaud et comme il le dira encore des années plus tard, en réécrivant un peu l'histoire à sa façon, comme on fait toujours aussi, dans ces cas-là.
Sauver le mas ! Ce lieu qu'elle a surinvesti, rénové et décoré avec fougue, rêvant de cabanes sur les « faïsses », accrochées aux chênes verts, remplies de petits-enfants en ribambelle sautillante et riante. Une maison de famille à transmettre en héritage. Rien que ça.
Marie n'a pas su se mordre les lèvres à temps, à temps elle se mord les yeux. Ne pas pleurer. Surtout pas.
À la senteur mêlée des enduits à la chaux et des vacances enchantées, s'en mêle une autre, toute récente, ténue, que Marie pourtant distingue et isole pour se réconforter : des arômes de tendresse volée, d'ébats insolents, profanateurs. Pas plus tard que la veille, elle a amené le prince en ce lieu, profitant qu'il avait un vendredi chômé, pour lui faire mesurer l'étendue de sa peine, la perte irrémédiable, certes matérielle et bourgeoise, de cette maison bancale qui parlait tout à la fois de passé heureux et d'avenir appétant. Qui même, ose-t-elle s'avouer, donnait depuis plus de dix ans, un sens à sa vie.
Une fois la maison visitée, elle lui a aussi fait courir ce parcours tout en sentes et raidillons qui s'ajuste au vallon, frôle les grottes usées par les genoux de Lucie et d'Arnaud, monte en lacets serrés jusqu'au col de Valaurie – Regarde, en bas, Mialet, son gardon, et là, le mas Soubeyran – atteint enfin la crête boisée – cet arbre mort et creux, enlace-le, fait un vœu, c'est notre arbre aux sorcières –, puis surplombe la route de Saint-Jean-du-Gard, avant de redescendre en serpentant, entre troncs et caillasses. Ce tracé tant de fois

parcouru avec Pierre, chronomètre au poignet et performances affichées sur le frigo, feuille placardée par un aimant qu'elle rechigne à retirer. Et le prince tout ouïe d'écouter patiemment sa ritournelle sur neuf kilomètres, mélange de plaintes, de regrets anticipés mais aussi d'enthousiasmes retrouvés. Des enthousiasmes qu'elle avait laissés là, peut-être, lambeaux soyeux accrochés aux branches, en prévision de lendemains difficiles ?

Dans le mas, sous la douche, doucement, à sa façon bien à lui, presque reptilienne, il lui avait fait l'amour, sinon comment la faire taire, et sur le canapé et sur ce lit du dortoir et sur la table de monastère – mais non, pas là, pas dans l'escalier étroit et raide de la mezzanine, interdit, défendu, tabou absolu. Il n'avait rien demandé ; Marie avait pu garder pour elle la vision des deux fantômes enlacés dans ce même escalier, un 20 février 2002, cette date étrange du 20-02-2002 qu'elle avait alors interprétée comme un « nous deux pour l'éternité ». Quelle ironie ! Ce jour-là, Pierre et elle avaient récupéré les clés chez le notaire, avaient posé entre ces murs épais leurs premières affaires et les premières gouttelettes du parfum familial. Une inauguration à leur façon : étreinte en pente inoubliable et bulles d'un champagne coté, sorti d'un coffret assorti de deux coupes tulipe gravées de sa célèbre marque. Dans quel carton ont-elles bien pu disparaître ?

– Oh, tu fais quoi là ? Tu rêves ou quoi ? Il me faudrait de l'aide pour porter ce canapé !

Chapitre 9

– Tu sors ?

Le prince Charmant a insisté : il veut fêter son anniversaire avec Marie, non ça ne peut pas attendre ce week-end, même s'ils doivent le passer ensemble, il est né à cette date précise qui tombe un mercredi cette année, il chevauchera sa pétaradante monture jaune jusqu'à la place de la Comédie et ils iront au restaurant. Alors oui, Marie sort.

– Je te l'ai dit ce matin, Pierre. Je vais au restaurant pour l'anniversaire de…

– Je sais. Tu rentres à quelle heure ?

– Je ne sais pas. Dix heures au plus tard, je pense.

Mais évidemment, après le restaurant, ils ont flâné un peu, main dans la main, et Marie a savouré d'être enfin cette femme-là, celle que les autres envient parce qu'un homme la mange des yeux et la soulève régulièrement de terre pour l'embrasser devant tout le monde, en pleine rue de la Loge, en pleine place de la Comédie, l'amour démonstratif et le bonheur qui forcément va avec.

Alors quand elle rentre chez elle, évidemment, il est plus de dix heures. Oh, pas beaucoup plus. Dix heures trente à tout casser. La terrasse éteinte. Peut-être a-t-il oublié, cette fois, de la lui laisser allumée comme il le fait habituellement ?

À petits pas prudents, dans la pénombre du jardin, Marie rejoint la porte d'entrée et cherche ses clés. Et cherche ses clés – cherche encore, dit la petite voix, vide tout le contenu de ton sac, là, par terre, tâtonne dans la doublure – mais rien à faire, pas de clés. Et la porte est fermée. Un rai de lumière sous les portes-fenêtres du salon témoigne que Pierre n'est pas encore couché, alors elle tape à la porte puis au volet le plus proche, appelle, quand soudain, le rai de lumière disparaît. À son oreille maintenant collée à l'huisserie close, seul le silence répond.

Sans doute ne m'a-t-il pas entendue ? La télévision devait être allumée, c'est pour ça. Toujours à petits pas prudents, Marie contourne la maison jusqu'à sa façade nord où le rai de lumière, joueur, filtre à présent sous les volets de la chambre d'ami, désormais chambre de Pierre. Rebelote : Marie tape et appelle. Rebelote, le rai de lumière – taquin ? – disparaît. Marie tape et appelle de plus belle – Pierre j'ai oublié mes clés, ouvre-moi ! Alors Marie entend clairement que la porte de la maison, à l'opposé du côté où elle se tient, s'ouvre sur la nuit. La voilà donc qui refait le tour en sens inverse et peut enfin entrer chez elle, dans un hall plongé dans le noir, où les cartons marqués Pierre, en pile instable, préfigurent une curieuse œuvre d'art. Le rai est désormais sous la porte de la nouvelle chambre de Pierre, où, une fois ses petites affaires remises dans son sac, ses chaussures retirées et son manteau posé, Marie de nouveau frappe, sans impatience cette fois. Pas de réponse.

– Pierre, est-ce que tout va bien ?

Pas de réponse. Le rai de lumière, Marie en jurerait, prend un air obtus.

– Pierre ? Pierre ? Est-ce que je peux entrer ?

Toujours pas de réponse mais cette fois, n'y tenant plus – ça suffit ce cirque, intime la petite voix – Marie entre sans invite. Pierre, placide, assis dans son lit, jambes sous la couette, se cramponne à son livre comme si de rien n'était.

– J'avais oublié mes clés.

– Je sais. Tu les as laissées sur la commode de l'entrée.

– Alors, puisque tu le savais, pourquoi n'as-tu pas laissé la porte ouverte et les lampes de la terrasse allumées ?
Pas de réponse. L'air placide sonne si faux qu'enfin Marie comprend. Cette tête déconfite sous la surface, bouche boudeuse soudain, mais oui, bien sûr, évidemment…
– C'est à cause d'elle ? Vous avez encore rompu ?
– Non ce n'est pas à cause d'elle.
– Mais alors, pourquoi tu fais la gueule, parce que tu fais la gueule, là, non ?
– C'est à cause de toi.
Et Marie aurait préféré que les yeux restent rivés sur le livre, car le regard incendiaire que Pierre alors lui lance, la tétanise. Des éclairs de haine, n'est-ce pas cela qui soudain sourd de sous ses paupières à demi fermées comme deux fentes de meurtrière ?
Sans plus un mot, boule d'effroi à l'estomac, Marie bat en retraite. Petite voix en elle soudain coite, bâillonnée de stupeur. Et de prendre une douche rapide qui ne lave pas l'affront. Et enfin de s'enfermer, à clé, dans sa chambre. Oui, à clé, car aucune douche ne peut non plus laver cette peur, si terriblement nouvelle pour elle mais que son corps reconnaît dans ses milliards de cellules reçues en héritage de toutes les femmes avant elle.

Chapitre 10

Cette peur. Honteuse. Donc indicible. Honteuse car comment peut-elle penser, un seul instant, un seul, que Pierre puisse lever la main sur elle ?
Un fossé, entre lever les yeux et lever la main. Comment savoir ? Être sûre ? Honteuse. Du doute soudain qui l'habite. La hante. À tort ? À raison ?
N'avait-elle pas été persuadée durant près de trente ans que jamais au grand jamais il ne la blesserait volontairement ? Pas lui ? N'importe qui d'autre mais pas lui ? Or, bien obligée de constater que. Mais tout de même, la battre, physiquement, non !
Cette peur, honteuse, indicible car à qui ? Son journal ? Et s'il tombait entre mauvaises mains ? Lise ? Mais n'entend-elle pas déjà son discours huilé, fiche-le dehors, ça suffit, auquel elle préfère faire sourde oreille ? Arnaud ? Qui n'a pas envie d'être mêlé à ça – je ne veux rien entendre, maman, c'est votre problème pas le mien ? À Lucie ? Sa fragile Lucie ? Sa TROP fragile encore Lucie ? À Jean, alors, mais ne serait-ce pas aller à l'encontre de ce que précisément elle exige de lui depuis plus d'un an vis-à-vis de Pierre, compréhension, patience – papa, s'il te plaît, pas d'animosité parce que s'il revient comment ferez-vous ?
À son psy ?
Oui voilà, dire à Layer. Lui saura la guider vers ce qu'elle sait au fond d'elle, certainement, mais n'ose affronter.

Chapitre 11

Layer est en vacances. Ou en séminaire. Elle ne sait plus mais le blanc dans son agenda, l'absence de rendez-vous, lui rappelle brutalement que cette semaine, il n'est pas là.
Pas là.
Bien. Elle dira sa peur au prince Charmant, voilà tout, n'ont-ils été inventés de toutes pièces pour ça, ces princes : chasser nos démons ?
Dans sa voiture, tout un week-end avec lui, elle prépare son discours : terrasse éteinte. Porte verrouillée. Yeux comme des carabines. Peur, là, touche, oui, au niveau de l'estomac. Ta main de prince. Au secours !
La clé toutefois à peine tournée dans la serrure, au niveau zéro de son antre, senteur de cire d'abeille mais rien d'autre qu'un étrange silence. Marie appelle. Pas de réponse. Qu'ont donc les hommes à son contact, en ce moment ? Escaliers montés quatre à quatre, niveau séjour vide et feu éteint. Pas de poêle odorante grésillant sur la cuisinière. Niveau deux enfin et sur le lit, le prince Charmant recroquevillé, en position fœtale, les yeux débordants de larmes silencieuses, tout juste un petit hoquet en guise de bonjour. Marie s'enroule sur ce grand corps tassé, le serre, enfouit sa bouche dans le creux de son cou. Inspire. Respire. Miel et lavande, la moiteur de sa peau.
– Qu'est-ce qui se passe ? Qu'est-ce qui t'arrive ?

– Mon ex. Elle va me prendre ma princesse. On s'est disputés. Elle m'a menacé. Elle va refuser la garde partagée.
Alors Marie d'expliquer doucement, patiemment, que non, elle ne peut pas, que le juge a déjà statué, qu'il faudrait qu'il ait commis une faute à l'encontre de leur fille pour remettre cela en question, que ce n'est pas son ex qui décide, qu'il y a la loi. Il ne risque rien.
– Tu crois ?
Non, elle ne croit pas. Elle est sûre. Soudain très sûre, si sûre et si certaine que,
– Paul ?
– Oui ?
– Je t'aime !

Chapitre 12

– Si je comprends bien, tu lis mes mails ? Tu m'espionnes, quoi ?
– Oh ça va, j'ai lu CE mail, oui, de là à t'espionner, il ne faut pas exagérer. Et puis heureusement que je l'ai lu, au moins je suis au courant de ta duplicité ! Bravo !
Regard d'acier de Pierre sur Marie, froid, noir, distant, et la boule de peur, qu'elle pensait maîtrisée, de nouveau grossit. Peut-être aurait-elle dû se taire ? Peut-être devrait-elle encore se taire ? Et la petite voix qui ne dit plus rien, tapie en elle, terrée… que faire ?
– Juste une fois ? Je dois te croire ?
– Oui, juste une fois. Cet étalage tout de même, ça frise l'indécence. Tu es obligée d'écrire à nos amis « le prince charmant a fait ceci, le prince charmant a dit cela », franchement, le « prince charmant », mais tu as quel âge, Marie, c'est tellement ridicule, et comme ça maintenant, il est invité à réveillonner le 31 décembre ?
– Ce n'est pas une réponse ça : juste une fois ou ton espionnage est régulier ?
– Peut-être deux ou trois, quelle importance ?
– Pourquoi fais-tu ça ?
– Je ne sais pas, Marie. Tu es sortie de notre bureau, tu as laissé ta messagerie à l'écran, voilà, c'est tout, c'était tentant. C'est idiot. Je m'excuse. Je ne le ferai plus. Mais s'il te plaît ne me donne pas de leçon alors que tu as l'hypocrisie de le présenter à nos amis quand moi je n'ai rien fait de telle de mon côté avec…

– Mais comment peux-tu comparer ? Elle est la cause de notre séparation – même si tu le nies, personne n'y croit – lui n'a rien fait. Rien d'autre que m'aider à aller mieux. Un peu mieux.
– Je devrais le remercier peut-être ? J'aimerais qu'à l'avenir tu fasses preuve d'un peu plus de décence et de discrétion vis-à-vis de nos amis. C'est tout. C'est bien compris ?
Regard plus noir encore. Une marée dans les yeux verts qu'elle aimait tant.
Sortie de la cuisine et porte qui claque. Et rétrospectivement la peur terrible d'avoir été démasquée. Qu'il ait trouvé aussi, dans sa messagerie, le dossier Alguazil. Ce dossier devenu d'un tel ennui pour Marita-Marie qu'elle devrait le supprimer. Supprimer aussi l'application d'espionnage. À quoi sert-elle sinon à lire des échanges d'une platitude incroyable entre Pierre et l'Autre, des simagrées autour de qui va acheter le pain, des remontrances à propos d'une bouteille d'huile qu'il n'aurait pas dû ouvrir puisqu'une autre était déjà entamée, des semonces sans importance, visiblement, puisque Pierre les avale en ronchonnant placidement.
Le dernier rapport de Marita-Marie, réduit à une ligne : « On dirait un vieux couple en bout de bobine ! »
Peut-être que la séparation entre Pierre et Marie est salutaire ? Peut-être qu'elle leur évite de ne jamais devenir un vieux couple perclus de mesquineries ? Ou pire encore, un couple qui se déteste. Avec, pour elle, la peur, en filigrane du quotidien ?
Nonobstant la peur, elle aurait pu en rire, en dedans : l'espionne espionnée, quel pied de nez ! Et son culot à jouer les outragées ! Mais voilà, il y a la peur. Cette peur. Indicible. Honteuse. En finir !

Chapitre 13

Leurs deux prénoms désormais séparés.
Cartons de Marie bien rangés au grenier. En attente. D'avoir peut-être un jour, qui sait, un nouveau mas à décorer. Cartons de Pierre dans le hall d'entrée, empilés à la hâte, structure hétéroclite, bancale, des petits sous des gros qui les écrasent un peu plus chaque matin, comme le constate Marie qui passe devant pour aller prendre son petit-déjeuner dans la cuisine.
Devant ses cartons, Pierre est passé avant elle, qui prépare, fidèle à presque trente ans d'habitudes rodées, bols, café et lait chaud, tartines grillées et jus de fruits.
Chaque matin depuis qu'ils ont vidé le mas – dont ils n'ont plus les clés à présent, voilà, c'est vendu, fini, bien fini – Pierre l'accueille dans la cuisine d'un je ne sais vraiment pas quoi faire, est-ce que je reste ici, qu'on essaye de cohabiter, que je me prends en plus un studio dans Montpellier ou est-ce que je pars m'installer dans un appartement plus grand à Paris ?
Et chaque matin désormais Marie de supporter ce troisième convive qui s'installe à table : l'hésitation !
Et alors que chaque matin, jusqu'ici, Marie se tait car quoi dire, hein ? voilà que ce matin, elle sait, elle est sûre et certaine. Et plus encore : déterminée.
– Moi je sais, tu pars à Paris, Pierre, ce cirque a assez duré. Je n'en peux plus. C'est devenu irrespirable, je te donne quinze jours pour

trouver quelque chose d'habitable, dans tes moyens et dans un endroit qui te plaît, mais à Paris.
Ce n'est pas sa petite voix intérieure, muette, qui dicte ces mots mais celles mêlées de Layer, qu'elle n'a pas besoin d'avoir consulté pour savoir ce qu'il aurait suggéré, celle impatiente de Lise, celle sage de Jean et celle enfin du prince qui tremble pour elle. Ces voix, sa force.
– Quinze jours ?
– Oui, quinze jours. Avec Internet c'est bien assez, non ? En à peine un mois, il y a un an, tu as décidé du sort de notre couple, je te rappelle, donc quinze jours ça me semble énorme proportionnellement aux enjeux pour simplement te choisir un appartement.
Ces voix mêlées, fières d'elle, non ?

L'homme-rhino

Chapitre 1

Minuit. Quatre petits coups discrets à la porte de la chambre de Marie.
Dehors, dans le jardin, devant le portail bleu, une camionnette de location remplie jusqu'à la gueule.
Quatre petits coups à la porte qui n'est pas fermée à clé : la peur s'est envolée. Ils ont parlé. Beaucoup. Encore. Essayé de rationaliser ensemble l'irrationnel de leur situation. Sont arrivés à cette conclusion que Pierre effectivement doit s'éloigner. Avoir un lieu à lui. À Paris. Et dans le temps imparti de deux semaines, il s'est trouvé un trois-pièces refait à neuf, dans ses moyens, en proche banlieue – L'Autre ira-t-elle, qui refuse de franchir le périphérique, s'est demandé Marie, admonestée aussitôt par la petite voix retrouvée qui lui suggère de s'en contreficher. Et aujourd'hui, Pierre a passé l'après-midi à empiler dans la camionnette, celle qui dort d'un œil dans le jardin, rongeant son frein, ses cartons et les meubles dont il a besoin pour s'installer. Durablement.
Minuit, quatre petits coups discrets et cette supplique :
– Marie, est-ce que tu dors ? Est-ce que je peux entrer, s'il te plaît ?
Non, Marie ne dort pas. Comment pourrait-elle, alors qu'elle l'entend se tourner et se retourner bruyamment dans son lit à l'autre bout du couloir avec force soupirs et grincements de sommier ? Mais elle n'a pas le temps de lui dire d'entrer que déjà il jaillit dans la chambre, et dans la lumière tamisée de la lampe de chevet qu'elle allume précipitamment, elle découvre l'homme de sa vie

embarqué dans une danse étrange consistant à arpenter la pièce parallèlement au pied du grand lit conjugal, alternativement dans un sens puis dans l'autre, en tenant des propos décousus. Cette danse frénétique et répétitive, piétinante, Marie est sûre de l'avoir déjà vue quelque part, mais où ? Et que marmonne-t-il ?
– … alors, voilà, tout de même, on est très proches tous les deux, hein, je veux dire que nous avons tissé en presque trente ans une incroyable intimité et cette intimité, cette complicité, je n'arrive pas à la reconstruire avec elle, et donc, je me suis dit que peut-être, évidemment oui, bien sûr, c'est bien que j'aie un chez moi, que je m'éloigne pour que tu puisses avoir l'espace de te reconstruire, hein, et finalement avoir toi aussi une forme de chez toi dans notre maison, je suis d'accord avec tout ça…
Marie, tout en se creusant les méninges pour retrouver où elle a déjà vu cette curieuse chorégraphie que Pierre infatigable poursuit, s'efforce de ne pas perdre le fil.
– … mais je suis d'accord aussi quand tu dis que ce sera très difficile de retrouver ce qu'on a connu, même si, attention, encore une fois, je veux vraiment essayer de vivre quelque chose d'autre, de nouveau, de surprenant, parce que nous deux…
Soudain, enfin, elle sait : cette danse, vue dans le film *Les Dieux sont tombés sur la tête*, est celle du rhinocéros éteignant dans la brousse un début d'incendie pour sauver son environnement. Pierre-rhino en train de sauver quoi ? Et lui revient aussi que durant leur vie commune, Pierre avait maintes fois prévenu son entourage que le jour il se sentirait mal psychologiquement il irait consulter un vétérinaire – propos censés montrer non son mépris de la psychiatrie, car il ne se serait pas permis, mais simplement son pragmatisme face aux passions humaines.
– … une vie très écrite, trop écrite, tu vois, les mêmes amis toujours, les voyages, le triathlon, nos enfants et peut-être un jour des petits-enfants, et tout ça me fait peur, je n'y vois que vacuité

tétanisante, tu comprends, mais enfin, voilà, cet inconnu non écrit me fait peur également…

En l'occurrence Marie aimerait, en cet instant précis, avoir un vétérinaire sous la main, avec fusil à pompe et seringue hypodermique pour endormir le pachyderme, qui, faute d'éteindre quoi que ce soit, continue de l'incendier de litanies.

– … comme entre deux rives, je n'ai plus de repaire, du coup, je me suis dit : est-ce qu'on ne pourrait pas décider qu'il s'agit d'un break ? Seulement d'un break pour notre couple ? Cela me laisserait le temps de terminer mon autre histoire – je sais bien qu'aucun avenir n'est possible avec elle. Et ainsi tu pourrais vivre ton histoire de ton côté. Cela nous éviterait de tout détruire alors que nous ne savons finalement ni l'un ni l'autre ce que nous voulons. Qu'en dis-tu ?

Séance du 13 décembre – 16 heures

– Et vous avez accepté ?????

– Oui, j'ai accepté.

– Alors même qu'à Chypre, un an plus tôt, quand vous-même lui avez demandé que ce ne soit qu'un break, n'est-ce pas, regardez, c'est noté là – et de fouiller frénétiquement dans son dossier, et de pousser devant elle une page couverte de pattes de mouche péremptoires comme il aurait fait de sa boîte de mouchoirs en papier – il vous a répondu non, lui, sans autre forme de procès. Et vous, sans négocier, sans mégoter, vous lui avez dit oui ?!?!?!

Oui, elle a dit oui. Un oui fort et franc, unique, avant de lui demander de sortir et d'éteindre sa lampe de chevet. Mais elle avait hésité, c'est vrai, oh pas longtemps. S'il n'y avait eu qu'elle, elle aurait soulevé sa couette, lui aurait dit on a assez déconné comme ça, on arrête, viens là, tout contre moi, dans mes bras, demain matin on vide ensemble ce pernicieux camion, on remet les choses à leur place et notre vie sur ses rails. Mais c'était compter sans la petite voix, n'est-ce pas, vous savez cette petite voix qui ne me lâche plus, qui hurlait impérieuse : vas-y, refuse et envoie le bouler d'un magistral « bon vent » !

– Ce « bon vent » que vous-même m'aviez suggéré de lui souhaiter je ne sais plus quand, je m'y perds à force. Du coup, j'ai choisi un compromis.

– Ce oui, un compromis ?
– Entre mon instinct – la couette – et ma raison – le bon vent –, oui, ce oui m'a semblé un bon compromis.
Et le docteur Layer de soudain quitter l'appui de son bureau pour basculer en arrière dans son fauteuil – remettre un peu de distance – et la regarder avec componction.
– De toute façon, c'est fait. Et en quoi exactement consiste ce break ? Avez-vous au moins posé des modalités ? Un délai ?
– Des modalités, oui. Un délai, non. Le temps qu'il faudra, voilà.
La componction se mue en compassion sincère, bien au-delà de celle professionnellement requise.
– Bon, et ces modalités c'est ???
Marie reconnaît qu'elles diffèrent peu, c'est vrai, de celles décidées à Chypre. Il y a toujours cette bande d'amis dans laquelle l'Autre ne doit pas être introduite, ni Paul non plus désormais. Être attentifs à éviter de se lancer des mots coupants pour ne pas se blesser davantage, conserver autant que faire se peut une forme de bienveillance intelligente, ne rien décider ni faire d'irrémédiable qui nuirait à la possibilité de se remettre ensemble. Oh, pas tout de suite. Dans quelques années. Et concernant le territoire de la maison, Paul a le droit d'y passer les week-ends mais pas celui d'y entreposer ses affaires dans placards ou tiroirs, pourtant vidés de celles de Pierre.
– Attendez, se remettre ensemble dans quelques années ? Un break de quelques années, c'est ça ? Oubliez l'idée : tout au plus donnez-vous quelques mois. Effectivement, rien de bien nouveau avec l'année que vous venez de passer : il garde encore la main sur vous !
– Sans doute. Mais réciproquement, je garde aussi la main sur lui !
– Pourquoi est-ce si important ?
– C'est le père de mes enfants. Cette main sur lui, je la vois comme un garde-fou. Pour moi, cet homme a disjoncté, c'est comme ça que je m'explique son départ – et je suis loin d'être la seule ! Plus

que la main, c'est surtout un œil sur lui que je veux garder. Pour prévenir le pire. Être aussi un semblant de sol quelque part, solide, où il puisse trouver appui. Parce que, pour reprendre une expression à lui, l'Autre dans le lac où il a peur de se noyer est plutôt une planche pourrie.

– C'est ce qu'il dit : une planche pourrie ? J'ai bien du mal à le suivre, votre conjoint : à vous entendre, on ne peut que se demander ce qu'il fait encore avec elle…

– Une mission de sauvetage, je suppose. Son rôle de chevalier servant, titre dont il s'est lui-même affublé à Chypre. Je crois qu'il veut lui redonner goût à la vie. Il est persuadé que moi je n'ai besoin de personne pour ça, que je suis d'une nature bienheureuse, et c'est peut-être vrai. Avec elle, il se sent utile, voilà.

– Et la peine qu'il vous fait, vous y pensez ? Est-ce que vous n'êtes pas en train de tendre l'autre joue, avec ce break ?

– Non, ce n'est pas la joue mais la main que je tends. Je sais ce que je fais.

– Et Paul, que faites-vous de Paul dans ce break ? Qu'en pense-t-il ? Est-il seulement au courant ?

– Non, bien sûr que non. L'Autre non plus ne l'est pas. Sont déjà ou seront mis au courant mon père, nos enfants, nos amis les plus proches.

– Évidemment, vous vous en doutez, je n'adhère pas du tout. Mais je respecte votre choix. Voilà comment je comprends les choses, du haut de ma science comme vous vous amusez à dire pour me taquiner parfois : dans la tête de Pierre, les objets « vous » et « cette autre femme » sont à la fois incompatibles et indissociables. Comment choisir alors ? Ce break est un non-choix. Vous croyez lui tendre la main mais il est possible qu'au contraire, en acceptant, vous ne soyez pas en train de lui rendre service. Mais ce n'est pas ça mon problème. Mon problème, c'est que j'ai peur que vous ne soyez pas non plus en train de VOUS rendre service. Réfléchissez-y, d'accord ?

D'accord, elle va y réfléchir.

Et elle commence tout de suite. Elle est si absorbée qu'elle oublie d'appuyer sur le bouton du rez-de-chaussée. L'ascenseur soudain s'éteint lui offrant ce caisson noir où enfin elle peut s'expliquer en chuchotis inaudibles son oui qui a surpris Layer et Jean et Lucie et Arnaud… C'est qu'elle aurait voulu que rien jamais ne change. Ni personne. Et ce, depuis toujours, depuis sa nuit des temps à elle. Elle s'efforce d'ailleurs de ne pas changer, de rester d'une fidélité quasi maladive à la petite fille qu'elle a été, avec ses rêves, ses fiertés, ses prétentions ; peut-être se ferme-t-elle, ce faisant, des horizons mais celui qu'elle s'est fixé dans la durée a ceci de précieux d'être d'une lumineuse droiture, une recti-ligne de conduite difficile à maintenir, certes, dans ce monde qui s'obstine précisément à bouger vite, si vite, trop vite, avec une frénésie déboussolante, dont Pierre n'est-il pas l'une des victimes ? Pierre a besoin de l'inertie d'un break ? Eh bien, elle aussi, voilà tout !

Chapitre 2

– Marie, par pitié, ne me dis pas que tu as accepté ?
– Si.
– Mais enfin, pourquoi ?
– Garder la main ?
– Garder la main dans un jeu de dupes, la belle affaire !
Et de terminer sa phrase par son rire en staccato, comme tiré d'un piano d'enfant, ce rire bien à elle, unique, d'une absolue justesse. Car au fond, le mieux n'est-il pas d'en rire de ce break sollicité par une étrange danse de pachyderme extincteur ? Le rire se mue en sourire bienveillant.
– Personnellement je trouvais très bien qu'enfin tu l'aies mis dehors. Là, ce break, je le vois comme un recul. Dommage, non ?
Marie regarde Lise. Lise fidèle à elle-même, elle aussi. Lise qui ne change pas. Ses rondeurs un peu plus rondes peut-être mais toujours aussi douces. Lise et ses robes qui la magnifient, cette façon de s'habiller avec toujours ce même goût sûr et assumé pour les dentelles, la résille, le noir, le blanc et le rouge, cette grâce, ce style que Marie copie avec plus ou moins de succès depuis le début de leur amitié. Lise que Marie a choisie il y a trente-cinq ans, oui, choisie…
– Tu ne réponds rien ?
– J'ai dit oui parce que je voudrais que jamais rien ne change. Comme nous deux. Comme notre amitié indéfectible qui survit aux séparations, même longues, que la vie nous impose.

Bien sûr, Lise comprend. Qu'elle a choisi pour ça, parce que d'instinct elle savait que cette personne-là, cette fille-là, quoiqu'elle dise ou fasse la comprendrait toujours. Lise qui se plonge soudain dans le menu, qu'elles connaissent par cœur, ce restaurant est devenu leur cantine, elles y sont surnommées les dames au fondant, car c'est toujours ce dessert qu'elles prennent à l'unisson, dessert qui lui non plus ne change pas au fil des années, dégoulinant son cœur de chocolat sous chapeau de chantilly quand elles y enfoncent avec délectation leur petite cuillère, ce délice au palais… et les papilles de Marie en frétillent d'avance comme devant un étendard turquoise. Lise lit le menu en silence, pour faire silence, et lui laisser le temps de dépasser son envie soudaine de pleurer. Parce que oui, bien sûr, ce break est un recul ! Un refus d'aller de l'avant. Une peur d'aller de l'avant.
Aller de l'arrière plutôt ? Et ce n'est plus la Lise de cinquante et un ans que Marie voit devant elle, mais Lise dans toute la luminosité de ses seize ans. Cet été-là, ses parents avaient décidé de poser leur caravane dans un camping à la Grande-Motte et Marie avait franchi à pied la barrière du Lou Pibols pendant qu'ils remplissaient les formalités à la réception. Et là, devant elle, dans cet espace où un bar minimaliste invitait les campeurs à se désaltérer au retour de la plage, une bande de jeunes, des garçons pour l'essentiel, debout, entourant une fille en robe blanche bordée de dentelle, assise à l'envers sur une chaise, bras appuyés sur le dossier, mollets ronds et beau visage de brune du sud. Assise et qui pourtant dominait. Son aura était telle que Marie fut éblouie. Et pour la première fois de sa vie, elle allait faire l'inverse de son habitude, consistant à se lier stratégiquement d'amitié avec une fille pour approcher son frère aîné : elle allait draguer le frère, puisque frère il y avait, pour atteindre cette flamme. Pas question de se contenter de faire partie de sa cour, non, elle la veut pour elle seule, à tout

jamais, persuadée de partager avec cette future AMIE majuscule, la même rectitude.
– Je vais prendre les petits farcis, pour ne pas changer ! – et de rire de nouveau comme gouttes de pluie sur toit de tôle – et toi, si tu me disais plutôt ce qui te fait peur ? Outre la nouveauté évidemment.
– Outre la nouveauté ? Je ne sais pas moi.
– Quand tu nages en mer, au large, est-ce que tu as peur de te noyer ? Peur des requins ?
– Non, quelle idée !
– Quand tu fonces à vélo, tu as peur de tomber ? Quand tu manifestes dans la rue, tu as peur des flics ? Quand tu randonnes en montagne, tu as peur qu'un orage arrive ?
– Non plus.
– Ok. Et pourtant, parfois tu devrais. Marie qui n'a peur de rien, ni rationnellement ni irrationnellement, soudain a peur… mais de quoi, vraiment, la nouveauté mise à part ?
– Je crois que j'ai peur, terriblement peur, de perdre Pierre. Qu'il s'éloigne au point de sortir définitivement de ma vie. Que ma vie alors soit coupée en deux, dépourvue de sa logique linéaire qui, à mon sens, fait sens. J'ai peur qu'un fossé se creuse qui m'empêche de me souvenir avec plaisir. Peur qu'il m'efface, qu'il m'oublie et ce faisant m'oblige à le gommer aussi.
– Impossible ! J'en mets ma main à couper. D'accord, il s'est entiché d'une autre, mais il te la dit, ce n'est pas à cause de toi. Il est en crise de mi-vie comme tout un tas de bonshommes qui veulent se prouver je ne sais quoi, c'est d'une affligeante banalité, mais ne t'inquiète pas : tu es inoubliable – nouveau rebond de gouttelettes sur le toit. Et Paul ? Est-ce que tu ne devrais pas lui laisser une chance ? Quand est-ce que tu me le présentes ? Tu as le droit de me le présenter au moins ?

Chapitre 3

– Écoute, ma Minou, le problème n'est pas de savoir pourquoi tu as dit oui, ni si tu as eu tort ou raison. Le problème est de savoir si, maintenant que tu as pris la mesure de ce que ce break représente, tu regrettes ou non de l'avoir accepté.
Non, Marie ne regrette pas. Pour toutes les raisons évoquées, qu'elle lui rappelle mais qu'il connaît déjà tant elle les radote : retenir encore un peu Pierre, prendre le temps de savoir elle aussi ce qu'elle veut devenir, ce qu'elle peut devenir avec les perspectives nouvelles que la vie lui offre, cette pause que le break constitue dans la tourmente de sa vie… certes de bohème, mais tourmente malgré tout, une respiration dans l'aspiration de la spirale vers le haut, son nouvel objectif de remonter là où l'oxygène abonde.
Et pour une raison plus profonde encore.
– Je ne suis pas sûre que Paul soit un homme pour moi.
– Parce que ce n'est pas un intellectuel ?
– Oui, pour ça. Parce qu'il n'est ni politisé, ni engagé, ni cultivé, parce qu'on appartient à des mondes très différents.
Comme l'a souligné si justement Lise qui enfin a fait sa connaissance lors d'un dîner. Et à la façon dont Jean secoue doucement la tête, elle sait bien que lui aussi est dubitatif. Même si les grands bras de cet homme prévenant autour du corps amaigri de sa fille le soulagent et le rassurent.
– Est-ce que tu n'es pas bien quand tu es contre lui, dans ses bras ?

– Bien sûr que si, terriblement bien. Mais je ne suis pas sûre que la femme que je suis avec lui, dans ces moments-là, soit tout à fait moi. Comme si, dédoublée, je me regardais être avec un petit rictus en coin, que cette ombre, mon ombre, n'était pas dupe et ne collait à mes talons que par convention et non par adhésion.
Alors ce break, en ouvrant un espace hors champ, donne à Marie l'occasion unique de jouir de ce qu'elle aurait sans doute fui, en temps normal, a-t-elle envie d'ajouter, si elle avait été profondément raccord avec elle-même, avec sa raison comme seule conseillère. Ce break, parce qu'interlude dans sa vie qui n'en perturbe que momentanément la linéarité comme l'onde fugace d'un ricochet, lui donne à entendre son cœur. Elle peut s'abandonner à essayer une autre voie. Et ainsi, donner sa chance à Paul. Peut-être.

Paul

Chapitre ?

Quel numéro accorder à ce qui suit dans le déroulé de la vie de Marie ?
Impossible de chapitrer le temps passé avec Paul, aux côtés de Paul, sur les chemins de Paul, sur la peau de Paul – bouche, nez, langue – et sous ses paupières. Car sur le palier de décompression que le break offre à Marie, entre fond et surface, entre sombres profondeurs et lumineux éther, l'ordonnance des faits et gestes s'absout des jours, des heures et des secondes.
Le temps ne s'écoule pas, il n'est pas non plus suspendu, il fait flaque. Flaque immense où se vautrer avec délectation. Vaste étendue marine à parcourir, accrochée aux bras de Paul comme aux nageoires en forme d'ailes d'une raie Manta.
Plutôt qu'avec des numéros, faut-il alors chapitrer avec des mots ? Lequel en premier ? Rituel ? Rituels, au pluriel, semble approprié.

Rituels

Premier rituel, dès cinq heures trente du matin : le petit bip du téléphone portable de Marie, qu'elle garde désormais à portée de main. Paul, à l'aube, devant son bol de chocolat chaud, lui envoie un adorable message. Quelques mots, certes étrangement orthographiés, accordés ou conjugués disent son manque d'elle, ses rêves qu'elle envahit, l'arc du soleil levant qu'il lui offre en collier… minuscules poèmes sans rime ni grammaire qui illuminent son début de journée, qu'elle lira plus tard, quand son réveil à elle sonnera, qu'elle sait touchants, affectueux, galvanisants.
Deuxième rituel, l'alternance établie de leur week-end, dont le calendrier d'un juge fait foi. Chez elle, à Montpellier, les week-ends sans la Princesse. Chez lui, à Vézénobres, ceux de sa semaine de garde partagée, que bien évidemment il n'a pas perdue. Vers quinze heures le vendredi, Marie prépare une petite valise à roulettes – en hommage à Pierre ? – un grand sac de sport avec affaires de course à pied, de natation et de vélo. Le vélo, sa roue avant retirée, calé dans le coffre, est lui aussi du voyage. À dix-sept heures, elle pose son barda chez Paul. Ils ont alors deux heures devant eux, pour se retrouver, s'enlacer, rouler l'un sur l'autre, doucement, religieusement presque, avant que la Princesse n'arrive. Qui, du haut de ses douze ans, a adopté Marie avec sympathie. Samedi matin, pendant que la Princesse patine dans la halle qui jouxte la piscine, entraînement avec le club d'Alès, où Marie a été adoptée également, à bras, palmes et braquets ouverts. Samedi après-midi dans

les bois à ramasser des châtaignes, chaparder des figues, débusquer des couleuvres de Montpellier, respirer, trotter, grimper, rire aussi, beaucoup. Dimanche matin, vélo avec le club pendant que la Princesse dort encore puis fait ses devoirs. Dimanche après-midi, sieste puis balade dans les bois…

Les week-ends à Montpellier sont un mélange plus subtil de sport et de culture : la voilà qui pousse Paul dans les salles d'art et essai – films français uniquement, Paul, malgré maints efforts ne se fait pas aux sous-titres –, le traîne dans les expos, l'initie à l'art contemporain, à l'art photographique, s'émerveille de sa capacité à s'émerveiller, et même, même, l'intronise auprès de ses camarades militants dans les manifestations sociales, féministes et pour le climat, et s'enthousiasme alors de sa capacité à s'enthousiasmer qu'on puisse ainsi lutter pour un monde meilleur, ensemble, en chantant, en criant, en exigeant justice, partage, respect. Tout autant d'activités qu'elle adore et pour lesquelles, lui persifle la petite voix – rappelle-toi combien ces derniers temps, y compris le temps d'avant l'Autre, Pierre traînait des pieds ! Le dimanche soir montpelliérain est réservé à Jean, toujours : bûches qui crépitent dans le poêle si la saison s'y prête, apéro dînatoire, discussions bon enfant. Paul a été adopté par son club à elle aussi – avec lequel ils courent et roulent –, par Jean, par tous ceux qui le croisent, parce qu'il est indubitablement… charmant.

Le lundi matin, celui qui n'est pas chez lui reprend le chemin, Paul du chantier sur lequel il travaille, Marie de sa maison où elle travaille. Le rituel veut qu'elle ne se lève pas en même temps que lui, qu'après la sonnerie à cinq heures trente elle somnole dans le chaud des draps, bercée par ses borborygmes de chat ronronnant devant son bol. Beaucoup plus tard, elle se lève à son tour, déjeune seule lorsqu'elle est chez lui, parcours en voiture cette même route Ledignan-Sommières-Castries et bizarrement, rituellement, abondamment, pleure. Ruisselle serait peut-être plus adéquat ?

Et d'autres rituels de s'enchaîner en boucle sur le bracelet des semaines entre le fermoir des week-ends : lundi soir natation, mardi midi déjeuner chez Jean, mardi soir cinéma-resto avec des amies, mercredi soir natation, jeudi soir course à pied au stade et voilà déjà que le vendredi est là. La séance chez Layer fait office de fantaisie qui se promène à sa guise dans les jours et les heures de la semaine, tantôt là, à cette heure-là, tantôt ici, à cette heure-ci, au gré des trous qui coïncident dans leurs deux agendas. Au rang des aléas, la venue de Pierre aussi – Une petite fois par mois ? Plus parfois ? – au prétexte de s'occuper du jardin, toujours en semaine car – je ne vois pas l'intérêt, Marie, de venir les week-ends quand tu n'es pas là !

Dans cette routine bien orchestrée, le temps ne se contente pas de faire flaque, il fait bain d'huile et ce n'est pas Marie qui va s'en plaindre. Enfin, elle peut desserrer l'étau de son hyperattention. Car durant l'année qu'elle a traversée, nourrie aux espoirs déçus, maintenue en éveil par les occupants intermittents de sa vie de bohème, elle a réussi le tour de force d'oublier par trois fois sa carte bleue chez des commerçants ; de monter deux fois dans des trains qui n'allaient pas où elle devait aller, dont elle était toutefois descendue à temps, éjectée par les réels occupants de son siège ; d'égarer à plusieurs reprises sa voiture dans le parking du Polygone ; de perdre deux écharpes, un pull et un parapluie et d'avoir également raté plusieurs rendez-vous professionnels importants. Non décidément, Marie n'est pas calibrée pour la bohème, voilà tout.

Bien sûr, d'aucuns diront et Pierre le premier – n'était-ce pas la raison avouée de son départ ? – que c'est là une vie très écrite, trop écrite. Mais dans l'enfance, les créations et réalisations de Marie au coton retors sur canevas solidement tressées n'ont-elles pas toujours été plus réussies et inventives que ses pauvres essais au point de croix et coton perlé sur tissu informe et mou ?

Un autre rituel est venu s'ajouter à ceux de sa vie de triathlète désormais en thérapie et partagée entre deux villes : les assiettes sous film étirable. Des assiettes qu'elle trouve dans son frigo, toujours joliment agencées comme par un grand chef, pétales de fleurs, mini-brochettes en étoile, petits tas de purée colorés. Des assiettes qui se dégustent froides ou réchauffées d'un coup de micro-onde, c'est selon et à chaque fois elle s'enquiert, en se penchant dans l'escalier qui monte à l'étage, là où sont louées les chambres de Lucie et d'Arnaud : Ibtissam, dis-moi, est-ce que ça se mange froid ou chaud et qu'y a-t-il dedans ? Et comment ça s'appelle ? Et Ibtissam, dont le prénom signifie sourire et joie en arabe, de se pencher par-dessus la rambarde pour énumérer les ingrédients, ceux qu'elle a appris à dire en français grâce à Marie, et donner le nom de la recette, en arabe, nom que Marie mâche en apéritif, longuement, espérant que cette fois enfin sa mémoire va accepter de le ranger pour s'en souvenir. Vœu pieux.

Marie en effet, dans sa grande maison, ne vit pas seule. Fini toutefois les étudiants de passage de l'école de langue, partageant leurs soirées entre chez elle et chez Françoise. Quelques jours avant le départ de Pierre au volant de la camionnette de déménagement, Hilal a demandé à Marie si elle ne pourrait pas louer, à partir du mois de janvier, tout l'étage à un couple d'amis à lui, omanais et mariés. L'homme, Abdallah, suit la même formation d'urologue qu'Hilal. La femme, Ibtissam, professeur d'arabe, s'est mise en disponibilité pour suivre son mari. Mari qui plaide en faveur de la maison de Marie pour qu'Ibtissam ne reste pas seule toute la journée. Comment refuser cette promesse de sourire et de joie dans la maison, à présent vidée des affaires de Pierre, par conséquent plus vide encore qu'un an plus tôt ?

Et Marie, la nuit, est régulièrement réveillée par un autre rituel, qui cette fois ne lui appartient pas : les ablutions d'Abdallah et Ibtissam, qui précèdent leur prière nocturne appelée *icha* – mot court et simple que la mémoire de Marie a accueilli de bon gré. Comme les séances chez Layer, l'heure d'icha se balade au gré des exigences d'un calendrier et de savants calculs. Marie se réveille et se rendort aussitôt, bercée par les bruits d'eau. Bruits d'eau qui lui rappellent que son temps désormais clapote en flaque étale, qu'elle est sur un palier de décompression et qu'elle aussi, à sa façon, se débarrasse de ses toxines.

Bruits d'eau qui l'interpellent étrangement au tréfonds de son âme. Comme un très ancien écho oublié ?

Séance du ?

– Palier de décompression, c'est joli. Dois-je vous rappeler mon incompétence en matière de plongée sous-marine ?
– Lorsqu'on plonge en deçà d'une certaine profondeur, et j'ai plongé très profond dans le chagrin, il ne faut pas remonter d'un coup à la surface. Surtout pas. On doit s'arrêter entre deux eaux, un certain temps, calculé très précisément en fonction de plusieurs paramètres. Une pause indispensable pour réduire dans notre sang et nos tissus le taux d'azote ou l'hélium qu'on a absorbé avec l'oxygène contenu dans notre bouteille.
– Et sinon ? Si l'on remonte trop vite ?
– Il se forme des bulles dans notre sang. Si ces bulles arrivent au cœur, on meurt.
– Il serait dommage en effet que vous mourriez d'une bulle dans le cœur !!!! Et selon vos paramètres, vous devez rester combien de temps entre deux eaux avec votre raie Manta ?
– Vous vous moquez ?
– Non, Marie-Anne, jamais je ne me permettrais. J'ai beaucoup d'estime au contraire pour toute cette imagerie poétique, ai-je envie de dire, qui vous aide à vous reconstruire. Croyez-moi, il m'arrive de désirer n'avoir que des patients comme vous ! Mais cette histoire de temps m'importe : c'est à la surface que je vous espère.
– Franchement, aucune idée.
– Et ce palier, comme vous dites, en quoi consiste-t-il exactement pour vous ?

Alors Marie d'expliquer le rassurant bercement des rituels qui la stabilise, assiettes sous film étirable, entraînements à jours et heures fixes, bain d'huile des week-ends, chapelet de messages sur son portable, à lire à haute voix et laisser fondre sur la langue, jusqu'au voyage retour en voiture…

– … qui fait que je pleure, de façon torrentielle, un lundi matin sur deux.

– Au moins, vous ne pleurez plus que deux fois par mois. Un rendez-vous bimensuel avec les larmes, voilà qui est bien. Vous ne trouvez pas ?

– Malheureusement, ce n'est pas aussi limité : je continue de pleurer fréquemment et de façon inopinée !

– Ah. Pas d'évolution.

– Pas vraiment. C'est toujours n'importe quand et pour de toutes petites choses. Une photo coincée entre les pages d'un livre que je sors de notre bibliothèque, un coquillage rapporté d'une île lointaine caché au fond d'un tiroir, tout ce qui de près ou de loin évoque ce passé dont j'ai la douloureuse nostalgie. Rien de nouveau… je bute toujours sur ces petits cailloux que notre bonheur a semés.

– Puis-je vous suggérer d'essayer quelque chose ?

– ?

– Lorsque cette nostalgie vous saute à la gorge, car j'imagine que c'est comme cela que ça se passe, dites à vos larmes de patienter jusqu'au lundi suivant, ou celui encore après, bref, d'attendre ce lundi où vous pleurez au volant. Donnez-leur rendez-vous. Et le lundi en question, pleurez tout votre saoul.

– Comme on ouvre des vannes ?

– Voilà !

Charme

Puisqu'il a été plusieurs fois évoqué, arrêtons-nous un instant sur le charme physique incroyable de Paul. Le mot physique a son importance car il pose pour acquis que Paul n'a pas besoin d'ouvrir la bouche pour que ce charme opère. Il lui suffit en quelque sorte de se planter là.

Même si Marie y a cédé instantanément le jour de leur rencontre, il aura fallu que d'autres à leur tour y succombent pour qu'elle mesure pleinement l'ampleur du phénomène. La première fois se déroule dans la salle des fêtes de Vézénobres, lors de la remise des récompenses de la corrida de la figue givrée.

Ah, la corrida de la figue givrée… Dès lors qu'elle avait découvert son existence, Marie avait tanné plusieurs années de suite Pierre pour qu'ils y participent – Imaginez un peu, une course à pied de nuit, dans les rues médiévales, escaliers étroits et passages couverts du vieux Vézénobres, éclairés de centaine de bougies, lumignons et guirlandes, posés au sol et aux rebords des fenêtres par les habitants. En vain ! Et voilà que grâce à Paul enfin, cette année, pour la première fois, déguisée en citrouille, elle s'est mêlée à la joie enfantine de près de cinq cents coureurs zinzins.

Ils sont maintenant au chaud dans la salle des fêtes et le club de triathlon d'Alès s'apprête à monter sur le podium pour recevoir son trophée de celui ayant inscrit le plus grand nombre de participants. Paul lâche la main de Marie et de « pardon » en « pardon, excusez-moi » se fraye, pour rejoindre ses comparses, un passage

à travers la foule agglutinée. Et quand les regards des femmes se posent sur lui, elle se rend à l'évidence : une grande majorité d'icelles ne peuvent se retenir de le suivre des yeux, en béant des ronds de chapeau. C'en est presque gênant !
Et que dire de cette autre course à pied, uniquement féminine, joliment nommée la Cécélienne des Déesses Muettes parce que son parcours de douze kilomètres longe l'adorable lac de Cécéles à quelques encablures de Montpellier ? L'année où Marie et Paul sont venus en supporters, nombre de Déesses, au détour du chemin où ils avaient pris poste, non seulement sont restées muettes de stupeur en le dépassant, mais se sont pris les pieds dans les racines qui complexifient ce trail nature. Les plus chanceuses ont atterri dans les bras de Paul. C'en était carrément gênant.
Et cette autre fois encore, où affamés lors d'un périple à vélos, ils se sont arrêtés à la boulangerie de ce village de l'arrière-pays montpelliérain, dont on taira le nom par décence ? Paul entré le premier, croyant avoir dans son porte-monnaie de quoi payer leurs deux pains au chocolat, découvrant, une fois les pains emballés dans le sachet de papier Kraft, le vide sidéral dudit porte-monnaie et la boulangère insistante, ravie, pour qu'il emporte les pâtisseries sans les payer. – Cadeau pour le sportif. C'en était plus que gênant !

Rituel ?

Depuis presque deux ans maintenant, le rituel se répète. Non, ce n'est pas un rituel, Marie se trompe. Le rituel est chargé d'habitudes. Or aucune habitude ici, dans ce lieu, dans cette chambre anciennement parentale mais désormais sienne où Marie entre. Aucune habitude, non. C'est ainsi : Marie pousse la porte, entre dans la chambre, s'apprête à rejoindre Paul déjà dans le lit. Elle s'apprête : du cœur, du corps, du geste, du rire, de l'envie. Et toujours, Paul a cette réaction, nouvelle à chaque fois, et pourtant répétée, et nouvelle malgré tout. Qu'il soit en train de lire – pour lui faire plaisir ? –, de s'assoupir sur l'oreiller, de rêver en regardant le plafond, au moment même où Marie entre, dans un geste d'une soudaineté étonnante, rapace presque, Paul jette son regard sur elle. Marie alors n'est pas aperçue, ni vue, elle est regardée, observée, admirée, sentie, pressentie, ressentie, espérée, ovationnée. Le regard de Paul raconte ses courbes, la douceur de sa peau, son arôme de femme alanguie, les mots ne sortent pas de sa bouche, non, mais de la force de son seul regard, toujours le même et pourtant toujours neuf, dans son étonnement de la découverte d'une Marie à la fois inattendue et désirée. Même affublée d'un vieux survêtement, Marie dans ce regard se pare des atours d'une reine. Alors Paul change d'instrument, du regard il passe au sourire, irrésistible, gourmand, félin quand les jolies petites dents se posent sur la lèvre inférieure pulpeuse. Et Marie sait que cette gourmandise ne s'adresse pas qu'à son corps mais aussi à ses rires, à ses larmes,

à ses idées, à son dynamisme, à son moi profond, toutes ces petites facettes d'elle qu'il met en mots doux comme d'autres en musique, lorsqu'il chuchote à son oreille.
Séquence identique qui pourtant porte en elle toute la nouveauté d'un amour au moment où il naît.
Mais ce soir n'est pas un soir comme les autres. Ce soir Marie n'est pas seule : un souvenir pousse la porte avec elle. Dans ce lit, ce n'est pas Paul qu'elle voit mais Pierre : le souvenir ronronne comme un vieux projecteur Super 8. Même porte, même chambre, homme différent dans la moitié gauche du lit. Qu'importe ce que Marie porte, Pierre lit, bien calé sur son oreiller, petites lunettes rectangulaires sur le nez, qu'importe ce que Marie est, Pierre ne lui octroie pas un regard. Fini et bien fini le temps où elle était attendue, son pyjama malicieusement caché ailleurs que sous son oreiller, Pierre riant d'avance de sa bonne blague.
Ce soir n'est pas un soir comme les autres. Ce soir, Marie mesure. L'écart. Ce qu'elle a gagné. Ou plutôt, ce qu'elle a retrouvé. Alors, comme jamais encore, en se glissant dans le lit aux côtés de Paul, le projecteur vite éteint, Marie explose d'appétit.

Cloison

Elle dispose de dix minutes, quinze tout au plus. L'appartement n'est pas bien grand, c'est plus que suffisant. En prenant sa douche, déjà, elle a exploré la salle d'eau : pourtour du lavabo, corbeilles, placard, tiroirs. Rien ! Aucune trace, aucune. Dans le verre à dents, une seule brosse. Deux avec la sienne, à présent.
Il a oublié le pain, est parti en vitesse en acheter dans la boulangerie en bas de la rue. Quinze minutes est peut-être présomptueux. Pas de temps à perdre. Elle se précipite donc dans la chambre à coucher. Tête au beau milieu du mur de droite, le lit qu'ils avaient dans le mas. Deux oreillers. Au fond, une commode qu'elle ne connaît pas. Toute en hauteur. Dix tiroirs sur deux colonnes, qu'elle ouvre à la hâte. Que des affaires d'homme ! Dans le quatrième tiroir à gauche en partant du haut, elle tombe nez à nez avec les strings abhorrés dont la collection s'est visiblement enrichie. L'Autre en fait-elle les frais, se demande Marie, avec un zeste de condescendance ?
Non, vraiment, aucune trace de cette Autre, nulle part. Ni foulard au portemanteau ou négligemment oublié sur le dossier d'une chaise, ni tube de rouge à lèvres ou chouchou à cheveux qui traînent, pas même un parfum dans l'air, une odeur corporelle autre que celle connue du père de ses enfants. L'Autre en ce lieu, l'appartement que Pierre loue en banlieue parisienne, est inexistante. Effet dissuasif du périphérique à franchir comme un check-point dangereux ?

Pierre quand il revient – lit-il quelque interrogation dans ses yeux ? – confirme. C'est bien que tu sois là, parce que je ne reçois, pour ainsi dire, aucune visite. La soirée s'avère agréable. Apéritif évidemment pour commencer. Des vieux tubes sur la platine CD. Un gratin de cannellonis familier – comprendre : un peu sec sur le dessus mais très goûteux en dessous –, rappel du bon vieux temps. Marie est ici la bienvenue. Il le redit – si tu préviens assez tôt, bien sûr, tu peux dormir là quand tu montes à Paris ! C'est bien que cet appartement serve.
– Mais tu y habites, toi ?
– Oui, mais je veux dire, qu'il ne serve pas qu'à moi.
Et bien sûr, il servira. À héberger Lucie et Arnaud aussi, en maintes occasions. Ce soir, elle inaugure. Pas le canapé récupéré du mas, mais les chaises, la table, le meuble de séjour, oui. Pas la vaisselle non plus. Ni les serviettes de toilette. Des affaires avec lesquelles elle est en pays connu.
Pas non plus ce lit où elle va dormir, dans la chambre d'ami-bureau, ce lit qui est passé d'une chambre d'ami à une autre, de Montpellier à Paris. Vu la configuration de la pièce, elle sait la tête du lit de Pierre de l'autre côté du mur sur sa droite, contre lequel elle s'est à présent blottie.
Un mur entre eux.
Et Marie de passer sa main sur le plâtre froid comme elle effleurerait les cheveux de Pierre. Et de tendre l'oreille à l'affût de sa respiration, d'un raclement de gorge, du glissement d'une main qui, comme la sienne et à son exact aplomb, caresserait.
Ce mur, entre eux, un symbole ?
Allons, ce n'est pas un mur, se console Marie, tout au plus une fine cloison. Un simple coup de massue suffirait à l'abattre.
Qui pour le donner ?

Odeur

– Tu la sens, l'odeur, tu la sens ?
Tête ébouriffée émergeant brusquement de sous la couette, Marie se dresse sur son coude, abandonnant à regret la tiédeur de leur étreinte de cet après-midi d'hiver, temps gris, pluvieux, décourageant toute sortie. Elle renifle bruyamment, sonde de ses narines l'air ambiant du séjour où, sur le tapis, devant l'âtre, ils ont jeté pêle-mêle couette et oreillers, avant de s'y rouler. Avec, en musique de fond, le timbre chaud de Laura Pausini. Un rituel d'intempérie, ajouté aux autres. Et un pied de nez à la « Solitudine » !
– Alors, tu la sens ? Tu la sens ?
Se pourrait-il qu'il y ait une fuite de gaz ? Dans sa maison ?
– Mais quoi, Paul, je ne sens rien. Qu'est-ce que ça sent ?
– Mais l'odeur, tu ne la sens pas ? L'odeur, l'odeur du bonheur !
Non, je ne la sens pas, chuchote la petite voix. Et puis : idiote, ça ne pouvait pas être le gaz, tout dans cette maison fonctionne à l'électricité, ce poêle à bois mis à part. Mais Marie, décemment, ne peut pas dire les choses comme ça à Paul. Et au passage, elle aimerait bien que la petite voix garde davantage pour elle ses vérités laminaires pour l'aider un peu plus à composer. Ne pas dire. Voilà. Sourire, avec un air entendu qui peut passer pour un oui je la sens cette odeur du bonheur, se coller contre le grand corps chaud à la peau brune et douce, si douce, épouser la magie de l'instant. Si Marie ne sent rien, Paul, lui, va dans les semaines qui viennent sentir souvent cette odeur. Et le petit refrain de retentir à diverses

occasions : Marie, tu la sens ? Tu la sens ? Quoi qu'ils fassent, où qu'ils soient. Tu la sens, dis, tu la sens ? Et Marie de sourire en silence, avec sa pauvre tentative d'air entendu.
Ah comme elle aimerait la sentir, pourtant. Ce n'est pas qu'elle en soit incapable, en bonheur elle s'y connaît, elle a trempé dedans des années durant et reconnaissait bien alors son odeur, son panel d'odeurs même : celle terreuse du jardin après la pluie, celle camphrée de la santoline grise qui jouxte la piste cyclable entre les bords du Lez et leur maison – odeur de « tu es bientôt chez toi, avec Pierre et les enfants, ton merveilleux refuge » – celle du linge familial tout chaud sorti de la machine qu'elle étendait au-dessus des pieds de lavande, celle des petits sacs garnis de cette même lavande coupée et glissés dans leurs armoires, celle du pain grillé dans la cuisine où Pierre avait préparé le petit-déjeuner, celles du mas, évidemment, ce patchwork olfactif unique et délicieux.
Terre mouillée, lessive et santoline aujourd'hui distillent, comme s'ils s'étaient donné le mot dans son dos, un terrible parfum de mélancolie. Pourtant, Paul est si… est tellement… Alors oui, pour lui, elle aimerait la sentir, vraiment. Lui offrir ce présent, aux deux sens du terme. Mais voilà…
Les semaines passant, elle s'en inquiète, jusqu'à s'en ouvrir à Layer, de son nez paresseux. Bouché peut-être ? Haussement d'épaules de l'homme de l'art – Laissez donc du temps au temps.
Est-ce que ça fonctionne aussi quand le temps fait flaque ?

Câlins

Une véritable cure. Aspergée de la tête aux pieds. De jour comme de nuit. Une pluie incessante. En quelques mois, Marie aura reçu plus de câlins de Paul que de Pierre en vingt-huit ans. Est-ce possible ?
Non, ce n'est pas possible.
Que Paul dégouline de cajoleries et de petits baisers comme vols de moucherons sur sa personne est un fait. Mais Pierre ? Jamais Marie ne se serait mise en couple avec un homme qui ne l'aurait pas câlinée, jamais, impossible, elle adore trop les étreintes tendres. Forcément, affectueux, Pierre l'a été. Mais alors quand a-t-il cessé de l'être ?
Et Marie de creuser leur histoire commune du foret pernicieux de ses souvenirs et de chercher, sur les carottes extraites du passé, la trace géologique de cette extinction : quand, à quelle époque, reculée ou récente, Pierre a-t-il cessé de me serrer dans ses bras pour me cajoler et seulement pour me cajoler, sans finalité érotique ?
Arrête, surine la petite voix, arrête ! Tu as vu l'heure ? Dors à présent, c'est un ordre !

Cœur

– Je t'ai donné mon cœur, ne fais pas n'importe quoi avec.
Dans les premières semaines de leur histoire, Paul, comme ça, de but en blanc, alors qu'ils cuisinent ensemble ou peut-être nettoient leurs chaussures de la boue d'un chemin, en se bousculant à l'évier, hors de tout contexte en tout cas, décrète de but en blanc :
– Je t'ai donné mon cœur, ne fais pas n'importe quoi avec.
Le ton est neutre – ni injonction, ni prière, ni sommation, ni suggestion, ni revendication. Le ton neutre d'une simple consigne. Marie un instant hésite : doit-elle, pour ne pas l'oublier, la noter dans son journal ou l'inscrire à quelque fronton ? Ainsi, d'anodine, la petite phrase s'impose à présent leitmotiv de ses instants de distraction, affichée au panneau aimanté au-dessus de son écran d'ordinateur sur un petit papier en forme de cœur, dans son nouvel espace de travail.
Un nouvel espace puisque Marie a déménagé. Fini la cabane au fond du jardin avec le fantôme du bureau de Pierre, cette obsédante tache plus claire sur la peinture bleue du mur en face de la porte d'entrée ! Elle s'est installée dans la chambre d'ami, a mis son bureau à la place du lit que Pierre a emporté. Dans un coin, un pimpant canapé dépliable accueille les nuits de ceux qui passent : ses amis, ses enfants – l'étage étant désormais domaine réservé d'Ibtissam et d'Abdallah – et Pierre. Pierre qui continue de passer comme l'autorise le contrat oral du break.

La consigne « Je t'ai donné mon cœur, ne fais pas n'importe quoi avec » est donc sous le nez de Marie chaque fois qu'elle se lève de devant son ordinateur, les jours ouvrés. Elle pourrait, à force d'habitude, ne plus la voir, mais, régulièrement, Paul lui rappelle qu'il a un cœur, de façon totalement atone. Un cœur en gage. Ou mieux encore en offrande. Ainsi cette boîte de chocolats pour la Saint-Valentin, énorme cœur doré en carton bouilli rempli de cœurs au praliné sous papier alu rouge baiser. Ce bouquet aussi qui détonne avec tous les autres – car Paul, chaque fois qu'il arrive chez Marie, un week-end sur deux, franchit le seuil fleurs à la main, et Marie, en quelques mois aura reçu plus de bouquets de cet amoureux que de Pierre en vingt-huit ans ; cette fois, les tiges sont enserrées dans un énorme cœur en paille tressée rouge clair que Marie gardera longtemps – toujours ? Cœurs sur les papiers d'emballage des cadeaux qu'il lui fait. Cœur dessiné d'un doigt sur la buée des vitres où leurs souffles se mêlent à guetter le soleil. Cœur sur les serviettes en papier nouvellement achetées. Jusqu'à ce cœur qu'elle a photographié pour le montrer à Lucie, à Lise, à Jean, à Françoise, à Abdallah et Ibtissam, à ceux de ses amis qu'elle croise, cœur qu'elle voudrait exhiber – et raconter surtout – à la terre entière.

Un vendredi de juillet, alors qu'elle allait pour se garer sous les fenêtres de Paul, surprise ! Cloué sur la porte du garage, en plein centre, un cœur, énorme, rose bonbon, orné de cette épitaphe en cursive blanche : « parce qu'Elle est unique ». Et en surimpression transparente, comme bave d'escargot, la traînée des regards de tous les habitants de Vézénobres qui étaient passés devant et n'avaient pas pu faire autrement que de voir et lire et savoir qu'ici, derrière ces fenêtres à l'étage, une femme était aimée et unique : Elle, avec majuscule ! Paul, pour Elle, a supplié une fleuriste de lui donner cet objet en contreplaqué qui lui servait de décors. Marie se doute

qu'il n'a pas dû supplier longtemps, son charme a joué, une fois de plus, elle en est certaine. Mais cela ne la gêne plus.
Le cœur de Paul toutefois ne saurait se circonscrire à une consigne, à du papier, du carton, de la paille tressée ou du chocolat moulé. Car débordant, il l'est et plus encore.
Si les débuts entre le charmant Paul et la rebelle Lucie n'étaient pas allés de soi, ce jour de février – ou d'avril, peut-être, un mois en tout cas entrecoupé de vacances scolaires – Paul était entré sans frapper dans la cuisine dont la porte avait pourtant été ostensiblement fermée, dans le but avoué de cacher aux regards sensibles une crise de boulimie à deux, menée à force de saladiers de pâtes enduites des ingrédients les plus gras possibles par Lucie et une camarade de maladie. Le « referme cette porte tout de suite » jeté par les deux filles à la tête de l'intrus ne l'avait aucunement découragé : il avait refermé cette porte tout de suite, certes, mais était resté à l'intérieur. Ce qui s'y était passé alors, Marie jamais n'en saura rien : les bribes de conversation, d'abord dans des décibels défiant les murs, virèrent en effet très vite à l'inaudible. Paul était ressorti tout sourire, au bout de longues minutes, avec plateau-thé-petits-gâteaux, objet de son intrusion courageuse.
– Alors ?
– Alors rien, c'est entre elles et moi.
Le lendemain, une fois Paul parti, Lucie était venue se coller contre Marie sur le canapé.
– Tu sais Maman, c'est incroyable, Paul a tout compris de ce que nous éprouvions, ma copine et moi. Ce que papa et toi et tous les autres n'avez jamais su appréhender. Cet homme, tu vois, il possède un truc très rare, crois-moi : l'intelligence du cœur ! Et elle vaut largement nos intelligences estampillées gros QI.
« Je t'ai donné mon cœur, ne fais pas n'importe quoi avec ». Reçu cinq sur cinq.

Tantrisme

Paul fait l'amour sans obligation de résultat. Ce n'est pas que Pierre en imposait ouvertement mais il lui arrivait d'être déçu après l'acte parce qu'il y avait eu trop de ceci ou de cela. Ou pas assez, au contraire. Oui, souvent, pas assez ! Paul s'en fiche comme d'une guigne des ceci et des cela, des trop et des pas assez. De débander. De se prendre un fou rire. De parler de tout autre chose en plein milieu de la chose. De s'interrompre. De reprendre plus tard. Ou pas. Lui importe à lui les caresses, les peaux à peau, la lenteur, les balancements, les regards et surtout, surtout, les mots doux chuchotés à l'oreille, une litanie susurrée, toujours effroyablement poétique, romantique et amoureuse. Jamais graveleuse, jamais ! Et de fait terriblement excitante, la propulsant vers l'extase.
Voilà ce que Marie raconte à Sophie. Sophie qui appartient à cette bande d'amis à laquelle elle s'est engagée à ne pas présenter Paul. Contrat du break oblige. Mais le raconter, rien ne l'empêche.
– Cette façon de faire porte un nom, tu le sais ? Cela s'appelle le tantrisme.
– Ah bon ?
– Attends. J'ai un livre là-dessus dans ma bibliothèque.
Marie prend le livre que Sophie lui tend, un pavé. Il pèsera dans sa valise quand elle va rentrer à Montpellier, après ce week-end parisien, week-end avec samedi soir bien arrosé chez un couple de cette même bande. Pierre présent, regardant à peine la robe

qu'elle avait pourtant, l'idiote, mise à dessein pour lui, pour lui plaire. Une fois de plus.
Elle soupèse le livre, l'ouvre au hasard, tombe sur le dessin naïf d'une bite, le referme et le range avec ses affaires. Hypocritement. Elle sait qu'elle ne l'ouvrira plus. Il lui semble précisément que l'essence même de ce qu'elle partage avec Paul, appelons cela tantrisme pourquoi pas, est précisément de se passer des diktats d'accomplissement : ceux notamment des films pornographiques, d'Internet, de l'époque égocentrique, de la recherche obligée du bien-être personnel auquel ce livre semble appartenir. Leurs ébats, *a contrario*, n'ont pas de règles, ni de guide, juste l'abandon et la joie. La nature. Point.

Arbre

– Alors, comme ça, toi aussi tu parles aux arbres ?
Marie prise sur le fait. Corps contre écorce. Entre ses bras étirés, son pin tout ouïe, si l'on peut dire. Paul n'a pas demandé ce qu'elle faisait là. Il sait ! Lui aussi, bien sûr, forcément, parle aux arbres : sa question, un aveu.
– Je me demande ce que tu lui as dit. Tu lui as parlé de moi ?
– Oui, Paul, je lui ai parlé de toi.
– En bien ?
– En bien.
– Tu me le prêtes ?
– Quoi ?
– Ton arbre. Je voudrais lui dire que je t'aime.

Séance du ?

– C'est terrible, n'est-ce pas ? Que cet homme soit aussi merveilleux et que moi, moi, je n'y arrive pas.
– …………
– Vous-même, pas plus tard que… je ne sais plus… vous m'avez souligné combien cet être est pur. Voilà, pur. Votre mot, pur, et c'est exactement ça. Et moi, je n'y arrive pas.
– À quoi ?
– À tout ! Prenons l'odeur, vous savez l'odeur du bonheur ? Toujours rien. Désespérément rien.
– Vous diriez que vous n'êtes pas heureuse ?
– Il faut croire.
– Croire ?
– Il paraît que j'ai l'air heureuse pourtant, que je rayonne.
– Il paraît !… Vous, qu'est-ce que vous ressentez ?
– Je ne me coïncide pas !
– ?????
– J'ai l'impression de ne pas être à ma place. Comme de vivre la vie d'une autre. De suivre un chemin très légèrement parallèle à celui que je devrais suivre si j'étais moi, pleinement. Vous voyez ?
– Et ?
– Et ? Ça m'empêche de me projeter, voilà. Dès que Paul parle d'avenir, propose quelque chose à un horizon qui dépasse deux ou trois mois, de partir en vacances quelque part par exemple, j'entre en panique. J'ai des suées, froides. Comme s'il me demandait de

me jeter dans le vide depuis une falaise. J'en deviens injuste parfois avec lui, au point de lui chercher des poux.

– Arrivez-vous davantage à vous projeter avec Pierre ?

En voilà une question ? Peut-on se projeter avec quelqu'un qui ne propose rien ? Et pourtant, à bien y réfléchir, étrangement, il semble à Marie que si Pierre revenait, elle reprendrait son cheminement là où elle l'a laissé, sur l'exact tracé qu'elle doit – veut, entend – suivre. Un doute pourtant : ce Pierre qu'elle projette dans l'avenir n'a rien à voir avec le Pierre d'aujourd'hui, cet homme qu'il est devenu. Et de comprendre soudain, Layer aidant, que…

– Si j'arrive à me projeter avec Pierre, c'est vers le passé… pas vers l'avenir. Je regarde dans le rétroviseur, c'est ça ?

– ………………………………………..

– Mais aidez-moi, bon sang ! Qu'est-ce que je dois faire ?

– Il n'y a que vous pour le savoir.

– Donnez-moi au moins une indication : sur quelle languette rouge dois-je tirer ?

– La quoi ?

– La languette…

Et Marie d'offrir au docteur Layer un joli fou rire avec sa théorie de la languette comme sur une portion de fromage à déballer pour mettre à jour ce qui en elle macère, moisit, sans pour autant s'affiner.

– Je ris, je ris, mais c'est bien vu cette histoire de languette. Une indication, donc ? Break.

– Quoi break ?

– Peut-être ce break, qui au demeurant n'en finit pas, a pour vous, inconsciemment, valeur d'engagement envers Pierre qui vous empêche de vous engager avec Paul ?

– Déjà tirée cette languette-là. Non, ce break ne m'enjoint rien. Il me rassure, au contraire. Je m'y sens parfaitement libre, étonnement.

– Libre ?
– De choisir. Est-ce que vous ne m'avez pas dit, vous-même, que dans la vie on a toujours le choix ?
– Certes. Entre des possibles. Et là, quelles sont vos options ?
– Choisir Paul ou Pierre ?
– Vous êtes sûre ?
– Non. Évidemment non. J'ai le choix entre choisir Paul ou attendre Pierre.
– Et ?
– Et quoi ?
– Deux options, rien d'autre ?
– Une troisième voie ?
– …… !

Odeur (bis)

– Et si tu faisais une belle grande fête dans ta maison pour ton anniversaire, hein ?
Suggestion de Paul dès le mois de février. Aussitôt transmise à la meilleure amie, née cinq jours après Marie.
– Lise, si on faisait une grande fête pour notre anniversaire cette année, même si ce n'est pas un compte rond. Dans ma maison qui est grande. Avec tes amis et mes amis. Par contre, je ne veux pas d'histoire, donc je ne dirai rien à Pierre et par conséquent, rien à mes enfants non plus.
– Une fête sans tes enfants ?
– J'en ferai une autre, petite, intime, avec eux, ce n'est pas grave.
Pour l'occasion Paul a acheté une robe à Marie. Une robe patineuse en dentelle orange. Qui tourne quand elle danse. Et elle danse, bien sûr. Les invités sont tous arrivés, Lise, ses filles, Paul, Marie ont préparé des salades, des tartes salées, des plateaux de charcuteries, autour desquels ils se pressent. Un vrai tourbillon dans la maison, une nuée d'une cinquantaine de personnes, venues là pour s'amuser. Abdallah et Ibtissam aussi. Ibtissam comme une papillote dans ses voiles mordorés au milieu de tous ces gens – ces hommes surtout – et Abdallah bouleversé par ce mélange des sexes parce que chez eux, à Oman, dans les fêtes, femmes d'un côté et hommes de l'autre.
Étourdie de mixité, Marie danse avec Paul, qui n'est pas en rythme du tout mais on s'en fiche, n'est-ce pas ? Elle danse le rock ou

le zouk ou n'importe quoi, avec des copains et des copines, elle danse seule aussi – Lucie qui n'est pas là, mais elle l'entend quand même, lui répète souvent qu'elle danse bien. Et soudain, sur cette musique-là – ce vieux tube des années 80 – elle la sent. Aucun doute, c'est elle, reconnaissable entre mille, Paul a raison, ça emplit les narines, ça picote, ça chatouille des doigts de pieds jusqu'à la racine des cheveux, c'est d'un délicieux absolu, à la fois raffiné et foutraque, un cocktail de tout et n'importe quoi : l'odeur, l'odeur du bonheur !

Vous voyez, dira Layer, j'avais raison, il fallait laisser du temps au temps.

Nez pour de bon débouché, Marie la sent désormais quand elle roule à vélo dans la roue de Paul, aspirée, et dans les descentes, grisantes. Elle la sent quand elle ouvre ses volets sur le cerisier en fleurs de son jardin. Et dès qu'elle s'abandonne aux caresses de Paul. Et avec Pierre aussi, quand pieds repliés sous les fesses sur le canapé, elle l'écoute refaire le monde et le refait avec lui.

L'odeur va désormais alterner avec les vagues de chagrin. Elle va même pousser le vice jusqu'à parfois se mélanger aux larmes. Pour les larmes aussi, il faut laisser du temps au temps. Layer est formel. Et cette fois Marie a bien compris que c'est de temps long dont il s'agit.

Pointure

– Marie, c'est quoi ça, tu peux m'expliquer ?
– Quoi ?
– Il m'avait pourtant semblé être clair : Paul ne doit rien laisser dans cette maison ! Il ne doit pas s'y sentir chez lui !
Marie pose son coton à démaquiller et, visage humide, quitte la salle de bains pour rejoindre Pierre dans l'entrée, lieu de l'outrage où il s'égosille, tout rouge, brandissant d'une main une paire de mocassins et de l'autre un doigt menaçant. Devant lui, grand ouvert, son tiroir de la commode à chaussures, cette commode où chaque membre de la famille dispose de son propre tiroir, marqué au pochoir de son prénom. Dans le tiroir « Pierre » ne sont restées, après son départ, qu'une paire de vieilles chaussures de course à pied trouées « pour jardiner » et des claquettes de piscine décolorées qui font office de pantoufles quand il est là, dans la maison, SA maison. Cette paire de chaussures incongrues, qu'il secoue sous le nez de Marie, effectivement, est étrangère à ce reliquat.
– Alors, hein, c'est quoi ça, tu peux m'expliquer, hein ? Et dans MON tiroir en plus ?
– Mais est-ce que je sais moi ? Première fois que je vois ces chaussures.
Paires en daim beige, fleurant le neuf, ne ressemblant en rien à ce que porte Paul. Abdallah peut-être, mais jamais il n'aurait pris cette liberté de les mettre là sans le lui avoir demandé avec formulaire

en trois exemplaires, fruit d'une éducation au cordeau. Et puis Abdallah est petit et ses pieds aussi.
– C'est quelle pointure ?
– C'est du… c'est du… euh… 44.
Ce qu'il en faut, parfois, de la patience !
– Écoute-moi bien Pierre, Paul chausse du 46, mais Arnaud lui, du 44. Je pense que c'est la paire qu'il s'est achetée lorsqu'il est venu faire les soldes à Montpellier et qu'il l'a tout simplement oubliée là, dans ton tiroir. Pour une fois qu'il range quelque chose ! Fin de l'interrogatoire ? Je peux retourner terminer ma toilette ?
Pierre s'est-il excusé ? Peut-être. Peut-être pas. Qu'importe ! Le problème c'est surtout,
– Cette suspicion, Pierre, est-ce que vraiment elle doit faire partie du break ?
Non, évidemment. Verres en main – pointure à muscat pour Marie, à martini-gin pour lui – et gâteaux apéro dans les coupelles sur la table, ils font la paix. Sur le thème « où en es-tu toi et toi où en es-tu ». Au second verre de martini-gin, Marie apprend que ce n'est pas le pied avec l'Autre – et le clin d'œil à la paire de chaussures leur arrache de petits gloussements. Et pourtant, il aimerait aller jusqu'au bout de cette histoire.
– Rien de nouveau donc ?
– Non, rien de nouveau.
Marie s'abstient d'expliquer son concept de palier de décompression. Parler d'elle ne l'intéresse pas. Elle voudrait comprendre Pierre. Estimer les probabilités de son retour. Le temps qui lui reste à passer ainsi, en ballottage entre deux hommes : Paul les week-ends, Pierre en semaine. Une par mois au début du break, deux parfois actuellement…
Ce n'est pas seulement dans la hâte de retrouver sa vie d'avant, non, d'apéro en apéro, et il y en aura, elle voudrait savoir lire dans les propos de Pierre – estimer, anticiper… – de combien de temps

elle dispose encore pour jouir pleinement de ce nouveau bonheur, tout neuf, à la senteur de bitume au soleil, de vent dans le casque, de sous-bois et de boudin noir aux pommes.

Odeur (ter)

Marie renifle Paul avec délice : sur sa peau, l'odeur enivrante de la sciure de bois – cèdre, pin, chêne… – qui s'en ira dès la douche prise, avec celle, plus âcre, de sa sueur. Cette odeur est si nouvelle, qu'elle s'en emplit avec surprise, chaque vendredi où elle arrive chez lui avant lui, qu'elle lui ouvre la porte, qu'elle l'accueille comme si elle était chez elle. Au départ de leur relation, masquant à peine sa sueur, l'empreinte piquante de la poussière de ciment et d'humidité des chantiers. Une odeur qui déplaisait à Marie. Mais depuis peu, Paul a changé de métier. Plus exactement, il a changé de façon d'exercer son métier de menuisier.

Au départ, une petite phrase : j'ai toujours rêvé d'être à mon compte, de ne pas avoir de patron.

– Vas-y, fonce !

– Tu crois, toi, que j'en suis capable ? Parce que mes parents, mes oncles et mon ex, tu vois…

Oui, Marie l'en a cru capable, elle. À raison. Que Paul ait été un cancre à l'école est une chose. Mais son talent avec le bois est indéniable : ils dorment chez lui dans un grand lit qu'il a construit de ses mains, et ce guéridon aussi où elle pose son sac à main, ainsi que tout récemment ces trois paires de volets qui viennent de remplacer ceux vermoulus de la maison de Marie qui est aussi celle de Pierre – Marie, n'oublie pas qu'ici c'est encore chez moi !

– Mais pour te mettre à ton compte, il faut que tu apprennes à te vendre !

Voilà donc comment Paul, d'une peau à relent de ciment, est passé d'abord par l'étape reliquat d'après-rasage de fin de journée et effluves de salle de cours. Six mois durant, profitant d'une incapacité professionnelle pour cause de hernie cervicale, il a bénéficié d'une formation de commercial. Et troqué son rêche pantalon de travail multipoche et ses grosses chaussures de sécurité pour un costume-chemise-cravate et des souliers vernis qui lui donnent une allure folle – en a témoigné le sourire godiche de la vendeuse de la chaîne de prêt-à-porter où il a fait ses essayages et emplettes, sur les conseils de Marie. Il a éprouvé, quelques mois durant, son diplôme tout frais chez un cuisiniste et le voilà à présent qui vole de ses propres ailes, artisan à son compte, bouche-à-oreille qui fonctionne à fond et carnet de commandes bien rempli. Et que dire de sa fierté !

Marie aussi est fière et pas qu'un peu : est-ce qu'aimer quelqu'un ce n'est pas l'aider à se transcender, lui faire toucher ses rêves du doigt ?

Rêves

– Et toi, Marie, est-ce que l'amour de Paul t'aide à réaliser tes rêves ?

Voilà de quoi se préoccupent lourdement – mais aussi, est-ce qu'elle avait besoin de se vanter ouvertement de son exploit d'avoir soutenu Paul dans son rêve de se mettre à son compte ? – Jean, et Lucie, et Lise, et Arnaud, jusqu'à Layer avec un air de ne pas y toucher et larges circonvolutions exclamatives pour pousser Marie à tirer sur cette languette rouge-là, de ses rêves accomplis durant son palier de décompression. Grâce à Paul. Ou pas, d'ailleurs.

Marie un temps se débat. Il ne faudrait pas non plus qu'ils voient en elle une fée réalisant tous les rêves de Paul. Prenons par exemple ses desiderata d'une petite femme qui serait là tous les soirs pour lui préparer des plats tout aussi petits : Marie, en qui cette vision ne fait vibrer aucune fibre aucune, a gentiment botté en touche. Mais cet aveu n'a aucun impact sur ses interlocuteurs. Qui insistent. Lourdement.

– Et toi, Marie, est-ce que l'amour de Paul t'aide à réaliser tes rêves ?

Alors Marie se trouve obligée de chercher de quoi satisfaire cette piquante curiosité.

Corrida de la figue givrée : rêve exaucé – Ce n'est pas un rêve, ça, maman, ça s'appelle une envie, certifie Arnaud. Comme ce triathlon en duo qu'on a couru tous les deux en Espagne : c'était super chouette mais bon, un rêve qui se réalise, c'est autre chose !

Vacances à vélo avec tente sur le porte-bagages et brosse à dents dans la poche : rêve exaucé. Ils étaient partis en juillet, pour une semaine, sur de petites routes sinueuses et chaudes avec les gorges pour thème : gorges de l'Ardèche, gorges du Chassezac, canyon de la Thines, gorges du Tarn puis de la Jonte et Vallée Borgne jusqu'à Saint-Jean-Gard… Ils s'étaient baignés nus dans des gours, ici et là, s'étaient chamaillés pour des broutilles, avaient fabriqué des ponchos en sacs-poubelles pour affronter l'orage, s'étaient émus aux larmes que vautours et gypaètes curieux s'en viennent frôler leurs casques… – Franchement, sur les photos ça m'a l'air fantastique, belle aventure, mais de là à parler d'un rêve, tempère Jean pourtant passionné de cyclisme, je ne sais pas. N'était-ce pas plutôt de l'ordre du souhait ? Du vœu ?
Prendre l'avion toute seule : rêve exaucé ! Elle avait bien préparé le terrain : repérage des lieux, en l'occurrence l'aéroport de Nîmes-Marguerite. Avait chronométré le trajet depuis chez elle, réservé le parking longue durée, pris à l'avance son billet pour rallier Londres en train depuis l'aéroport de Luton. – Non, non, s'était exclamée Lucie quand enfin elle avait débarqué gare de Saint-Pancras, avec deux heures de retard (un imprévu indépendant de son étourderie !), ce n'est pas un rêve que tu as réalisé là, tu as juste réussi un défi ! Un rêve c'est plus… enfin tu vois ? Mais cela n'avait pas entaché sa joie de courir avec sa fille les puces de Camden Town, les œuvres de street art de l'Est-End, les couloirs de la Tate Modern avec thé au rooftop, de s'endimancher les soirs pour les comédies musicales au Lyceum Theater, de rire aux éclats de leurs petites culottes mises à sécher au lustre de leur B & B riquiqui et pourtant très cher. Mais quand elle était rentrée, heureuse de se jeter dans les bras de Paul après deux week-ends loin de lui, sa voix, comme un couperet : plus jamais je ne te laisserai partir aussi longtemps !
Un homme qui lui chuchote à l'oreille des douceurs pendant l'amour : rêve exaucé ! – C'est bien, c'est même super bien,

je ne nie pas, ne nie pas Lise, quand Marie lui raconte par le menu ce que seules ses amies les plus intimes peuvent entendre. Mais vois-tu, pour moi, c'est un désir, un fantasme, ça, pas un rêve. Un rêve, c'est plus… Lui, tu as changé sa vie : il n'est plus exploité, il est maître de ses décisions et choix professionnels. Un rêve qui change ta vie, alors, ce serait quoi ?
Mais justement, Marie, elle, ne veut pas de changement ! Elle a ça en horreur ! Et sa vie est bien assez bouleversée comme ça sans que les rêves s'en mêlent davantage. Voilà, son rêve ce serait…
– Et bien sûr, si je vous dis que tout ceci n'est qu'envie, vœux, défi et fantasme parce qu'au fond mon rêve le plus fou c'est que Pierre revienne et qu'en cela Paul ne peut influer, vous allez encore me taper sur le doigt, n'est-ce pas ?
Mais ce n'est pas une règle qui atterrit alors sur les doigts tremblants de Marie mais la sempiternelle boîte de mouchoirs. Layer a gagné en précision, elle en jurerait !
L'ascenseur, dans lequel elle s'engouffre sans joie, se demande combien d'années il faudra encore à Marie pour comprendre qu'il n'est pas certain qu'elle veuille que Pierre rentre au bercail ; pas ce Pierre-là, épaissi et cynique qu'elle reconnaît à peine. Il voudrait lui souffler qu'elle souhaite en réalité que Pierre non pas revienne mais redevienne. Une reddition si contraire aux lois darwiniennes de l'évolution que l'on peut décemment douter de son éventualité.

Nords

– Il a pleuré, tu es sûre ?
– Non je ne suis pas sûre. Je te l'ai dit, il faisait assez sombre dans cette arrière-salle de restaurant. Je sais seulement que ces yeux brillaient, qu'ils étaient humides, comme retenant des larmes imminentes. Mais c'était aussi très enfumé. Par contre, je suis sûre et certaine que ses yeux se sont très visiblement embués dès lors que j'ai eu répondu oui.
– Oui, à sa question de savoir si j'étais amoureuse de Paul ?
– C'est ça.
– Et comment te l'a-t-il demandé ?
– Comme ça. Inopinément. On parlait de toi, de comment tu allais, et il a juste demandé, platement : est-ce que maman est amoureuse de Paul ?
– Et toi, pourquoi as-tu répondu oui ?
– Mais enfin maman, parce que tu l'es ! C'est criant, ça saute aux yeux dès qu'on te voit avec lui !
Marie se repasse la conversation en boucle. Si c'était vrai, si Pierre pleurait à l'idée qu'elle puisse être amoureuse d'un autre, alors l'espoir était bien là, non, bien vivant ? Mais veut-elle vraiment qu'il revienne, maintenant ? Là, tout de suite ? Y compris avec de plates excuses, un bouquet à la main et des trémolos dans la voix ? Marie regarde le plafond désespérément sombre de sa chambre : pas même une lueur pour se frayer un chemin entre les lames des volets, dire l'aurore toute proche. Dehors, nuit noire. Elle refuse

de jeter un œil au réveil. À quoi bon ? Elle ne dort pas. Constat. Elle n'est pourtant, en cet instant indéterminé, ni triste, ni oppressée, ni inquiète. À peine songeuse. Des pensées moussantes, tout au plus, bulles de savon légères qui s'écrasent au plafond, sans laisser de trace. Marie bras en croix, au beau milieu de son grand lit, caresse les draps du plat de la main. Elle se sent étrangement sereine. Bercée. Protégée entre Paul et Pierre. L'impression de pouvoir compter sur les deux. D'avoir ceinture et bretelles. Une double protection rapprochée.
Pourquoi alors choisir de brusquer les choses ?
N'est-elle pas bien dans cette vie circulaire, comme on dirait de l'économie, entre ces deux hommes qui comblent chacun à leur manière les différentes facettes de la boule qui la définit ? Des échanges instructifs d'un côté, des câlineries de l'autre ?
Pourquoi dire à Pierre qu'elle veut sortir du break ? Pourquoi en sortir ? Certes, il arrive que le break lui pèse comme une chappe de plomb. Qu'il l'étouffe. Que la petite voix surtout lui crie que c'est irrespirable. Que ça l'empêche. Mais de quoi ?
Pourquoi dire à Paul qu'elle va le quitter ? Un jour ? Puisqu'elle ne sait pas quand ? Seulement la raison. Ce marque-page qui ne bouge presque pas dans le livre qu'elle lui a prêté des mois plus tôt, tandis qu'elle dévore de son côté des pages et des pages dont elle ne peut s'ouvrir à personne. Ces mots dont il lui demande la définition et dont la liste s'allonge : consumérisme, entropie, dithyrambique, délétère, pléthore… Cette façon de boire ses paroles quand elle voudrait être contredite lorsqu'elle s'aventure sur le terrain de l'inexistence du temps qui passe à l'échelle de l'Univers – ce temps-pulsation qui selon elle s'étend pour mieux se rétracter l'instant quasi infini d'après… Ces fenêtres de savoir qu'elle aime qu'on lui ouvre mais qu'il n'ouvre pas… Mais à qui la faute ? Ne le savait-elle pas dès le commencement ? A-t-on déjà vu un prince charmant résoudre des équations différentielles ? Citer

Hannah Arendt ? S'intéresser à l'Histoire des luttes sociales de son pays ? À qui la faute, ce fossé entre eux qui l'empêche, elle, de se projeter et la met en panique lorsqu'il propose week-end ou projet à moyen terme ? Mais à qui le talent, si ce même fossé étrangement disparaît quand elle s'abandonne à l'incroyable velours de ses bras, à la friandise de sa bouche, au velouté des mots doux qu'il chuchote à son oreille ?
Ne rien brusquer. Laisser faire. Le temps qui pulse.
Dans la journée, il arrive que Marie entre dans un état de fébrilité incontrôlé comme une aiguille affolée entre deux pôles Nord opposés. Qu'elle s'en remette alors à des signes : ainsi, lorsque son téléphone sonne, de se dire « voilà, c'est sur lui et lui seul que je mise ». Car il sonne souvent, son téléphone : Paul comme Pierre appellent tous les jours, ou presque. Des signes aussi au générique des films : si le premier de leurs deux prénoms qui apparaît est…, alors je… Des signes encore dans ce que lui confie Lucie. Dans les chiffres qu'elles croisent. Des signes pour cette aiguille affolée à la recherche d'une voie unique à suivre dans les pas d'un homme unique.
Mais en cet instant, mitan de nuit, mitan du lit, étrangement, les deux Nords sont réconciliés, ne font plus qu'un sur ce plafond obscur où les yeux de Marie immobile, bras en croix, renoncent à chercher un sens. À quoi bon.

Obsédante question

– Je ne comprends (toujours) pas pourquoi Pierre s'obstine dans son histoire bancale – toxique ? – avec l'Autre ? Pourquoi, enfin, pourquoi ?
Cette question Marie se la pose sans cesse et dans dix ans il est possible qu'elle se la pose encore, allez savoir. La question est si obsédante que Marie, évidemment, la pose aussi à qui veut l'entendre – et ils sont nombreux à l'entendre, d'ailleurs, qu'ils le veuillent ou non – car Marie ne cesse de raconter par le menu son histoire, cette histoire de sa séparation, au point qu'elle se demande, aussi, si elle ne saoule pas son entourage – amis, enfants, parents et même elle-même, tiens ! Non, non, la rassure-t-on gentiment, le plus souvent, il y a un côté romanesque dans ce vécu, cette histoire de fou. De Pierre fou ?
Il lui arrive aussi bien sûr de poser la question directement à l'intéressé, dans un mouvement d'audace, tatillon qu'il est devenu envers la moindre interrogation ou allusion un tant soit peu personnelle et tant ses réactions alors peuvent blesser.
– Pierre, pourquoi est-ce que tu ne la quittes pas, puisque régulièrement tu m'expliques qu'elle et toi n'êtes pas compatibles ? Et que, excuse-moi de le dire, il semblerait qu'elle ne souhaite rien construire avec toi ?
– Parce que je n'ai rien d'autre !
Ah. Et Marie, régulièrement, de se sentir « rien » jusqu'à ne plus même s'apercevoir dans les miroirs. Sans réelle surprise : n'est-elle

pas transparente depuis des mois ? Et la question taraudante de s'en retourner se poser, d'un souffle repris de justesse, sur amis, enfants et parents. Tous ceux qu'elle craint légitimement de saouler, qui prennent gentiment le parti de s'en amuser, d'autant que Marie théâtralise de mieux en mieux son histoire de séparation sans fin – homéopathique, dirait Lucie. Lucie qui va jusqu'à en divertir ses propres amis – Alors, vas-y, raconte, la suite des péripéties de tes parents trop « de ouf » – et qui enfin – merci ma douce, ma fille merveilleuse – donne LA réponse, disons une réponse, explicite et entendable. Et parfaitement crédible.
– C'est le piège abscons.
– Quoi ?
– Tu me demandes (encore) pourquoi est-ce que papa s'obstine avec l'Autre, je te réponds que c'est parce qu'il est coincé dans ce qu'on appelle un piège abscons.
Et de tendre à Marie, d'un air las, des notes de cours et quelques articles dans une pochette à rabats. Que Marie, dès que Lucie tourne les talons, avec une impatience non masquée, s'empresse de décrypter. Ainsi, si l'on en croit la littérature savante, Pierre se trouve dans une situation irrationnelle où il continue d'investir à perte, persuadé que chaque nouveau sacrifice permettra de justifier les précédents en le reprochant du succès. À savoir : la reddition de l'Autre concernant les positions sur lesquelles elle campe. Sacrifié sur l'autel du piège : leur couple, leur agréable quotidien, le mas, leurs voyages au bout du monde, leur niveau de ressources – ils périclitent professionnellement, on ne peut le nier – jusqu'au corps de Pierre qu'il semble avoir désinvesti, laissant le champ libre à l'embonpoint disgracieux contre lequel il avait toujours lutté. Tout recul – notamment la décision de retourner vivre avec Marie – reviendrait à décréter que toutes ses pertes sont vaines. Ce serait reconnaître s'être trompé. Avoir fait une (grosse) erreur. En rabattre en matière d'orgueil.

Forte de cet éclairage nouveau, Marie retourne à l'attaque.
– Pierre, pourquoi est-ce que tu ne la quittes pas ? Tu pensais que ça ne marchait pas avec elle parce que j'étais trop présente : tu as maintenant un chez-toi à Paris, une vie sans moi et ça n'a rien arrangé. Tu pensais que c'était parce que tu ne lui donnais pas assez de gages de vouloir solder ta vie d'avant : nous avons vendu le mas. Tu comprends le principe ? Et pourtant, vous continuez de rompre régulièrement. Puis de vous remettre ensemble. Puis de rompre encore. Je repose donc ma question : pourquoi est-ce que tu ne la quittes pas ?
La nouvelle réponse la laissera longtemps pensive. Voire pantoise. Je suis, dit Pierre, comme un poilu de 14 couché dans la boue – et Marie qui a lu Maurice Genevoix jusqu'à plus soif visualise parfaitement le décor dévasté, la grisaille du ciel, la pétarade soufrée des armes au loin – je préfère rester immobile car ainsi j'ai à peu près chaud. Si je bouge ne serait-ce que les bras, le froid s'insinue, c'est très désagréable. Si je me lève, je risque de me faire tirer dessus, c'est très dangereux. Alors je m'oblige à un immobilisme total.
– Comment ça te faire tirer dessus ? Personne ne va te tuer !
– Non, c'est une image. Se lever c'est prendre une décision drastique, rapide. Je l'ai fait il y a deux ans et demi : tu vois où ça m'a mené ?

Venin(s)

Ils sont perdus dans Juvignac. Marie n'y croit pas ! Perdus, dans cette verrue résidentielle sur la joue ouest de Montpellier. Elle au volant, suivant les instructions de Paul – mauvaises puisqu'ils sont perdus – qui tourne et retourne une carte sur ses genoux, maugréant contre l'incohérence des panneaux indicateurs. Perdus dans Juvignac alors qu'ils doivent retrouver des amis de Marie, devenus des amis de Paul qui les a charmés, au bord du lac du Salagou. C'est sûr, ils seront en retard, ils sont déjà en retard. Or Marie a horreur, une horreur pathologique, d'être en retard, elle en bouillonne intérieurement et soudain la petite voix devient une haute voix :

– Merde quoi, tu n'es donc pas fichu de lire convenablement une carte ? Jamais, Pierre, lui, ne m'aurait perdue dans Juvignac !

Bien sûr, immédiatement elle s'en veut. Mais le venin a bien été injecté. Elle s'en veut doublement : de l'avoir injustement blessé mais aussi de n'être au fond qu'une gourde, une nouille, incapable alors qu'elle réside dans cette métropole depuis presque dix ans, de rejoindre le lac du Salagou en contournant Montpellier par le sud, sans se perdre.

Paul a jeté la carte sur la banquette arrière. Il s'est rencogné contre la portière, éloignement maximal permis dans un véhicule. Un silence lourd se fait. Lourd et qui dure. Que finalement, il brise :

– Peut-être. Mais Pierre, lui, ne t'aime pas.

Dans la catégorie venin, Marie a expérimenté celui des guêpes et des abeilles, celui des petits scorpions bruns des Cévennes et celui d'une vipère aspic dérangée dans son sommeil. Tous ont des degrés de douleur différents. En la matière, celui-là les surpasse largement !

Bien fait pour elle.

Âge

– Tu sais que tu peux connaître l'âge de ton cœur ?
– L'âge de mon cœur ?
– Oui, son âge physique. Avec ta fréquence cardiaque, ton VO_2 max, l'intensité de tes activités… Donne, je vais te montrer ! Tu appuies sur ce bouton, tu vas dans ce menu et voilà : tu as un cœur physique de vingt-sept ans ! La vache, tu es drôlement en forme !
Pour Noël, Pierre avait offert à Marie une montre de sport connectée. À Noël dernier ou bien celui d'avant ? Un Noël qui en avait compté trois, de cela Marie se souvient bien. Elle l'avait d'abord fêté en Bourgogne le 25 décembre avec Lucie, Arnaud et sa famille côté maternel – Pierre s'était rendu à Montpellier pour tenir compagnie à Jean et que Jean lui tienne compagnie. Elle l'avait fêté ensuite le 27 décembre au soir dans leur maison, avec Lucie, Arnaud, Pierre et Jean. La montre à cette occasion lui avait été offerte. Et enfin, elle l'avait fêté dans sa maison le 29 au soir – Pierre parti ! – avec Lucie, Paul et la Princesse. Elle avait offert aux deux filles le même petit pull court manches trois-quarts, doré pour Lucie, argenté pour la Princesse. Ce troisième Noël avait été le plus raisonnable gastronomiquement, mais aussi, selon ses critères, le plus tendre.
Pierre lui redonne sa montre. La voilà donc avec un cœur de vingt-sept ans dont elle aimerait qu'il vieillisse vite, vite, qu'il se couvre des callosités du temps, ces écailles capables de le rendre imperméable aux chagrins d'amour. Si tant est que cela soit possible. Qu'on la laisse au moins espérer ! Voilà ce qu'elle aimerait dire à

Pierre. Mais elle s'abstient. Trop sûre qu'elle est de sa réaction : forcément il en prendra ombrage, dira qu'elle ramène toujours tout à leur séparation, qu'elle tourne en boucle dessus, qu'elle n'avance pas et que, c'est plus fort qu'elle, il faut qu'elle lui balance des remarques de ce type qui le mettent, lui, mal à l'aise !
Marie garde donc pour elle ce souhait d'un cœur plus mûr, plus apte à surmonter, tanné.
– Et toi, quel âge à ton cœur ?
Pour son anniversaire, elle ne sait plus trop lequel, Marie a offert à Pierre la même montre connectée modèle homme.
– Il a douze ans de plus que le tien !
Et Marie qui craignait que l'espace peu à peu entre eux s'agrandisse – ce fossé que le break bien que break doucement creuse – se retrouve à craindre à présent que le temps en fasse tout autant : déjà douze ans d'écart ?

Rêve (bis)

Elle glisse. Sur le dos, elle glisse. Mais est-ce elle ? L'eau est turquoise. Non, on ne peut pas dire que l'eau soit turquoise. L'eau est reflets, de toute la gamme des bleus émeraude, côté profondeurs, du turquoise au cobalt, côté ciel. L'eau est reflets et transparence. Elle glisse. Sur le ventre. Sur le dos. Une ombre au-dessus d'elle, noire. Un bateau, elle nage à présent ventre en l'air, mais est-ce son ventre, sous la coque sombre d'un bateau. L'eau est reflets, transparence et frôlement. Son corps, mais est-ce son corps, est caressé. Bercé, guidé par le courant et caressé. Après le bateau, de nouveau le soleil, les grands rayons qui ajoutent de la transparence à la transparence cristalline des turquoises de l'eau. Elle est éblouie soudain, mais est-ce elle ?

Éblouie, Marie doucement se réveille. Son rêve encore bien présent, éparpillé autour d'elle comme une robe qu'on quitte en la laissant glisser vers le sol. Comme un corps qu'on quitte ?

Paul aussi se réveille, qui comme elle, après qu'ils aient fait l'amour, doucement, doucement, s'est endormi. Le soleil entre par la fenêtre, s'invite entre eux, sur eux. Ils se sourient. J'ai rêvé, dit Marie. J'ai rêvé que j'étais un dauphin. Mais c'était plus qu'un rêve, il me semble, une réminiscence peut-être.

– C'est quoi une réminiscence ?

– Disons, un souvenir, mais ténu et incontrôlé. Je crois que j'ai été un dauphin, avant, un jour, je ne sais pas quand.

Paul lui effleure la joue – Ma bizarre Marie, qui dit des mots bizarres et des choses bizarres.
– J'ai toujours rêvé de nager avec les dauphins. Un vrai rêve, profond. Récurrent. Depuis longtemps. Très longtemps. C'est peut-être pour ça, parce que j'ai été dauphin, tu ne crois pas ?
– Qu'est-ce qui t'empêche d'aller nager avec les dauphins ? Pour vérifier. Voir s'ils te reconnaissent ?
Oui, c'est vrai, qu'est-ce qui l'empêche ?
– Je vais le faire. C'est sûr, je vais le faire. Je passerai sur le dos sous un bateau, avec eux, en apnée. Voilà ce que je vais faire. Mais ce sera encore un voyage sans toi, loin de toi ?
Paul a un léger haussement d'épaules avant de la tirer délicatement contre lui. De l'envelopper de ses grands bras de raie Manta. Fataliste Paul qui forcément sait que Marie fera d'autres voyages, sans lui et loin de lui.

Marie

Ce jour-là, alors qu'elle quitte la plage dans la lumière de la mi-septembre, près de trois ans après le voyage à Chypre et dix-neuf mois exactement après son entrée en break, elle savoure l'accoutumée caresse du sable à chacun de ses pas. Ce moment précis et délicieux où le pied nu se pose et doucement s'enlise en un crissement suave et enveloppant.
Mais soudain, au lieu du chatouillis familier, une dissonance : le sentiment d'avoir oublié quelque chose. Elle est presque certaine d'avoir rangé toutes ses affaires dans son grand sac à fleurs, en bandoulière à son épaule ; un doute, toutefois, léger comme la brise marine sous sa chemise, s'insinue. Alors Marie se retourne et la voit. À l'emplacement de sa serviette, sur l'empreinte rectangulaire qu'elle a laissée sur le sable, son rose parfait l'appelle. Sa paire de lunettes. Celle qu'elle a eu tant de mal à trouver. De ce rose que Marie porte depuis l'enfance, n'y dérogeant qu'à contrecœur lorsque la paire se perd ou se brise et que, dans l'impératif de son remplacement, confrontée aux caprices de la mode, elle doit se rabattre sur un ton en dessus ou en deçà.
En s'approchant, il lui semble toutefois que la forme de cette paire abandonnée sur le sable diffère de la sienne. Davantage carrée. Plus petite aussi ? Une paire de lunettes de soleil pour enfant. Rose parfait.
Si elle la laisse là, c'est sûr, le soir venu, le véhicule de nettoyage de la plage va les écraser. Alors elle ramasse prestement la petite paire perdue avec l'intention de la déposer sur le muret crépi qui marque l'entrée de la plage – Comme ça, la petite fille qui l'a égarée aura une petite chance de la retrouver.
Quelle petite fille ?

Ma petite-fille ?
Marie, touchée par l'éclair. Secouée. Le signe. Cette paire de lunettes est un signe. Leur rose parfait ne peut pas être une coïncidence. Même si Marie, athée et rationnelle, ne peut croire en aucun signe, elle est forcée d'admettre celui-là.
Dans ce rose délicat, bord de pétale des églantines, goût d'asperges croquantes, sa puissance s'impose.
Marie soudain sait qu'elle va enfin pouvoir relever la tête. Que son avenir enfin mesure beaucoup plus que les quelques mètres d'une poignée d'heures, de jours ou de semaines qui clapotent en flaque devant elle : une petite paire de lunettes rose lui redonne le poids des ans. Le poids plume d'une petite-fille.
Une petite-fille m'attend.
Non, j'attends une petite-fille.
Une paire de lunettes de soleil à la main, la sienne, je l'attends.
Un jour, je la poserai sur son petit nez pour qu'elle puisse marcher droit dans le soleil. Je la soulèverai dans mes bras pour la rapprocher du ciel, qu'elle enduise ses lunettes de poussière de beau temps. Je lui apprendrai à nager dans la mer et dans la vie. Je l'aimerai. Je l'aime déjà.
Tout à ce nouvel amour, Marie s'ouvre des perspectives. En grand. En gigantesque. Elle va désormais œuvrer pour améliorer un petit peu le monde, de ce petit peu à sa portée, pour le rendre le plus durable et le plus accueillant possible.
Mais quel grand-père à mes côtés ? De quoi a besoin cette petite-fille dont les atomes flottent en ce moment même d'un bout à l'autre de l'univers, inconscients encore de la probabilité de leur assemblement ? Elle a déjà les gênes de Pierre, pour un quart. Plutôt un bien qu'un mal ? N'aurait-elle pas besoin aussi de câlins démesurés et d'une belle cabane en bois sortie des mains de Paul ? Non, ce qui importe à cette petite fille éparse parmi les étoiles c'est que Marie soit là.

Que Marie soit Marie.
Que Marie reste Marie dans sa chair ; son enthousiasme, sa détermination, sa débordante imagination et toutes ses histoires en germination sont ancrées en elle.
Et peu lui importe à cette petite fille que Marie vive avec Pierre ou Paul. Ou Jacques ?
Ou seule ?
Peu lui importe à cette petite fille, du moment que Marie… sait.
Et Marie saura. Ce ne sera pas facile, vraiment pas. Mais elle saura.
Oui, elle saura, jouer avec force et grâce de sa nageoire dorsale.
Celle-là même, magnifique et solide, qui, inexorablement, grandit et s'évase entre ses omoplates.

Épilogue

– Au moment de te présenter, qu'est-ce que je dois lui dire : Bernard, voici ma femme ?
– Certainement pas, je ne suis pas ta femme, Paul.
– Bon alors, qu'est-ce que je dis ?
– Mon amie, présente-moi comme ton amie.
– Non, non, amie c'est trop… ou plutôt ce n'est pas assez. Tu es bien plus qu'une amie !
– Alors dis : Bernard, voici mon amoureuse.
– Ça fait un peu école primaire, non ?
– Écoute, Paul, dis ce que tu veux, mais pas ma femme.
– Parce que tu es encore mariée avec Pierre ?
– Ah non, pas du tout, tu n'y es pas. Non, c'est que j'ai décidé de ne plus appartenir, de ne plus être la femme de. Je suis ma femme à moi, à moi toute seule, et à personne d'autre. Tu comprends ?
Plus tard, dans la soirée, après une bonne douche chaude, Marie rejoint Paul dans la chambre.
– Tu ne dors pas, je te croyais fatigué pourtant ?
– Non, j'attends !
– Tu attends ?
– Oui, j'attends ta femme, je voudrais qu'elle me fasse un câlin.
Alors Marie éclate de rire. Et, se glissant sous les draps, blottit son corps contre celui tiède, doux et accueillant de Paul. Qui s'endort aussitôt.

La lune, à travers les persiennes, darde une langue de lumière moirée. Sur le plafond, ce léger voile d'organdi soyeux chorégraphie un ballet hypnotique de virgules dansantes et scintillantes.
Marie, couchée sur le dos, yeux grands ouverts, scrute cette surface qui l'appelle.

Dépôt légal : mars 2023

Achevé d'imprimer par Booksfactory en février 2023
N° d'impression :

Imprimé en Union européenne